GUSTAVO BOLÍVAR MORENO

SIN TETAS
NO HAY PARAÍSO

Quintero Editores

1ª edición, julio de 2005
2ª edición, agosto de 2005
3ª edición, septiembre de 2005
4ª edición, diciembre de 2005
5ª edición, mayo de 2006
6ª edición, junio de 2006
7ª edición, septiembre de 2006
8ª edición, septiembre de 2006
9ª edición, septiembre de 2006
10ª edición, septiembre de 2006
11ª edición, julio de 2007
12ª edición, agosto de 2007
13ª edición, junio de 2008

© Quintero Editores Ltda, 2005
quinteroeditores@hotmail.com
Cra. 4 A No. 66 - 84 Bogotá - Colombia

ISBN: 958-33-9309-6

Modelo de la portada: Linda Baldrich
Diseño y Diagramación: Sergio Sánchez Quintero
                        Hans Cortés D.
Foto portada y contraportada: María Paula Riveros
                        www.rive-vision.com

Impreso por: Quebecor World Bogotá S.A.

A mamá

CAPÍTULO UNO
El tamaño es lo de más

Catalina nunca imaginó que la prosperidad y la felicidad de las niñas de su generación quedaban supeditadas a la talla de su brasier. Lo entendió aquella tarde en que Yésica le explicó, sin misericordia alguna, por qué el hombre que ella esperaba con tanta ilusión la dejó plantada en la puerta de su casa:

–¡Por las tetas! ¡"El Titi" prefirió llevarse a Paola, porque usted las tiene muy pequeñas, parcera!

Con estas agraviantes palabras Yésica puso fin al primer intento de Catalina por prostituirse, mientras Paola ascendía sonriente a la lujosa camioneta que la conduciría a una hacienda de Cartago donde, por 500 mil pesos, haría el amor y posaría desnuda para un narcotraficante en ascenso con ínfulas de Pablo Escobar apodado "El Titi" en la playa de una descomunal piscina, al lado de otras mujeres igual de ignorantes y ambiciosas y junto a innumerables estatuas de mármol y piedra de las cuales brotaba agua con aburrida resignación.

A pesar de su corta edad, acababa de cumplir los catorce años, Catalina quería pertenecer a la nómina de Yésica, una pequeña proxeneta, apenas un año mayor, que vivía de cobrar comisiones a la mafia, por reclutar para sus harenes las niñas más lindas y protuberantes de los barrios populares de Pereira.

El descarnado desplante de "El Titi" frustró para siempre a Catalina quien nada pudo hacer por evitar que de sus ojos brotaran ráfagas mojadas de odio y autocompasión. No tengo buena ropa, no me mandé a alisar el pelo, le parecí muy niña, decía, rebuscando en su mente algunas disculpas que pudieran atenuar su humillación. Pero Yésica no la quería engañar. Escueta y crudamente diagnosticó la situación con honestidad aún sabiendo que cada palabra suya le taladraba el orgullo y el ego, pero sobre todo el alma a su pequeña amiga:

–Paola las tiene más grandes y ante eso, no hay nada que hacer, amiga.

En un segundo intento por reivindicar su naturaleza y su orgullo Catalina llevó sus manos a los senos y se defendió de una nueva humillación replicando que "las tetas" de Paola eran de caucho y que

7

las suyas, aunque muy pequeñas, eran de verdad. Cansada de la pataleta de su vecina de infancia Yésica sepultó su rabieta con el mismo, único y contundente argumento:

—No importa, hermana, las de Paola pueden ser de caucho, de madera o de piedra, pueden ser de mentiras, pero son más grandes y eso es lo que les importa a los "tales" parce: ¡que las niñas tengan las tetas grandes!

Catalina aceptó con rabia y resignación la despiadada explicación de Yésica y maldijo con odio a "El Titi" por haberla privado de obtener sus primeros 500 mil pesos con los que pensaba hacer un gran mercado para mitigar el hambre de su familia a cambio de que su madre le permitiera abandonar para siempre el colegio. El estudio la indigestaba y para ella resultaba de tanta importancia dejar de asistir a la escuela como empezar a ganar dinero a expensas de su inconcluso cuerpo.

El rencor le duró a Catalina hasta que la camioneta se perdió en la distancia luego de coronar la empinada cuesta que separaba el barrio de la avenida principal. Mirando con resignación hacia esa lejana esquina exclamó con absolución:

—El problema es que una no sabe si odiarlos o quererlos más, —opinó con gracia y agregó absorbiendo el ambiente con los ojos cerrados: —¡Huelen tan rico!

—Y en los carrazos que andan— puntualizó Yésica, poniendo fin, con algo de simpatía, a la embarazosa situación que se acababa de presentar.

Catalina quería ingresar al sórdido mundo de las esclavas sexuales de los narcotraficantes, no tanto porque quisiera disfrutar de los deleites del sexo, porque entre otras cosas aún era virgen y ni siquiera imaginaba lo que podría llegar a sentir con un hombre encima, sino porque no soportaba que sus amigas de la cuadra se pavonearan a diario con distinta ropa, zapatos, relojes y perfumes, que sus casas fueran las más bonitas del barrio y que albergaran en sus garajes una moto nueva. La envidia le carcomía el corazón y le causaba angustia y preocupación. No podía resistir la prosperidad de sus vecinas y menos que el auge de las mismas estuviera representado en un par de tetas, pues hasta ese día cayó en la cuenta de que sólo las casas de las cuatro niñas que tenían los senos más grandes de la cuadra, tenían terraza y estaban pintadas. Hasta ese día en que "El Titi" la rechazó por llevarse a Paola cuyos senos se salían de un brasier talla 38, entendió que debía derribar molinos de viento, si era preciso, para conseguir el dinero de la cirugía porque su futuro estaba condicionado por el tamaño de sus tetas.

La sabia conclusión, antes que calmarla, la angustió más por lo que intensificó sus plegarias para que Yésica le consiguiera con urgencia un cliente que la sacara de la pobreza. Yésica prometió incluirla en su nómina, pero le advirtió que sin los senos grandes le quedaría muy difícil penetrar el mundillo que añoraba, aún sabiendo que transgrediría los afanes de su propia edad. Le advirtió que para poder conquistar la pelvis y la billetera de uno de los narcos a los que con tanto cariño se refería como "los tales" tenía que mandarse a operar los senos.

Sin pensarlo dos veces y convencida de la necesidad de aumentar su busto, Catalina se propuso, desde ese mismo día, con rigurosa vanidad y religiosa paciencia, conseguir el dinero para mandarse a implantar un par de prótesis de silicona capaces de no caber en la mano de ningún hombre. Pero su problema giraba en torno a un círculo vicioso difícil de romper, pues por el reducido tamaño de sus senos, ningún millonario lujurioso se fijaba en ella, de modo que le sería muy complicado conseguir los 5 millones de pesos que costaba la cirugía de agrandamiento que consistía en introducir dentro de sus senos blancos y aplanados como huevos fritos, un par de bolsas plásticas y transparentes rellenas de caucho fluido.

Para levantarle un poco el ánimo, Yésica la llenó de esperanza con una propuesta absurda y lacónica. Le propuso que se "pusiera bien buena" de los demás, para ver si le podía vender su virgo a **algún** traqueto recién coronado, ya que, según ella, esos fanfarrones eran los únicos que se podían conformar con cualquier cosa. Cuando Catalina levantó la mirada para reprocharla por el insulto, Yésica corrigió con habilidad su imprudencia, recordándole que ella no era cualquier cosa, pero que hiciera ejercicio y se arreglara bien linda para que nunca llegara a serlo.

Desde entonces Catalina comprendió que ponerse bien buena, ante la escasez de busto, la ignorancia espiritual y la lujuria desmedida de los mafiosos, suponía adelgazar de cintura, agrandar sus caderas, reafirmar sus músculos, levantar la cola, alisar su cabello con tratamientos de toda índole, cuidar su bello rostro con mascarillas de cuanto menjurje le recomendaran, desteñir con agua oxigenada todos los vellos de su humanidad, depilarse cada tercer día las piernas y el pubis y tostar su piel bajo el sol o dentro de una cámara bronceadora hasta hacerse brotar manchas cancerosas que ellos pudieran confundir con pecas sensuales.

Ella no lo sabía, porque su pesimismo le hacía creer que a sus catorce años ya había terminado de crecer, pero existía la posibilidad de que los senos le crecieran un poco más durante el desarrollo o luego de su primera relación sexual. Pero la necesidad de no sentirse inferior a las demás niñas del barrio o la mera envidia de verlas contando dinero, fue lo que la impulsó a pedirle a Yésica que le consiguiera un paseo con "El Titi" a sabiendas de que en su finca de ensueño maldito dejaría su virginidad colgando de una hamaca o flotando en la piscina junto a una gran variedad de latas de cerveza desocupadas. Así se lo advirtió Yésica antes de concretarle la fallida cita y así lo asumió ella, pensando más en la dicha de un futuro seguro que en el dolor de un presente incierto.

La virginidad de Catalina era famosa en el barrio e incluso en algunos sectores populares de Pereira. Albeiro, su enamorado de siempre, su único novio desde los once años, contaba los días que le faltaban a la niña para cumplir la mayoría de edad, porque ella le tenía prometido que ese día le entregaría su inocencia, después de entrar a una discoteca por primera vez y luego de introducir su cédula de ciudadanía en una billetera rosada de Hello Kitty, de las que, seguramente, le regalarían tres o cuatro, en su fiesta de quince años que aún no estaba cerca. Al menos eso añoraba para su vida en el fragor de sus sueños infantiles.Mientras transcurrían esos más de cuatro años que lo separaban de la dicha, Albeiro la cuidaba como su bien más preciado y juraba ante sus amigos, con una amenaza implícita, que a quién se atreviera a pretenderla, a tocarla o tan solo a mirarla con morbo, podría irle muy mal.

Pero ni Albeiro era capaz de matar a nadie ni Catalina quería esperar a que pasaran cuatro años para entregarse a él. Su adolescente novia pensaba en cosas distintas. La escena de sus compañeras de curso subiéndose a las camionetas de los traquetos, las motos que ellos les regalaban, sus ropas costosas y de marca, su derroche de dinero en la cafetería del colegio del que, incluso ella, resultaba beneficiada los primeros días de la semana y las carcajadas reprimidas que lanzaban desde los corrillos que armaban en las esquinas del barrio cada lunes en la noche contando sus hazañas sexoeconómicas, terminaron por alterar sus sueños.

Ahora ella quería ser como ellas, pertenecer a un traqueto para vestirse como sus amigas, llevarle mercados a su mamá, como sus amigas les llevaban mercados a las suyas y, por sobre todas las cosas, lucir tan espectacular como las modelos de Medellín, de cuyos afiches las paredes de su cuarto estaban tapizadas. No concebía otra manera de clasificar en el gusto, exigente por cierto, de estos personajes acostumbrados a poseer el cuerpo y la conciencia de la niña que quisieran al precio que fuera. Por eso, el día en que "El Titi" la rechazó, Catalina entró a su casa llorando de rabia y se encerró en el baño a rezar para que a Paola le fuera mal en la finca para donde se la acababan de llevar.

Sus rezos no surtieron efecto. El lunes siguiente, como a eso de las 8 de la noche, su contrincante llegó sonriente con varios paquetes llenos de ropa, mercado para su mamá y zapatos para sus hermanos. Catalina seguía muriendo de envidia, pero más pelusa sintió cuando Paola les contó a ella y a sus amigas que "El Titi" le acababa de regalar dos millones de pesos para operarse la nariz. Todo por no tener las tetas grandes, pensó, y se quedó callada mientras Yésica cobraba la comisión al tiempo que Vanessa y Ximena, otras dos amigas de la cuadra, le formulaban preguntas íntimas sobre "El Titi". Que cómo lo hacía, si era velludo o lampiño, si tenía aberraciones o no hablaba, si las ponía a acariciarse con otras mujeres.

Que si era buen polvo o se desconcentraba, si lo tenía grande o pequeño, si era veloz o demorado, que cuántos en la noche, que si se quedaba dormido luego del primero o se ponía a fumar después, que si se quitaba toda la ropa o lo hacía con las medias y la camisa puestas, que si acariciaba o iba directo al grano, que si era cariñoso o brusco, que si sabía muchas posiciones o sólo las dos convencionales, que si la hizo bajar o le había bajado a ella, que si usaba condón o lo sacaba antes de venirse y que si gritaba duro, pasito o no gritaba. Paola respondió algunas de las preguntas y Yésica el resto.

Catalina grabó en su memoria la conversación sin entender algunos puntos y se marchó de la reunión, cabizbaja y sin despedirse. Yésica les explicó a sus otras tres amigas que esa depresión se le pasaría cuando supiera lo que era bueno. Pero no se refería al sexo sino al dinero. Las tres entendieron, muertas de risa, la premonición y se quedaron planeando con su patrona la próxima salida.

Al día siguiente y atendiendo el consejo de mejorar físicamente mientras conseguía el dinero para agrandarse el busto, el reloj despertador de la casa de Catalina, dentro del cual una gallina daba picotazos a la nada, sonó con estruendo a las cinco en punto de la mañana. Doña Hilda quedó sentada de un brinco y su hermano Bayron se tapó la cabeza con una almohada alegando con la voz enredada por el letargo:

—Deje dormir piroba. —Fue lo único que atinó a decir, antes de lanzar sobre el despertador una botella de cerveza a medio consumir que se encontraba ladeada en su mesita de noche, sin lámpara, donde no cabía un papel ni una colilla de cigarrillo ni un cachivache más. El reloj cayó al suelo estrepitosamente y al revés, pero la gallina siguió dando picotazos, ahora hacia arriba, pero igual: comiendo nada.

—Bayron, usted me paga el reloj, ¡o no respondo! —le gritó Catalina llorando de rabia, pero él se defendió con rudeza:

—Quién la manda a poner a cantar ese puto gallo tan temprano, malparida.

Y mientras Catalina recogía y trasladaba los vidrios del reloj y de la botella, en medio de lágrimas de rabia y de pesar, su mamá buscaba la manera de entenderla:

—¿Para dónde es que se va a estas horas, mija, si ni siquiera ha salido el sol, ah?

—A trotar mamá. ¡Necesito hacer ejercicio! —Respondió a oscuras ocultando su llanto.

La mamá pensó decirle que el ejercicio no servía para nada porque, con seguridad en unos meses quedaba embarazada y se le dañaba el cuerpo tal como le sucedió a la hija de una amiga suya, pero se abstuvo de hacerlo por no darle más alas y prefirió callar.

Cinco minutos más tarde, con una sudadera gris ceñida al cuerpo y un tinto frío dentro de su estómago, Catalina se encontraba trotando por la avenida 30 de agosto rumbo al aeropuerto de Pereira, cuyos alrededores escogió como meta.

Al llegar, cuando el sol asomaba sus primeros rayos y las aves del zoológico entonaban su acostumbrada algarabía sin motivo, Catalina vio despegar un avión inmenso, recostó su frente contra la malla que separaba la pista de la carretera y se puso a soñar. Se imaginó dentro del avión, sentada en las piernas de "El Titi", con sus tetas de silicona tres tallas más grandes que las actuales y bebiendo whisky en medio de las carcajadas de Yésica y la mirada envidiosa de Paola, no obstante que ella disfrutaba de los besos no menos lujuriosos de "Clavijo", un mafiosito de categoría tres, igual a la de "El Titi", pero 45 kilos más gordo que él.

Cuando despertó, gracias al bramido imponente de un "Ligre", el hijo de una leona inseminada por un tigre, otro avión aterrizaba y por algún motivo, que nunca comprendió, pensó que el piloto de la aeronave se había devuelto a recogerla para que pudiera cumplir su sueño.

Con agilidad mental comprendió que se estaba apendejando y empezó a trotar a la inversa rumbo a su casa donde a esa hora doña Hilda le limpiaba la sangre del pie a Bayron luego de recoger los vidrios de la botella de cerveza que él mismo estrelló contra el reloj de la incansable gallina.

–Hasta donde vinieron a dar esos vidrios, cucha –dedujo Bayron con cizaña y rencor. Al llegar a la cuadra, después de correr más de 8 kilómetros, Catalina observó que Vanessa y Ximena descendían de una camioneta 4X4 de vidrios oscuros que arrancó rauda no sin antes hacer rechinar las llantas contra el pavimento. Las dos lucían ebrias y a juntas se les notaba en la cara el cansancio de una noche sin tregua al ritmo de la música, la droga, el trago y las insaciables pretensiones sexuales de "El Titi" y de Clavijo.

–¿Oiga hermana y usted qué hace despierta a esta hora? –preguntó una de las dos a Catalina quien se puso de nuevo de espalda a su casa para poder responder con una mentira.

–Voy a comprar lo del desayuno.

–Tenga para que compre un pan bien grande y se lo lleve al Bayron. –Le dijo Ximena mientras desenrollaba un fajo de billetes y concluyó, antes de entrar a su casa, casi arrastrando los tacones desgastados de sus botas de cuero fino:

–Dígale a su hermano que de parte mía y que lo quiero mucho.

–Fresca, yo le digo. –Aseguró Catalina pensando en quedarse con la mitad del pan y con el billete completo.

Las dos amigas de Catalina, que meses atrás compartieron el mismo salón de clases en el "Porfirio Díaz" desaparecieron dejando en el ambiente un olor a licor revuelto con tristeza. Catalina las recordó entonces brincando con sus faldas de cuadros azules y blancos al compás de una canción que mencionaba caballitos de dos en dos levantando las patas y diciendo adiós. Sintió dolor y se cuestionó:

–Dios mío, ¿esta es la vida que quiero?

Miro el billete de 10 mil pesos que le regaló Ximena y luego clavó su mirada en sus tetas para decidir sin mayor discernimiento ni cargo de conciencia:

–A lo bien que sí, esta es la vida que quiero –se dijo a sí misma, abandonó la recordadera y mató de un tajo los remordimientos que la empezaban a cuestionar para luego entrar a su casa que ya había perdido el silencio a manos de un grupo de rock pesado que se quería salir por los bafles de la grabadora de Bayron.

–¡Qué pan ni qué hijueputas! Mejor déme el billete que me hace más falta para las bichas. –Le dijo Bayron arrebatándole el dinero.

–¡No señor! –Gritó ella recuperando el dinero. –Ximena dijo que era para un pan y, además, no me dijo que le diera el cambio.

–¡Ve esta tan agalluda! –Le gritó rapándole el billete por segunda vez y guardándolo luego entre sus calzoncillos

– Mejor ábrase y si quiere billete, pues levántese un man con plata que nos dé a los dos…

Desde la cocina Hilda repostó enfadada:

–Bayron qué cosas le está metiendo a la niña en la cabeza, ¿ah?

–Nada cucha, le estoy aconsejando que no se vaya a meter con ningún "chichipato" de la cuadra, después resulta embarazada y me toca levantar al man por faltón.

Catalina lo miró con odio reprimido y se propuso guardar el consejo de su hermano en un desordenado cajón que tenía en su mente.

Cuatro semanas más tarde, cuando los músculos de las piernas de Catalina se notaban endurecidos, el vientre aplanado, la cola se consolidaba como un par de lindas pelotas de Voleibol y las caderas adquirían carnosidad y movimiento propio, Albeiro se apareció en el Colegio y la esperó hasta que salió de clases. Al verla tan radiante no pudo menos que abandonar su cascarón de hombre frío y tímido para ahondarse en las aguas de la adulación:

¡Mi amor cómo estás de linda! –Le dijo entrecerrando los ojos, perdido de razón y loco de contento al suponer que ella estaba mejorando para él.

–Para que vea. –Respondió ella con vanidad al tiempo que, con un movimiento de cabeza, echaba parte de su abundante cabellera lacia y negra hacia su espalda.

–Estás muy mamacita. –Complementó Albeiro haciéndola subir al cielo para ponerla en el infierno, un segundo después, con una reflexión lapidaria y mal pensada de la que habría de arrepentirse el resto de su vida:

–Mi amor, si no fuera porque a vos te falta un poquito más de busto, te aseguro que serías la reina de Pereira. Catalina lo miró aterrada, entreabriendo la boca, frunciendo el ceño. Un viento helado le congeló la sangre y recorrió su cuerpo con sevicia. El desparpajo y la inclemencia del fallido piropo estimularon su pesimismo y minaron su autoestima por lo que las lágrimas afloraron sin esfuerzo y el resorte de sus piernas se disparó irremediablemente. Herida de muerte y sin mediar palabra, Catalina se echó a correr cuesta abajo por la empinada calle en cuya cima está construido el colegio Porfirio Díaz, donde cursaba su tercer año de bachillerato al lado de otras 15 niñas y 18 varones de su edad, muchos de ellos cambiando de voz.

Luego de perseguirla durante dos cuadras y media, con el corazón a punto de infarto y la garganta reseca, Albeiro logró darle alcance. El rostro de su amada estaba inundado en lágrimas, como recién sacado de una piscina. Él jamás se imaginó que su inocente apreciación le fuera a causar semejante daño a la niña de sus ojos. Porque Catalina era la niña de sus ojos. La amaba tanto que vivía por ella, respiraba imaginando su imagen, cantaba las canciones que a ella le gustaban, bailaba con ella en sus sueños y repetía, a menudo la escena de los dos correteando por un sendero de grama podada a uno de los dos hijos que pensaban tener. Por eso trabajaba sin descanso, sin otro objetivo que forjarle un futuro decente, en una fábrica que confeccionaba e imprimía banderas y cachuchas del Deportivo Pereira y otros equipos de fútbol. Mercancía que él mismo salía a vender los domingos en los alrededores del estadio en compañía de sus hermanos y de su madre luego de enfrentarse a piedra y a madrazos con la policía y los hinchas que muchas veces se rehusaban a pagarle.

De haber sabido que sus palabras la herirían tanto, con seguridad Albeiro se las hubiera tragado envueltas en un alambre de púas. Por eso se esmeró lo suficiente para contentarla, explicándole que no quiso decir eso. Pero ella le replicaba que ya lo había dicho y empezaron a discutir sobre lo mismo hasta que llegaron a la casa.

En el antejardín de enfrente encontró reunidas a Yésica, Paola, Ximena y Vanessa. Las cuatro reían a carcajadas tratando de que el peso de sus tetas postizas no les doblara el cuerpo. Contaban historias del fin de semana reciente al lado de sus pretendientes de la mafia y, de vez en cuando, miraban discutir a Catalina con Albeiro a quién tildaban de bobo, varado y nada interesante.

Mientras Catalina le reprochaba a Albeiro el insulto y mientras él seguía defendiéndose con ímpetu tratando de minimizar sus infortunadas palabras, la sentida novia miraba de reojo a sus amigas queriendo correr hacia ellas a escuchar sus historias, sobre todo las de Yésica, quien a pesar de sus 15 años, era tan recorrida en el mundo y sabía tanto de los mayores que ya contaba con una experiencia tan vasta como la que podían alcanzar diez hombres juntos, de los más vagabundos incluso.

Decía que la fantasía de todo hombre era estar con dos mujeres al tiempo; que a los hombres les daba pena que otro hombre les mirara la cola por lo que hacer orgías con ellos no era fácil. Que los hombres se enloquecían por los pubis teñidos de rubio y que algunos pensaban, ingenuamente, que ese era su color natural desde el nacimiento.

Que los hombres, todos, sin excepción alguna, especialmente los narcos, los políticos, los artistas y los deportistas e incluyendo curas, pastores, místicos, religiosos, profesores de ética, consejeros espirituales, psicólogos, escritores y ancianos decrépitos, eran una partida de hijueputas, mentirosos, lujuriosos, fornicadores, asolapados, cínicos y tacaños, que no podían ser fieles porque una sola vagina los aburría. Que esa era su naturaleza, que cambiarla era imposible, que su poligamismo no tenía remedio y que la mujer que no aceptara compartirlos terminaba enloquecida.

Continuaba su crudo concierto de realismo añadiendo que los hombres se encoñaban cuando las mujeres les besaban el pene mirándolos a la cara con las pestañas pegadas a las cejas. Decía también que los hombres se avergonzaban de las niñas feas y que por eso no daban un paso a la calle sin una vieja operada de la pantorrilla a los labios pasando por los glúteos y las tetas. Que los hombres se volvían unos animales en la cama cuando las mujeres les pedían más cuerda o les manifestaban su satisfacción y que agonizaban de ternura al verlas caminar desnudas, de espaldas a ellos con sus camisas puestas o cuando se ponían a llorar por algo insignificante. Que la mejor manera de ahuyentar a un hombre era pidiéndole que se casara o pidiéndole un hijo y que a un macho no lo amarraba ni el putas, a menos que él mismo se quisiera amarrar de manera voluntaria. Que por su machismo los hombres podían estar con muchas viejas y que para ellos eso era sinónimo de hombría, pero que una mujer no podía estar con varios tipos porque para ellos, la que hiciera eso, era una puta y que a los hombres de esta época ya no les gustaban las putas, aunque de putas estuvieran rodeados sin imaginarlo siquiera.

Desde luego, Yésica que ignoraba que ella y sus amigas se estaban volviendo putas, no se refería con estos términos y calificaciones a todos los hombres del mundo sino a los únicos que la vida les permitió conocer hasta esa, su corta edad: los narcotraficantes. Seres muy básicos, sumamente ambiciosos, enfermos por la plata, adoradores del dinero fácil, prepotentes, inundados de ego y vanidad, delicados, no por sus modales sino por su intolerancia, infieles, mujeriegos, bonachones y mentirosos. Semidioses de un Olimpo imaginario y ficticio, parranderos sin medida, muchos de ellos viciosos y enviciadores, malvados, sin escrúpulos, voraces, altaneros, incapaces de sortear la soledad o una crisis económica, fanfarrones inseguros necesitados de mostrarle al mundo su capacidad financiera, traumatizados, dementes, capaces de vender a su madre a la DEA con tal de conseguir una rebaja de penas antes de subir, encadenados de pies y manos, a un avión de bandera estadounidense con sus turbinas encendidas apostado en la pista de Catam del aeropuerto El Dorado en Bogotá. A esos hombres y no a otros como Albeiro, se referían Yésica y sus amigas en sus relatos. Por eso Catalina, aunque seguía discutiendo con su novio por haberle recordado que sus tetas eran pequeñas, estaba de cuerpo presente con él, pero de pensamiento con sus cuatro amigas de infancia cuyas carcajadas atravesaban la calle hasta incrustarse con provocación en sus oídos.

De las cinco amigas, Catalina, con catorce años, era la menor. Vanessa con quince tenía la misma edad de Yésica mientras que Ximena y Paola, cada una con 16 docenas de meses, emergían como las mayores. Vanessa perdió la virginidad a manos de su padrastro a la edad de 10 años.

La mamá no quiso prestarle atención a sus quejas y la castigó por inventar que el cerdo de patillas largas y bigote abundante la acariciaba en las mañanas cuando ella salía a trabajar.

Yésica tuvo su primera relación sexual con un primo de Manizales que fue a pasar vacaciones en su casa y a quien su madre menospreció, por su corta edad, acostándolo con ella. Ignoró la señora que su hija ya sentía hervir constantemente la sangre en los vasos sanguíneos de su vagina, y que el miembro sin estrenar de su sobrino ya experimentaba erecciones automáticas todas las mañanas, sin excepción.

A Ximena la violaron los miembros de una pandilla del barrio "El Dorado" una noche cuando su irresponsable abuela, que la estaba cuidando desde los dos años cuando su mamá la abandonó, la mandó a comprar cigarrillos a una tienda a la que se llegaba atravesando una oscura cancha de fútbol, sin grama y embarrada en épocas de lluvia.

Paola le entregó su virginidad al primer novio que tuvo, en el patio de la casa, en medio de la zozobra que causa el saber que todos los miembros de la familia están en la calle, pero que en cualquier momento entran. Sin embargo, Paola se las arregló para hacerles creer a su segundo y a su tercer novio que era virgen echando mano del truco que le enseñó una amiga: le dijo que esperara a que le estuviera pasando la regla y que, el último día, se fuera con el man, que lo excitara con sutileza y que pusiera un poquito de resistencia a la indecente propuesta, argumentado que el sexo dolía, de acuerdo con las cosas que le contaban, pero que a la final se dejara seducir y meter en su cama con cierto temor. Que antes de entregarse a él se mostrara nerviosa y le sacara un par de promesas con carácter eterno. Que se quejara con escándalo cuando él estuviera tratando de penetrarla, lo arañara, se mordiera los labios y lagrimeara y que, al terminar de hacerlo, le mostrara con vergüenza y orgullo el color de su pureza sobre la sábana. Decía que los hombres eran tan bobitos que seguían creyendo que la pérdida de la virginidad se demostraba con sangre, ignorando que la mayoría de mujeres vírgenes se acariciaban, hasta la saciedad, con 5 ó 10 hombres antes de perder el himen, que no es más que un símbolo de garantía, que incluso se puede volver a comprar en cualquier clínica de planificación por 200 mil pesos.

Paola, que por ser la mayor de todas no podía aparentar ser virgen, se jactaba de haberles hecho creer a los otros 17 hombres con los que había estado, que cada uno de ellos había sido el segundo hombre en su vida. Ximena y Vanessa soltaron la risa al recordar que usaban el mismo argumento con los hombres celosos y machistas. Las tres coincidían en haberles dicho que su primera vez no pasaba de ser una lamentable equivocación, cuestión de algunos tragos de más o casi una violación.

Las carcajadas no se hacían esperar y cada una apuntaba en su mente los consejos y enseñanzas de Yésica que tenían tal lógica, y que eran contados de manera tan cruda y divertida, que las niñitas del barrio, incluso mayores que ella, pasaban horas y horas escuchándola hasta al filo de la medianoche cuando las mandaba a dormir con una frase que nunca cambiaba:

—Bueno chinas maricas, a dormir que el mundo se va a podrir y a tirar que el mundo se va a acabar.

Carcajeándose y esperando con ansiedad la noche siguiente para poder seguir aprendiendo barbaridades, las niñitas se despedían de

Yésica sin darse cuenta de que apenas entraban a sus casas, ella corría hasta la esquina con dos o tres amigas más, tomaban un taxi y arrancaban sin rumbo desconocido.

Aquella noche en la que Albeiro llevaba 6 horas pidiendo perdón a su novia por insinuarle que de tener los senos más grandes sería reina de Pereira, todas se dispersaron, mientras Catalina le seguía reprochando a Albeiro con puños en el brazo por haberla hecho sentir mal.

–Claro, usted quiere verme como ellas, ¿cierto? –Le decía señalándolas, mientras entraban a sus casas y continuaba su cantaleta buscando no ceder terreno para dificultar la reconciliación y poder obtener por ello, un oso de peluche o, como mínimo, una chocolatina con maní, según la gravedad de la pelea.

–Como ellas sí las tienen grandes, como a ustedes les gusta, ¿sí o qué? Como ellas sí se visten bien. Como ellas sí usan perfumes finos. Pero fresco, mijito, que dentro de poco me va a ver igual.

–¿Cómo así, Catalina? –Le preguntó Albeiro aterrado.

–Pues me voy a conseguir el billete para mandarme a operar, ¿oyó? ¡Como no me quiere con las tetas pequeñas!

Catalina se fue corriendo para redondear su triunfo y Albeiro se quedó pensando que las palabras de su novia no pasaban de ser una infantil amenaza.

Al día siguiente, cabizbajo y arrepentido, se presentó en su casa con el muñeco de peluche, el séptimo que le compraba, por igual número de peleas. Era un muñeco más grande que su capacidad de compra y muy digno para su precio: 8.500 pesos. Con el peluche dentro de una bolsa de papel regalo metida a su vez dentro de otra bolsa plástica, Albeiro se presentó en la puerta de la casa de su amada, peinándose con los dedos de las manos antes de golpear y con el corazón a punto de explotar.

–Hola Albeiro... Siga…

–Gracias doña Hilda… ¿Catica está?

–No, mijo –dijo su suegra asomándose a la calle para que él supiera que no estaba lejos y agregó: –Hace un ratico salió, pero la verdad no sé para dónde cogió…

–¡Ah! –respondió Albeiro con desilusión mientras miraba para todos lados a ver si la veía.

–Pero siga y la espera, mijo, usted sabe que es bienvenido a esta casa –le dijo doña Hilda con algo de coquetería inconsciente.

–Gracias, doña Hilda, –respondió Albeiro resignado y siguió detrás de ella deteniéndose a observar, por primera vez en la vida, sus torneadas piernas que apenas tapaba con una pijama blanca y medio transparente que la hacía lucir sensual e insinuante, aunque no fuera ese su propósito.

En el parque del barrio, en medio de carcajadas y pitos de taxistas, Catalina y sus amigas compartían otra de las deliciosas tertulias presididas por Yésica. En esta ocasión se referían al orgasmo. Lo hacían con una propiedad tan inusual en niñas de su edad, una desfachatez tan natural y una solvencia idiomática tan holgada y alternativa, que todo lo que hablaban sonaba cómico, agresivo y hasta científico. Decían cosas tan descarnadas que cualquier adulto, con 20 años de matrimonio encima, sucumbía sonrojado ante sus certeras tesis: que cuando están "tirando" los hombres sólo piensan en ellos, decía Ximena. Que la mayoría se viene con la misma facilidad con la que orinan, decía Paola. Que los hombres se vienen más rápido cuando ellas manifiestan su emoción con alaridos y que por eso a ella le gusta hacer el amor callada, decía Vanessa. A estas tesis entre banales y filosóficas Yésica agregaba una ráfaga de sandeces, algunas muy razonables e imaginables:

–Una debe ser la que maneja los ritmos – decía–. Los hombres son como carros sin frenos, si uno los deja coger impulso se estrellan en dos minutos.

Todas reían y antes de que terminaran de hacerlo, Yésica continuaba su clase. Hay otros que van a lo que van y listo, por eso les digo que toca frenarlos, poner cara de dolor y quitarlos de encima con el pretexto de ir al baño. Se emputan y gritan, pero es la única manera de poderlos disfrutar otro ratico. Dijo también que si ella hiciera el amor con una pistola sobre su mesa de noche ya habría matado, por lo menos, a una docena de bandidos egoístas que la dejaron ardiendo en deseo segundos antes del clímax. –Es que provoca matarlos –dijo recordando, quizás, uno de esos aburridos episodios.

Catalina seguía recolectando información de manera juiciosa y callada mientras Albeiro la esperaba en la sala de su casa, mirando el reloj con el corazón destrozado por la sospecha, tomando tinto frío con su suegra y con un oso de peluche que lo privó de almorzar sobre sus piernas.

–Y ustedes cómo van, Albeiro... ¿Me contó la niña que pelearon anoche?

–Sí, señora…

Y mientras Albeiro entraba de afán al baño para evadir las preguntas de doña Hilda, ignorando que iba a encontrarse de frente con sus interiores colgando de la manija de la regadera, Catalina seguía perdiendo la virginidad auditiva a manos de Yésica que hablaba ahora de los raros gustos de los hombres a la hora de hacer el amor. Decía que "El Titi" nunca paraba de moverse mientras contestaba las llamadas de Cardona, su Jefe. Que a Cardona le gustaba que le pegaran cachetadas en las nalgas y que "Morón", Jefe de Cardona y dueño de la organización, tapaba, con una bolsa plástica negra, la estatuilla del Divino Niño que tenía al lado de su cama, cuando tenía sexo con alguna de sus innumerables mujeres. Decía que le daba mucha pena con Jesús y, a veces, hasta le ponía unos audífonos para que no escuchara los alaridos de su legítima esposa, que fama tenía de levantar a gritos la casa cuando llegaba al orgasmo.

Cuando Catalina, con evidente ingenuidad, preguntó a Yésica por qué sabía tantas cosas a cerca de ellos, la respuesta no pudo ser más contundente:

–Porque yo trabajo en esa película, parcera. Esta es la vida que me tocó vivir a mí. –Le dijo con tristeza mientras las demás se despedían en medio de sonrisas falsas para evitar las preguntas embarazosas de Catalina y mientras Albeiro, preso del miedo y del deseo trataba dejar los interiores de doña Hilda en el mismo lugar en el que los encontró, luego de olerlos durante varios segundos con los ojos cerrados y el corazón latiendo a mil.

Sabía que eran los de doña Hilda por su tamaño y su forma, un tanto más grandes y más formales que las tangas de Catalina y nada pudo hacer por evitar ponérselos en la cara: su lujuria era más grande que su vergüenza y sus ganas de saciar su instinto sexual fueron más grandes que sus miedos. Y aunque pudo retornarlos al mismo lugar del que los tomó con algo de memoria, mucho cuidado y maestría, Albeiro tuvo la intención de robarlos y hasta a alcanzó a meterlos en el bolsillo trasero de su pantalón.

Yésica y Catalina se quedaron solas y acordaron caminar juntas hasta su casa, de cuyo baño, en ese mismo instante, salía Albeiro pasado de revoluciones y buscando con una mirada de angustia las piernas de doña Hilda que, en ese momento, se encontraba preparando algo en la estufa, de espalda al comedorcito de la cocina donde él trataba de sentarse, a tientas y sin quitarle la mirada de encima, en un butaquito de madera con el que se tropezaban, a menudo, todos los que entraban al lugar.

—¿Está mal del estómago, mijo? —Le preguntó doña Hilda preocupada por su larga estadía en el baño. El muchacho se ruborizó y sólo atinó a responder que sí, con la voz ahogada, mirándole las nalgas con disimulo a través de la pijama de seda transparente que tenía puesta.

Mientras caminaban hacia la casa, Catalina le manifestó a Yésica su miedo a perder la virginidad. Yésica la tranquilizó y le regaló algunos consejos para que no sufriera, pero le suplicó que no se fuera a acostar con Albeiro porque entre los tipos que estaban a punto de llegar de México había uno que pagaba muy bien la primera noche de una mujer.

—Fresca hermana que apenas llegue "Mariño" de México, vamos donde él porque ese man se desvive por los virgos.

Interesada en llegar a ser algo más que un juguete sexual que se compra por dinero, Catalina le indagó por las posibilidades que tenía de convertirse en la novia de Mariño, pero Yésica la aterrizó, como siempre lo hacía con argumentos contundentes. Le dijo que ellos nunca se conformaban con una ni con dos ni con tres mujeres. Que muchos de ellos podían tener tantas mujeres como días tiene un mes y que a todas les correspondían de acuerdo con su capacidad económica, sus arrestos sexuales y su disponibilidad de tiempo. Que, sin embargo, de todas las mujeres con las que salían existía una, solo una, a la que además de apartamento, carro, operaciones de busto, nalgas, pómulos, labios, diseño de sonrisa con alargamiento de los dos dientes delanteros, rinoplastia, liposucción, lipoescultura, ropa de marca, flores, perfumes franceses, joyas, zapatos, gafas, relojes, botas en cantidades industriales y mercados para sus familias, ellos le entregaban su corazón. Esa mujer infortunada, pero que se creía lo contrario, era la novia.

Desde esa noche los retos para Catalina fueron dos: el de siempre, hacerse un implante de silicona en las tetas, y el de ahora, convertirse en la noviecita de un traqueto.

CAPÍTULO DOS
La mafia

Con excepción de la música, el humo de cigarrillo que inundaba el lugar lo atenuaba todo: las luces robóticas de colores persiguiendo cabezas, la belleza de las mujeres, las sombras de algunos cuerpos danzando al ritmo de los bajos, las protuberancias que dejaban las armas en las pretinas de algunos pantalones masculinos, las bailarinas forradas en sugestivas telas blancas satinadas y enjauladas en celdas de madera provocando a la clientela, las meseras deambulando como carros sin freno por el salón y haciendo malabares con una bandeja repleta de licores y bebidas. Lo único que permanecía incólume ante el humo era la música estridente que hacía saltar los corazones de quienes pasaban cerca de las columnas de sonido, algunas de las cuales alcanzaban los dos metros de altura.

En la discoteca de marras, las mesas estaban distribuidas alrededor de una pista de baile redonda y llena de incrustaciones de luces multicolores en el piso. Sin embargo, algunas de ellas, semiescondidas y sospechosas en los rincones del lugar, parecían reservadas, a perpetuidad, a personajes de quienes solo se advertía su silueta mezclada con humo, carcajadas y constantes timbres de teléfonos celulares. Parecía una paradoja porque en las noches de poco ajetreo, las mesas principales, las que rodeaban la pista y por lo mismo las más apetecidas, permanecían desocupadas mientras que las del fondo, las que servían de cómplice a ciertos clientes densos, permanecían ocupadas. Eran las mesas de los traquetos. Estaban enclavadas cerca de una salida secreta de emergencia por donde entraban los suministros para el lugar y se hallaban alejadas de la entrada principal. Estas mesas eran propicias para "no dar cara", para advertir la llegada del enemigo, la entrada de la policía, para medir la fidelidad de las mujeres. En una de ellas se encontraban "El Titi" y Clavijo con sus novias oficiales, las hermanas Ahumada. El primero con Marcela y el otro con Catherine.

Las Ahumada, sin duda alguna, eran las mujeres más hermosas de Pereira y, nada de raro tiene que, de la tierra entera y sus alrededores también. Por sus rostros perfectos y cuerpos esculturales nada tenían que envidiarles a las modelos y reinas más famosas y bellas del país y del mundo. Marcela, por ejemplo, parecía la encarnación de la Virgen María, sólo que su melena era mucho más larga, brillante, lacia y rubia. Tan lisa como un mantel de terciopelo, tan brillante como un resplandor del sol sobre una carretera de asfalto en verano. Tocaba moverlas para no confundirlas con estatuas de cera con sus detalles exactos y la piel perfecta y sin defecto alguno. Sus ojos amarillos y profundos y sus párpados amplios, del color de la arena, parecían un remanso paradisíaco del que difícilmente se podía salir con el corazón ileso. Sus pestañas eran tan largas pobladas y encrespadas que la hacían ver como una palmera incólume en una playa sin viento. Sus labios parecían un par de fresas pegadas y sus dientes, organizados con arte, parecían el teclado, sin sostenidas, de un piano nuevo. Aunque no era de gran estatura, su cuerpo parecía una escultura en mármol de Carrara firmada por Miguel Ángel. No existía cintura más pequeña, ni senos más grandes, ni caderas más carnosas y cadenciosas ni piernas más contoneadas ni cola más redonda y levantada que la de ella. Su hermana Catherine, por su parte, en su todo, era más hermosa que Marcela.

Al ver a las Ahumada sentadas en las piernas de "El Titi" y de Clavijo, cualquier juez imparcial, cualquier agente de la DEA, cualquier humano desprevenido, cualquier policía mutilado o cualquier damnificado de la guerra contra los mafiosos podía llegar, con total facilidad, a la novedosa conclusión de que el problema del narcotráfico no era el envenenamiento de millones de personas en el mundo entero; ni la descomposición familiar de los hogares de millones de drogadictos; ni la fuga de divisas del erario de los Estados Unidos; ni los cientos de jueces policías y periodistas asesinados en México y Colombia; ni los miles de funcionarios públicos y privados infiltrados por el dinero sucio de la droga; ni las aduanas envilecidas; ni la financiación de las campañas políticas con dineros ilícitos; ni la inclusión de militares y policías en las nóminas de los capos; ni el muchacho enloquecido pegándole a la mamá y vendiendo las cosas de su casa para pagar su dosis de crack, éxtasis, marihuana o cocaína; ni la descomposición moral de la nación; ni el desmoronamiento ético de todas las instituciones del estado; ni la creación de una clase emergente, económicamente muy poderosa, con ansias de poder político; ni la obsesión de los narcos por la tierra; ni las masacres y purgas internas entre los carteles de la droga; ni el éter, la acetona y el ácido sulfúrico destruyendo las neuronas del cerebro; ni paramilitares y guerrilleros cuidando cultivos y vendiendo coca para financiar la guerra. No, ninguna de las anteriores. Al ver a las Ahumada sentadas en las piernas de "El Titi" y de Clavijo, uno podía deducir, con muchas posibilidades de acertar, que el problema del narcotráfico era tan solo un problema de física envidia.

Al menos, eso era lo que decían Titi y Clavijo con su muy mal sentido del humor cuando se emborrachaban y buscaban justificaciones al odio que despertaban.

–Lo que pasa, hermano, es que esos hijueputas –decía "El Titi" refiriéndose a los políticos honestos, a los funcionarios de la embajada estadounidense, a los curas que no construían iglesias con su dinero, a los militares incorruptibles, a los ciudadanos indignados, a todos nosotros– se mueren de envidia porque nos podemos levantar la vieja más linda, podemos montarnos en el carro que se nos dé la gana y podemos comprarle la cabeza al que queramos. Como ellos no pueden hacer lo mismo…

–De acuerdo,– decía Clavijo medio embriagado y agregaba:

–Los que nos critican y nos persiguen son los que no han comido de nuestra plata. –Bebía un trago y continuaba– pero, apenas les untas la mano, te endiosan, no hallan dónde ponerte y después se vienen para este lado y ya te quieren es sacar del negocio.

Las Ahumada asentían con la cabeza ante cada aseveración de sus novios con el solo fin de dar a entender que estaban entendiendo algo de lo que en realidad no entendían un carajo por haber dedicado todos los años de su juventud a cultivar el cuerpo, la cara y el cabello y no el intelecto y los buenos modales como lo hubiera hecho cualquier niña que tuviera mamá en este mundo. Ahí radicaba el problema, en que no tuvieron mamá.

Ellas fueron criadas desde los dos años por su abuela doña Clotilde luego de que su madre, doña Lucy Ahumada, se fuera con el padre de su tercer hijo, Manuel, hermano medio de Marcela y Catherine, no por eso tan bello como ellas y que ahora se encontraba preso en la cárcel de Bella Vista pagando una condena de 42 años por asesinar a pedradas a un vendedor ambulante que lo engañó al asegurarle que las zapatillas Reebook que le vendió eran originales. Manuel supo, tiempo después, cuando un amigo le mostró las propias, que las zapatillas eran "chiviadas" y se fue a hacerle el reclamo al vendedor quien se puso a reír diciéndole que si él aspiraba a tener unas zapatillas legítimas por "cagados 15 mil pesos". Manuel se enfureció tanto que no tuvo problemas en tomar con sus manos una piedra de cuatro kilos que encontró en el piso, esperar a que el vendedor estuviera descuidado y caminar a sus espaldas hasta sorprenderlo y propinarle la primera descarga sobre la cabeza. El vendedor cayó al piso herido de muerte y Manuel se abalanzó sobre él, con sevicia, hasta matarlo para después sacarle quince mil pesos del bolsillo y tirarle sobre su cara, en proceso de enfriamiento, las zapatillas descocidas que le costaron la vida. Eso sucedió cinco años antes de que las Ahumada se ennoviaran con "El Titi" y Clavijo, y desde ese tiempo Manuel jamás recibió en la cárcel una visita de sus medio hermanas ni una visita de su mamá. A las Ahumada les daba pena decir que tenían un hermano en la cárcel y Doña Lucy parió un cuarto hijo con un camionero celoso que jamás la dejaba en casa al recordar que si ella ya tenía hijos con tres señores distintos, incluido él, nada le garantizaría que el suyo sería el último. Por eso, las Ahumada jamás la volvieron a ver y aprovecharon esa falta de autoridad maternal y paternal, porque al papá nunca lo conocieron, para hacer su voluntad que iniciaron con la determinación de no terminar el bachillerato.

A duras penas fueron a la escuela en la época en que aún no podían manipular a la abuela y se retiraron del colegio de bachillerato cuando cursaban el segundo año gracias a la invitación que les hiciera un joven que se paraba en la puerta del colegio con tarjetas personales, a hacer un "casting" en una agencia de modelos, que no era más que una empresa de fachada para reclutar mujeres lindas y luego vendérselas a la mafia.

De esta manera sus fotos, metidas en un álbum junto a las de otras 23 niñas en vestido de baño, fueron a parar a manos de "El Titi" y de Clavijo. Impactados por su belleza las hicieron llevar hasta una finca y el mismo día en que las conocieron se las sacaron a vivir a un suntuoso apartamento dotado con todos los lujos que no tuvieron cuando niñas. El apartamento de las Ahumada no tenía nada que envidiarle al de un Magistrado, un Senador de la República o al de un contratista corrupto. Poseía todo lo inventado y por inventar. En cada una de las habitaciones tenía un caminador eléctrico, baño con tina y jacuzzy, cobijas de plumas, toallas bordadas, varios closet repletos de ropa de las mejores y más costosas marcas, un armario especial para albergar los 75 pares de zapatos que tenía cada una, lavamanos en mármol con grifos automáticos y aire acondicionado por no mencionar los cuadros de pintores famosos y esculturas en bronce que lucían en la sala o el comedor de doce puestos que les compraron para ellas dos solas y en el que se perdían cada vez que se sentaban. Por todo el apartamento tenían electrodomésticos y artefactos electrónicos regados algunos de ellos sin estrenar. Por eso, Yésica tenía razón en afirmar que las niñas de su clase no se veían obligadas a estudiar y las razones saltaban a la vista: una niña linda y dispuesta a putearse podía conseguir en un instante lo mismo o más que un abogado, un médico, un científico o un administrador de empresas, luego de estudiar 20 años y trabajar otros 20.

Pero nadie imaginaba que Marcela y Catherine significaban tanto para los dos narcotraficantes de medio pelo que a esa hora se ocultaban en las mesas recónditas de la discoteca. En esas sonaba alguna canción electrónica y las Ahumada se levantaban como resortes a halar a "El Titi" y a Clavijo para ir a bailar, pero ellos se disculpaban con argumentos de todo tipo aunque siempre tontos, por lo que, a la final, las mujeres terminaban bailando solas en el centro de la pista sin que nadie, que conociera su procedencia, se atreviera a mirarlas. De vez en cuando algún par de "Play Boys" incautos, por lo regular foráneos en viaje de turismo, se aterraban al verlas solas y se les acercaban angustiados a pedirles por lo menos el teléfono pero, como siempre, o terminaban comiendo tierra en el parqueadero de la discoteca a manos de los guardaespaldas de "El Titi" o se perdían para siempre en las frías aguas del río Otún, sin cabeza y sin huellas digitales.

"El Titi" era un hombre charlatán y prepotente, de gran talla y mal gusto. Usaba ropas de finas marcas, más por su precio que porque con estilo y las tendencias que representaban y en algunas ocasiones llegó usar hasta cuatro lociones al mismo tiempo. Una cicatriz que rodeaba su pómulo izquierdo le recordaba, cada vez que se miraba al espejo, un pasado lleno de historias trágicas y anécdotas violentas. "El Titi" nació en el seno de una familia humilde y descompuesta donde lo normal era no ver al padre muy a menudo y donde su madre confundía el amor con la alcahuetería. Toleraba tanto sus desmanes, que una mañana cualquiera terminó apaleada por su hijo cuando ella se negó a entregarle la plata del almuerzo que él necesitaba para apostar en un casino ambulante que llegaba al barrio cíclicamente.

Esa obsesión por la plata la cultivó desde pequeño cuando hacía mandados a los vecinos, a cambio de dinero que invertía en la compra de diferentes juegos de azar con los que multiplicaba sus ingresos a niveles imposibles para un niño. Era muy hábil para jugar tute, 21, relancina, póker, dominó, canicas, trompo, parqués, ajedrez, cometa, coca, cinco hoyos y hasta yoyo y, por eso, se ganó, merecidamente, el remoquete de tahúr. Otras veces se quedaba con el cambio de los mandados echando mano de cuentos truculentos como la inminente mordedura de un perro saliendo de la tienda o el bus que casi lo arroya cruzando la calle. Lo cierto es que nunca permanecía sin dinero en sus bolsillos y ese imán para las finanzas lo llevó a convertirse en lo que hoy era, un traqueto de tercer orden a punto de acceder a las altas esferas de la mafia, gracias a los grandes volúmenes de droga exportada durante los últimos dos años y a su frialdad para descontar enemigos, e incluso amigos.

Al narcotráfico llegó de la mano del "Negro" Martín, un amigo de infancia que se marchó un día de lluvia, cuando tenía 15 años y reapareció once años después, en medio del mismo aguacero, en una camioneta 4X4 negra, último modelo, de varias antenas y vidrios polarizados. Las gentes del barrio quedaron mudas al ver la transformación del negro y de inmediato empezaron a tejer todo tipo de conjeturas sin necesidad de asesinar muchas neuronas: se había convertido en "un duro".

Su imponente reaparición causo doble efecto: las niñas del barrio se esperanzaron al ver que los príncipes azules sí existían y los muchachos comprendieron que conseguir dinero fácil para cautivar a esas mismas niñas, sí era posible. Aunque sabían del único negocio que les podría proporcionar una fortuna así, sin necesidad de ir a la universidad, ni recibir herencias ni inventar un aparato para adivinar el número de las loterías, necesitaban conocer la fórmula y los secretos del lucrativo y maldito oficio. Por eso, "El Titi" se le acercó y lo saludó con lambonería, recordando con pena que cuando niño lo había revolcado contra el pavimento de la cancha de la escuela por insinuarle que su madre era una puta.

—Pues como puede ver, parcero...— Le respondió con suficiencia dejando que las cosas y los hechos hablaran por sí solos.

Y las cosas y los hechos hablaron tanto por sí solos, que "El Titi" llegó fatigado a la casa, empacó las dos únicas mudas de ropa que no tenían rotos ni manchas y se marchó, pensando que para siempre. Casi no se despide de doña Magola a quien le lanzó una sonrisa pícara y un beso desde la distancia y en plena carrera, cuando ella salió a la puerta limpiándose las manos en el delantal y preguntándole a gritos que para dónde iba. Como "El Titi", que para entonces no se llamaba "El Titi" sino Aurelio Jaramillo, sólo sonrió, doña Magola esgrimió un último argumento que estuvo a punto de alejarlo de su negro destino para el resto de su vida:

—Mijo espere, no se vaya... ¡Ya le preparé su jugo de guayaba en pura leche!

Aurelio estuvo a punto de devolverse, tentado por la inteligente estrategia de doña Magola de ofrecerle su jugo preferido, al que sólo una vez por semana le echaban leche en vez de agua, pero pudieron más sus ganas de volver algún día en las mismas condiciones en que lo había hecho Martín por lo que siguió corriendo.

Pasando saliva al recordar el sabor espeso y agradable de la bebida que acababa de despreciar por primera vez en su vida, Aurelio corría como loco por las calles del barrio, mientras Martín encendía el carro para partir, recibiendo por la ventana de su camioneta papelitos envueltos meticulosamente por las niñas menos tímidas de la cuadra en los que le preguntaban: que cuándo vuelve, que no sea tan creído, que cuándo me da una vuelta en ese carrazo que, a propósito, está muy lindo, que si tiene novia, que si la quiere, que no se vaya a volver creído porque ahora tiene plata y un sin número de inocentes razones más, acordes para la época en que los narcos despertaban más admiración que odio y cuando ninguno de ellos se había cagado aún en las cabezas de una generación entera de mujeres.

Cuando Aurelio llegó a la casa de la mamá de Martín, el carro del "Negro" arrancaba, aunque despacio, como si quisiera darle una esperita, pero cumpliendo la promesa de irse sin él si no volvía en cinco minutos.

Cuatro o cinco años pasaron sin conocerse noticias de "El Titi" por lo que su ausencia se prestó para todo tipo de conjeturas. Alguien aseguró que lo había asesinado una pandilla de Cali por robarle un reloj de oro que nadie supo de donde sacó. Otros decían que estaba combatiendo al Gobierno desde un frente guerrillero instalado en la frontera con Venezuela, país al que huían cuando lo estimaban necesario, aprovechando algunas coincidencias ideológicas con su gobernante. Otros afirmaron que combatía, a esa misma guerrilla desde las filas de un grupo paramilitar al que estaban llegando muchos narcotraficantes en paracaídas buscando un estatus político que los blindara de una segura extradición a los Estados Unidos. Un funcionario del gobierno aseveró que permanecía recluido en una cárcel de España acusado de alquilar su estómago para traficar heroína. "*Se fue de mula*", agregó el funcionario y aseguró, de paso, que Aurelio purgaba una condena de doce años junto con otros 3.562 colombianos que un día partieron de algún aeropuerto con la esperanza de volver con los bolsillos llenos de dinero a derrotar la pobreza de sus casas ignorando que simplemente la iban a agudizar más.

Otros contaron lo contrario. Que "El Titi" pudo coronar media docena de viajes con su estómago repleto de cocaína y que había ganado el dinero suficiente para independizarse e iniciarse en el negocio de las drogas en medianas y muy tecnificadas cantidades.

Coincidían varios en su presente como narcotraficante, pero discrepaban todos de su suerte. Incluso unos amigos suyos de infancia, llegaron a la cuadra a contar que Aurelio, que ahora se hacía llamar "El Titi", en efecto era un torcido, lo habían capturado en un barco repleto de droga que se desplazaba por las Bahamas y que luego lo habían extraditado a una cárcel de La Florida en los Estados Unidos. Muchas personas juraron haberlo visto por televisión, sin recordar haciendo qué cosa y, muy pocas otras, como doña Magola, tenían la certeza sentimental de volverlo a ver algún día, parado en la puerta de su casa con un maletín lleno de dólares en su mano izquierda. Y triunfaron las tesis y los presentimientos inequívocos de una madre enamorada. "El Titi" volvió: más gordo, más elegante, con su cuello lleno de cadenas y dijes de oro y platino, con una pistola Pietro Beretta en su cinto, una camioneta más grande, más potente y más ostentosa que la del "Negro" Martín, un maletín negro y lleno de dólares en su mano izquierda y la lujuria alborotada.

Como los rumores llegan más rápido que las personas, apenas doña Magola se enteró de la llegada de "El Titi" al barrio, corrió a prepararle el jugo de guayaba en pura leche que a él tanto le gustaba, mientras su hijo fisgoneaba, desde su camioneta con vidrios polarizados y a 15 kilómetros por hora, cada calle, cada casa del barrio, queriendo enterarse, de primera mano, de los cambios fisonómicos de las niñas de, entre ocho y diez años, que hace cinco no veía y que para entonces ya deberían haber abandonado su cascarón infantil. Liliana, quien recién cumplió los quince, esperaba parada en el andén a que pasara la camioneta de "El Titi" para poder atravesar la calle. Iba para la tienda a comprar lo del almuerzo. Había crecido tanto, por un problema hormonal, que superaba en estatura a todos los habitantes del barrio. Por eso, al pasar, "El Titi" sólo pudo verla del cuello hacia abajo.

–Qué vieja tan grande, –exclamó y luego la miró por el retrovisor mientras ella atravesaba la calle para concluir en medio de risas y con un extraño y morboso buen humor: ¡no habría forma, habría que doblarla!

Dos casas más adelante observó a Marcelita dialogando con Paola. La primera muy linda de cara, pero muy mal vestida y un poco obesa y la segunda tan esbelta y provocante que casi lo hace estrellar. Apenas la vio con su pelo recogido en dos moñas laterales, su uniforme colegial impecable aunque con la falda un poco más alta que lo permitido en la institución y la blusa blanca con un botón de los de arriba desabrochado a propósito, Aurelio se olvidó que conducía y centró toda su atención en las piernas doradas y perfectas de Paola. Cuando las llantas de su camioneta mordieron el andén, "El Titi" volvió a la realidad en medio de las carcajadas de las muchachas que se burlaban por el descuido del despistado conductor que casi hace estrellar a un taxista que no tuvo problema en sacar la cabeza por la ventana de su auto para mentarle la madre, ignorando, por completo, que acababa de firmar su sentencia de muerte. En Efecto, Aurelio frenó, anotó las placas del taxi en una tarjeta y fijó de nuevo la mirada en la humanidad de Paola que se asustó al no ver la cara de quien conducía y se entró a la casa de Marcela a toda carrera con su morral a la espalda.

Diez minutos más tarde y mientras saboreaba su segundo vaso de jugo de guayaba en pura leche, Aurelio le contaba en fajos de dos en dos, 20 millones de pesos a su mamá para que la feliz señora le mandara a fundir la plancha de concreto a la casa y le construyera dos cuartos y una caleta en el segundo piso a su hijo donde él pensaba guardar droga y dólares sin que ella lo supiera.

Mientras pedía un tercer vaso de jugo, evocando recuerdos de su niñez, "El Titi" le preguntó a su mamá por Luz Helena, el amor de toda su vida y se entero que ella vivía con un muchacho de Dos Quebradas con el que ya tenían dos hijos. Se enfureció tanto con la noticia que rompió el vaso contra la pared y salió de su casa poseído por la fuerza de la prepotencia. Cuando llegó a la casa de Luz Helena la encontró demacrada y mal vestida, amamantando a su hija de tres meses de nacida y con la mirada perdida en la nada, escuchando vallenatos. Apenas desvió sus ojos para mirarlo, sin ilusión alguna, mientras escuchaba de sus labios todo un sermón sobre lo que le puede pasar a una mujer cuando pierde la fe y no espera lo que ha de llegar.

—Yo pensé que usted estaba muerto, Aurelio. —Fue lo único que atinó a contestar con aburrimiento la resignada mujer mientras cambiaba de seno a su hija.

Lo cierto es que "El Titi" sintió pereza de recriminarla hasta los límites que él usaba y se olvidó de ella tan pronto como observó a Paola, a través de la ventana, saliendo de su casa con su uniforme impecable de cuadros azules y blancos, su cabello tejido en dos trenzas gruesas y largas y sus encantos femeninos a flor de piel. Cuando Aurelio se convenció de que esa podría ser su próxima diversión, quiso salir a la calle para lanzarse a la conquista de la mujercita, pero un bus se la llevó a toda velocidad sin darle tiempo de verla o de hablarle.

Luz Helena que había observado la escena desde la misma ventana quiso solidarizarse con la angustia de su ex novio y le proporcionó una información valiosísima para él:

—Es amiga de Ferney.

Agradeciéndole con una sonrisa que también significaba vergüenza y venganza, "El Titi" atravesó la calle y caminó hasta la casa de Ferney para que lo ayudara en su deseo de conquistar a Paola. Ferney no estaba, pero sí su hermana menor, quien le abrió la puerta. Su nombre era Yésica y le encantó tanto como Paola, pero por unos instantes no pudo dejar de imaginarla como la niñita que corría por la cuadra detrás de un perro, con los calzones rotos y sucios y la cara negra de la mugre. A pesar de recordar esas imágenes notó que la niña ya no era la misma. No obstante sus quince añitos, ya se veía como toda una mujer. Al menos así lo decían sus senos parados como montañas, sus labios pintados de fucsia y sus miradas insinuantes, acompasadas con la mascada de un chicle masacrado y ya sin dulce.

—Ferney no está, pero estoy yo. —Le respondió la adolescente con profunda coquetería a lo que "El Titi" contestó con algo de morbo mirándola por entre el cañón sin arrugas de sus senos que, aunque pequeños, parecían dos rocas:

—Pero es que usted no me sirve para lo que me sirve Ferney, mamita.

—¿Ah, no? Eso es lo que usted cree, parcero, —le replicó insinuante mientras Luz Helena, que seguía amamantando a su bebé, observaba la escena desde la ventana de su casa, sumida en la más grande tristeza.

Al notar la coquetería de Yésica, "El Titi" entendió que no trataba con una niña y se despachó en piropos y propuestas hacia ella. Unos días después, luego de hacerle el amor en varios moteles de la ciudad, en camionetas, fincas y apartamentos de diferentes estilos, la mandó con uno de los guardaespaldas a un centro comercial y le hizo comprar toda la ropa habida y por haber, le giró un cheque para la operación de la nariz, otro para el implante de silicona en los senos y le cambió al cirujano un caballo de paso por la liposucción de la adolescente, no obstante que el cirujano le advirtió, con buen juicio y honestidad, que una niña de tan corta edad no se podía hacer tal cantidad de operaciones, y menos la de los senos y la nariz, porque durante la finalización de su crecimiento experimentaría cambios de tamaño en su sistema óseo que podían terminar en una tragedia estética de grandes proporciones. Yésica asumió el riesgo, el médico alienó su tesis ante la presencia de los cheques y el caballo, y "El Titi" no dijo nada distinto a que estuviera tranquila, porque si le tocaba volverse a operar cuando cumpliera los 18 años y sus "putos" huesos dejaran de crecer, él le patrocinaba la irresponsabilidad.

Lo cierto es que a dos meses de haberse realizado al menos media docena de cirugías y tratamientos estéticos, Yésica lucía espectacularmente bella y transformada. Tanto, que todas las niñitas del barrio empezaron a sufrir de envidia y a organizar planes inverosímiles para poder alcanzar el sueño de lucir tan hermosas como ella. La que más sufría con la transformación de Yésica era Paola y cuando lo supo, "El Titi" sintió que su estrategia estaba funcionando. La envidia de Paola era tal que relegó el orgullo y se presentó una mañana en la casa de Yésica con el pretexto de preguntarle porqué no había vuelto al colegio.

Yésica le respondió que ya no necesitaba volver a estudiar en su vida porque no se iba a mamar 10 años más, metida entre bibliotecas desesperantes, aulas calurosas, baños pestilentes y un uniforme horroroso. En medio de compañeras chismosas y envidiosas, leyendo libros de Homero, Cervantes y García Márquez, recitando de memoria poemas de Calderón de la Barca, haciendo experimentos con sapos, lagartijas y fríjoles y sudando durante las extenuantes jornadas de la clase de educación física o danzas para alcanzar un título que de nada le iba a servir si no contaba con el dinero suficiente para entrar a la universidad.

Paola no estuvo de acuerdo en todas sus apreciaciones, pero no tuvo dudas en aceptarlas cuando Yésica reforzó su fobia al estudio con otra andanada de críticas. Le dijo que ella no iba a seguir sufriendo con profesores que se creían los dueños de la educación del mundo y que la amenazaban con hacerle perder el año si no bailaba bien bambuco, torbellino o cumbia; si no le daba la vuelta al patio del colegio en 9 segundos y 79 milésimas; si no hacía un rollo perfecto sobre una colchoneta sudada y sin espuma.

Que la educación estaba mal diseñada porque a un estudiante no deberían meterle por los ojos materias que no le gustan, que no entiende y para las que no tiene talento ni aptitudes. Que ella no seguiría estresándose con la amenaza de perder el año si no resolvía 125 operaciones de álgebra para el día siguiente; si no le calculaba al de física cuál es la fricción que maneja un carro dando una curva a una velocidad descendente de 90 a 70 kilómetros por hora en 4,5 segundos con una fuerza de 125 caballos y un peso de 470 kilos con las llantas lisas; si no le señalaba al de geografía, en un mapamundi, el lugar exacto donde quedaban las Islas Caimán o Madagascar; si no le contaba al de historia los motivos por los que fue asesinado Alejandro Magno y si este era homosexual o no; si no le recitaba de memoria, al de química, los elementos de la cambiante tabla periódica; si no le decía al mismo profesor cuántas moléculas de ADN conforman el genoma humano; si no le recitaba al de inglés los verbos irregulares en todas sus conjugaciones; si no le conseguía al de biología todas las especies de plantas y mariposas para meterlas en un álbum de hojas negras; si no le recitaba al de religión "El Cantar de los Cantares"; si no le descifraba al de geometría, el resultado de multiplicar el seno al cubo por el coseno al cuadrado por la hipotenusa o, si no se acostaba con todos los que se lo pidieran a cambio de una nota que le arrastrara el promedio.

Dijo, además, que después de todo eso no se iba a acabar la vida esperando un cartón que no le iba a servir sino para adornar su habitación e inflar el ego de su mamá, porque, con seguridad, iba a terminar lavando platos o cuidando niños como lo estaba haciendo su hermana, que sí terminó el bachillerato, por un sueldo miserable.

Pero Paola, aunque convencida de los contundentes argumentos de Yésica, necesitaba ir más allá, conocer las alternativas distintas al estudio que Yésica le planteaba para su vida y siguió hablándole con pistas. Le dijo que a ella sí le tocaba terminar el bachillerato porque no sabía qué otra cosa ponerse a hacer. Que su mamá la mataba donde abandonara el colegio, que era la novia de un primo suyo que la celaba y le tacañeaba más que el papá, que estaba desesperada con la situación económica de su casa, que pensaba a todo instante en una locura que la hiciera cambiar de vida y le puso un mundo de quejas más, esperando propuestas para no desgastarse pidiéndole que le contara cómo había logrado conseguir el dinero para las operaciones y para comprar tanta ropa. Pero Yésica sólo se limitó a escucharla por lo que Paola entró en desespero y se vio obligada a doblegarse, tratando en lo más mínimo de lesionar su ego:

—¿Hermana y usted no me puede llevar donde esos manes? ¡Yo estoy dispuesta a hacer lo que sea con tal de salir de esta situación tan hijueputa!

Yésica recordó que "El Titi" le vivía diciendo que se moría por estar con dos mujeres al mismo tiempo y se aprovechó de los deseos de involución manifiesta que tenía Paola para hacerle la propuesta.

—¡Cómo se le ocurre, hermana! Respondió indignada, pero su incoherencia y su debilidad la llevaron dos días después hasta una finca de Cartago donde "El Titi" las estaba esperando muerto de la dicha, lleno de whisky, comida, música variada, cocaína pura y un video porno con el que les iba a explicar, veladamente, a sus dos invitadas lo que debían hacer, sin necesidad de recurrir a las palabras. Un mes después, Paola ya tenía puestas sus tetas de silicona y se paseaba orgullosa con ellas por toda la cuadra mientras Vanessa, Ximena y Catalina especulaban sobre el origen del dinero invertido en la cirugía.

Paola creyó haber hecho lo suficiente como para exigirle a "El Titi" que la considerara su novia, pero se estrelló contra el mundo cuando él le contó, muerto de risa, que eso era imposible porque estaba comprometido con Marcela Ahumada, la mujer más linda de la tierra, su novia oficial y verdadera, la única, la dueña completa de su corazón, la destinataria solitaria de sus caricias sinceras, la propietaria de su amor y su dinero y que no pensaba cambiarla por nada ni por nadie en este mundo. A Yésica, que pretendía lo mismo que Paola, le detuvo de un tajo sus intenciones advirtiéndole que no soñara pues, ni ella ni ninguna otra mujer podían aspirar al trono que ostentaba Marcela. Que si quería, la aceptaba junto con las 20 ó 30 mujeres con las que salía a cambio de ciertos detalles y que mirara a ver si le gustaban las cosas de esa manera o que hiciera lo que le diera "la hijueputa gana".

Por eso, mientras "El Titi" departía con Clavijo y las hermanas Ahumadas en la discoteca, Yésica trataba de inventar la manera de vengarse de Marcela, explotando la lujuria de "El Titi" poniendo a su servicio a las niñas más lindas del barrio. A Ximena le dijo que dejara de ser boba, que el estudio no servía para nada, que la vida era muy corta y que tocaba disfrutarla al máximo, que estos manes eran chéveres, que si uno se portaba bien con ellos, ellos se portaban bien con uno, que eran todos unos caballeros.

A Vanessa le dijo que dejara de ser mojigata porque se la llevaba el putas, que no le parara bolas al novio porque la volvía loca y que se rebelara en la casa, tranquilamente y sin remordimientos, porque los papás eran conscientes de haber criado cuervos y no hijos y que sólo estaban esperando a que ellos les sacaran los ojos para quedar satisfechos con el cumplimiento de su popular premonición. A Catalina le dijo que cuándo se iba a cambiar de pantalón, que la blusa que llevaba ·puesta lucía vieja y pasada de moda, que ella necesitaba ropa, que Albeiro no le servía sino para echar babas, noche de por medio, en la puerta de su casa y para regalarle peluches y que lo único bueno que tenía su casa era Bayron, que caminaba muy lindo y se le parecía a un jugador de la selección Argentina de fútbol. Que por su mamá no se preocupara porque si se enojaba cuando se empezara a perder los fines de semana, el mal genio le pasaría cuando ella le llegara con un mercado para dos meses y el billete para meterla al salón de belleza de Nacho.

A Paola no tuvo que decirle nada más porque ella conocía las mieles del éxito, que para ellas significaba acostarse con un traqueto y porque, desde el día en que conformó el trío con Yésica y "El Titi", se enteró por boca de él mismo, que fue ella la primera mujer del barrio en la que se fijó el ahora multimillonario traquetico y eso le bastaba para vivir orgullosa el resto de su vida.

Y mientras "El Titi" observaba desde su mesa recóndita la llegada de seis policías a la discoteca, Vanessa, Ximena y Catalina le aceptaban a Yésica el negocio de irse los fines de semana con él, a cambio de ropa y dinero para operarse hasta la risa. Del trío de hermosas damiselas, la más interesada era Catalina, pero, así mismo, era la que menos posibilidades tenía de ser aceptada por "El Titi", ya que jugaban en su contra dos hechos irrefutables: sus senitos talla 32 A y su calidad de niña virgen.

Cuando Clavijo se empezaba a escabullir hacia la cocina de la discoteca por una puerta secreta que el dueño les diseñó a él y a otros clientes exclusivos, "El Titi" identificó al oficial al mando de la patrulla que acababa de ingresar a la discoteca. Era el Teniente Arnedo.

—Quédese tranquilo, Clavijito, mijo, que el hombre es de este lado, es amigo, –le dijo a su asustado socio mientras Marcela y Catherine Ahumada se carcajeaban al ver como un hombre como Clavijo que se jactaba de matar y comer del muerto se orinaba en los pantalones al ver un uniformado. En efecto, el teniente Arnedo pertenecía al inmenso grupo de militares sobornados por la mafia y su presencia en el lugar se justificaba en el hecho de que Cardona se encontraba a punto de ingresar al lugar. Cuando "El Titi" se enteró del inminente arribo de su jefe, tomó a Marcela de la mano y la instó a salir de afán. Marcela, entre cuyas metas se encontraba la de conquistar a un narco más poderoso que "El Titi", se negó a abandonar la discoteca, argumentando, falsamente, que la estaba pasando muy bien, por lo que "El Titi" asumió el desafío con firmeza y la tomó de la mano con fuerza para luego atravesar el salón con ella, casi a rastras, ante la sorpresa generalizada de todo el mundo. Y aunque ella le gritaba que dejara de ser amargado y que la dejara quedarse un poco más, "El Titi" sabia que si Cardona las conocía, a ella y a su hermana, se las iba a pedir, a manera de orden, para su colección personal. Y como "El Titi" no le podía negar un favor a Cardona, decidió partir antes de tiempo con su novia, su cuñada y su compinche.

No pocos quedaron aterrados al ver al par de divinas esculturas humanas, humilladas, arrastradas y mancilladas a lo largo de la discoteca, por lo que más de un curioso salió disimuladamente al parqueadero de la discoteca con el fin de conocer el desenlace de la escena que no fue otro que el de el par de mujeres subidas a empellones y bofetadas a un par de camionetas lujosas. Cuando Cardona llegó, "El Titi", Clavijo, y las Ahumada iban lejos.

Al día siguiente y de acuerdo con su costumbre de no satisfacer sus instintos con una sola mujer, "El Titi" se apareció en la cuadra de Catalina y detuvo su camioneta en la casa de enfrente que era la de Yésica. Cuando ella salió, le entregó la buena noticia sin siquiera darle tiempo a saludarla.

–¡"Titi", le tengo otras tres peladitas divinas!

"El Titi" sonrió, hizo todo tipo de preguntas y se entusiasmó tanto que les dejó dinero para la ropita y quedó de recogerlas en la noche. Yésica se robó el dinero de la ropita y se llevó a Ximena, Vanessa y Catalina para su casa. A todas les prestó ropa de ella, que ya no usaba, para que "El Titi" no extrañara las prendas nuevas que les había mandado a comprar y les hizo el anuncio:

–El man viene por la noche...

También le anunció la llegada de "El Titi" a Paola, pero ella, que ya lo conocía de tiempo atrás, no se entusiasmó tanto, pero no porque le pareciera aburrido irse con el mismo hombre, sino porque le daba rabia que otras tres niñas del barrio se lo estuvieran disputando. Después de todo comprendió que más allá de aceptarle regalos a "El Titi", su corazón latía más fuerte por él que por cualquier otro hombre.

Cuando la noche hizo su aparición, Catalina, Vanessa, Ximena y Paola se sentaron en el antejardín de la casa de Yésica a esperar al ya famoso cliente. Se notaban tan lindas como impacientes y ninguna dejaba de mirar a las otras y al mismo tiempo a la esquina, buscando saber quién estaba más bonita y a qué horas se iba a aparecer el bendito "Titi". Desde su ventana, doña Hilda miraba con sospecha la escena, mientras Yésica marcaba en vano el número del narco desde su celular. De repente entró una llamada. Era "El Titi" quien le habló en clave a Yésica. Le dijo que no tenía mucho tiempo y que no iba a ser posible pasar todo el fin de semana con las cuatro niñas, por lo que le pedía el favor de alistarle a una sola de ellas, pero que le dejara dos opciones para escoger. Cuando Yésica colgó, las demás abrieron los ojos con preocupación preguntando, al tiempo, lo que sucedía. Yésica les dijo que "El Titi" acaba de llamar para cancelar la cita. Todas se desilusionaron y regresaron aburridas a sus casas, pero al segundo Yésica se devolvió y les golpeó en secreto a Paola y a Catalina en sus puertas, las sacó de nuevo a la calle cuando estaban a punto de empijamarse y las puso al tanto del despiste.

—Es que el man sólo quiere irse con una de ustedes y me pidió que le alistara dos niñas para escogerla. —Les dijo, además, que ella pensaba que una de las dos era la más bonita y que por eso había engañado a sus otras dos amigas, pero que esperaran a ver qué decía el cliente advirtiéndoles de paso que ni Ximena ni Vanessa podían saber nada sobre el pequeño complot.

"El Titi" llegó en una de sus camionetas y se plantó frente a la casa de Yésica mirando a Paola y a Catalina, con la ventaja de no ser visto gracias a la oscuridad de los vidrios del carro. Yésica se aproximó y le dijo lo que él ya sabía, que las mujeres estaban listas. Él las miró con deseo mientras hacía comentarios morbosos con su chofer y uno de sus escoltas que lo acompañaba. Cuando la avanzada aprendiz de proxeneta le pidió que escogiera su juguete de turno, Titi respondió sin inmutarse que Paola:

—Vos sabés que esa culicagada me mata. Agregó.

Acto seguido y tal vez sin proponérselo, sentenció para siempre la suerte de Catalina:

–La otra es bonita, pero tiene las teticas muy chiquitas. ¡Mejor dicho, no tiene!

El escolta y el chofer soltaron sendas carcajadas que molestaron a Yésica.

–Aquí entre nos –le dijo ella en secreto–, aunque las tiene chiquitas, es virgen.

–¡Peor! –Respondió "El Titi" fastidiado y argumentó:

–Con esas peladitas se briega mucho y yo no tengo tiempo ahora de ponerme a enseñarle nada a nadie. Además tengo a la policía, a la DEA, a la Fiscalía y a mi novia vigilándome como para ponerme a joder con virgos a estas alturas de mi vida.

Mientras Yésica miraba con pesar a Catalina, Cabrera, el conductor de "El Titi", dio la puntada final:

–Es mejor regular conocida que buena por conocer, patrón.

–Con una carcajada "El Titi" aprobó su propia elección y Yésica se fue hasta donde las dos mujercitas que esperaban nerviosas e impacientes a entregar el veredicto:

–¡Que el man repite con usted, Paola!

La elegida sonrió derretida de amor por el dinero de "El Titi" y el rostro de Catalina se desfiguró al instante.

Cuando la camioneta arrancó con una Paola sonriente abordo, Catalina preguntó con un sentimiento de frustración mezclado con impotencia y rabia sobre el por qué de la elección de "El Titi" y Yésica no tuvo reparo alguno en contarle la verdad sobre el delirio de sus amigos narcos por las mujeres tetonas. Ese fue el día en que Catalina se propuso, como meta única en su vida, como fin último de su paso por este mundo, conseguir el dinero para operarse los senos y convertirse en la novia de un traqueto. No pasaría desde entonces, segundo de su vida sin que ella pudiera imaginar cosa distinta a su imagen frente al espejo con un par de senos que intentaran reventar sus brasieres.

Mientras Paola departía con "El Titi" en una finca con 24 habitaciones e igual número de baños, conociendo el dinero envuelto en cajas y aterrándose por las extravagancias más inimaginables; y mientras Catalina masticaba su rabia por no haber sido elegida, tratando de sobrellevar su noviazgo con Albeiro y las relaciones con su mamá, y mientras Yésica buscaba con afán más niñitas para el harén de "El Titi", Mariño, el esperado Mariño aterrizó en el aeropuerto

El Dorado de Bogotá, procedente de Ciudad de México, junto con tres amigos más, ellos sí manitos de pura cepa, muy distintos a los galanes de rasgos finos que se veían en las novelas hechas por cantidades en ese país. Esto es, gordos, bajitos, cabezones, aindiados, yucatecos, uno de ellos con incrustaciones de oro en los dientes y todos tres con ropa costosa, pero no elegantemente vestidos, con los pelos de la cabeza negros, lisos, medianamente largos y gruesos como chuzos.

Mariño era la mano derecha de "El Titi". No pasaba de ser un traquetico, principiante de quinta o sexta categoría, sicario de 28 personajes importantes en el reciente pasado, que acababa de recibir, por primera vez, una misión distinta a la de matar a alguien desde una moto por una buena suma de dinero. Lo enviaron a Ciudad de México como premio por asesinar a sangre fría al "Negro" Martín, maestro y amigo de "El Titi" a quien éste demostró, con un par de tiros en la cabeza que, cuando el poder y el dinero están de por medio, no cuentan ni las lealtades ni los sentimientos.

"El Titi" quería ser tercero de la organización, pero para hacerlo tenía que sacar de circulación al negro Martín, lo único que en alguna ocasión prefirió a su apreciado jugo de guayaba en pura leche. Y así lo hizo. Los detalles no importan porque todas las muertes que produce la mafia, por centenares, son iguales, pero sí cuenta la anécdota porque, desde entonces, "El Titi" desmitificó la inmortalidad de sus jefes y se propuso alcanzar la cima de la organización al precio que fuera. Pero para eso necesitaba hombres como Mariño y Mariño no quería seguir en sus andanzas, asesinando como sicario segundón y menos en ese momento cuando tenía a su haber muchos secretos de Aurelio Jaramillo para explotar.

"El Titi" lo envió, un mes antes, a esperar en Ciudad de México varios vuelos comerciales procedentes de Colombia,   Venezuela y Panamá en los que arribaron, entre colombianos y extranjeros, 65 personas con sus estómagos cargados de droga. Como estaba previsto, durante ese mes, 60 de las 65 personas con sus estómagos repletos de deditos de guantes de cirugía tacados con coca y heroína pasaron los controles. Dos murieron envenenadas y tres cayeron en poder de la policía. Los capturados, una mujer en el aeropuerto de Bogotá y dos hombres en el de la capital mejicana, fueron delatados por los mismos narcos con el fin de inflar el ego de la policía y distraerlos con las capturas, facilitando así el paso de los demás traficantes.

A todas las mulas, que viajaban a razón de cinco por vuelo, se les instruyó sobre lo que debían hacer para no terminar en la cárcel o en el cementerio. Primero, y para adaptar sus esófagos al tamaño de los deditos de caucho con coca, se los puso a tragar, enteras, varias uvas de gran tamaño y luego salchichas del grosor de un dedo pulgar. Tres días antes de tragarse las 100 ó 150 bolsitas con droga, les suspendieron todo tipo de alimentos sólidos con el fin de preparar sus estómagos para la llegada de la extraña alimentación. Se les dijo que después de ingerir las cápsulas malditas, no podían ni comer, ni beber nada, ni pasar saliva, siquiera, porque los ácidos gástricos iban a alborotarse trayendo como consecuencia la ruptura de las bolsitas y consigo la muerte. Por eso no podían ingerir ninguna bebida ni alimento dentro del vuelo aunque sí debían recibirlos para despistar y engañar a las azafatas, preparadas por la Interpol para detectar este tipo de pasajeros y cuya principal causa de sospecha era la de ver rechazar los alimentos que suministraba la aerolínea.

Por eso todas las mulas recibían durante el vuelo todo lo que se les ofrecía y hasta lo llevaban a la boca y lo masticaban. Una vez las azafatas desaparecían, escupían en sus manos los alimentos medio masticados y los llevaban a sus bolsillos para luego deshacerse de ellos depositándolos en el lavabo del avión.

Algo resultó mal porque Blanca Perdomo y Euclides Ibáñez, la primera madre de dos hijas y el segundo padre de cuatro, murieron como consecuencia de la estallada de varias bolsitas repletas de droga dentro de sus vientres. Blanca, quien soñaba con saldar sus deudas y garantizar la educación de sus dos pequeñas abandonadas por su padre desde que la mayor cumplió los tres años de edad, murió en pleno vuelo después de retorcerse del ardor en su vientre y luego de que una azafata, inocente, le suministrara un vaso con agua y una pasta para la gastritis. Su estómago explotó en mil pedazos.

Euclides Ibáñez murió en el trayecto entre el aeropuerto de Ciudad de México y el apartamento donde Mariño lo estaba esperando con todo un equipo de paramédicos y laxantes para extraerle la mercancía. Como se acostumbra en estos casos su cuerpo fue abierto para extraer la costosa mercancía y luego descuartizado y diseminado por todos los conductos de agua negra de la ciudad mientras sus cuatro hijos y su esposa lo seguían esperando sonriente y cargado de regalos como la primera vez cuando viajó a Madrid.

El apartamento donde Mariño reclutaba a las mulas y les hacía ingerir los laxantes recomendados para que expulsaran los dediles con droga quedaba en el exclusivo sector de la Zona Rosa en Ciudad de México y se ocultaba tras la fachada de un restaurante de comida latina. Una vez terminada la labor de digestión y limpieza de los preciados empaques, Mariño le pagaba a cada una de las mulas 5 ó 10 mil dólares, según la cantidad y la clase de droga transportada, y se disponía a juntarla para luego rebajarla con talco y entregarla a sus destinatarios, que no eran otros que los distribuidores minoristas camuflados de vendedores de dulces y cigarrillos organizados por Fernando Rey, el amo y señor de las calles de Ciudad de México. Rey había conformado un Cartelito que, a raíz de la muerte del "Señor de los cielos", se independizó como lo hizo en Colombia el Cartelito de Morón que operaba desde Cartago y Pereira amparado en la caída en desgracia de los capos de Cali y Medellín.

A ese Cartelito de Cartago que, a pasos gigantes se aproximaba a la ostentación, la capacidad de soborno y el poder de manipulación política del Cartel de Cali y a la soberbia militar, la intolerancia, la violencia y la ostentación económica del Cartel de Medellín, pertenecían, en su orden, "Morón", "Cardona", y "El Titi". Los demás, como "Mariño", estorbaban, pero apenas representaban la nueva generación del negocio y no significaban mucho dentro de la organización, aunque fueran los llamados a poner el pecho frente a las autoridades ante cualquier revés, pues eran los encargados de las labores más difíciles del narcotráfico como el acopio, la fabricación, el embalaje, el transporte, la comercialización y el cobro, por las malas o por las buenas, de la mercancía.

Aunque los nuevos narcos no eran menos desafiantes que los miembros de los desmantelados carteles de Medellín y Cali, sí eran más cautelosos, menos ostentosos y se podría decir que más inteligentes y más escurridizos. No repetían ya, por ejemplo, la historia del narco que no fue aceptado en un prestigioso club social de la ciudad de Cali y que en un ataque de soberbia mandó a construir un club idéntico para él solo en una de sus fincas. Ni la historia de otro narco que mandó a construir en Caquetá, departamento enclavado en las selvas colombianas, una plaza de toros utilizando los mismos planos arquitectónicos de la plaza de toros de "Las Ventas" de Madrid, España. Ni la historia de un capo que mandó a construir en una de sus propiedades una réplica exacta, pero a escala de la Casa Blanca de Washington. Ni la historia del mafioso que le mandó a poner aire acondicionado y hasta una obra de Picasso a sus caballerizas. Ni la historia de otro mafioso que mandó a colgar en el portal de su finca la avioneta con la que coronó su primer cargamento. Finca que además poseía, para la diversión de los hijos del narco, un zoológico con especies de los cinco continentes que envidiaría cualquier capital de una potencia mundial. Ni la historia de un narcotraficante que quería comprar más de dos millones de hectáreas de terreno para construir una carretera particular que saliera de Pacho, un municipio de Cundinamarca en el centro del país y terminara en el mar, luego de recorrer cerca de 1.000 kilómetros. Ni la historia de un traqueto que compró varios chalecos antibalas y resolvió probarlos contra la humanidad de su mayordomo a quien destrozó con balas de fusil Galil para luego exclamar:

–¡Qué malos! A lo que el vendedor repostó:

–Le advertí patrón que sólo resistían balas de revolver y pistola.

Tampoco se desplazaban en aviones privados a lo largo y ancho del país. Ya no instalaban grifos de oro en sus baños ni construían piscinas olímpicas, y discotecas en sus casas. Renunciaron, también, a poseer equipos completos de fútbol profesional para coleccionar títulos, porristas para sus fiestas y jugadores talentosos para las fotografías de sus álbumes familiares o para lavar dólares vendiéndolos al exterior por la mitad del precio declarado.

Tampoco regalaban, ya, barrios enteros y no participaban en política regalando motores fuera de borda, motocicletas y dinero a sus electores y despertando la ira de los políticos profesionales que veían en ellos una seria amenaza para sus curules.

Aunque seguían siendo inmisericordes y despiadados matones como los de antaño, los nuevos narcos no ambicionaban la tierra de manera tan obsesiva como lo hacían los antiguos capos de los carteles de Medellín y Cali.

A ellos los motivaba más la empresa, la inversión de riesgo, la capitalización, la rumba, los relojes costosos, acostarse con modelos y actrices, las propiedades en el exterior y las cuentas secretas en Suiza, Islas Caimán y Panamá. Ya no compraban carros de cien mil dólares en efectivo transportados en tulas de lona. Ahora preferían los carros de gama media y los pagaban con créditos bancarios para no despertar sospechas entre las autoridades.

Pertenecían a una generación más preparada que la de los narcos que iniciaron el negocio en Colombia y, por lo mismo, diseñaban mejor sus estrategias para lavar sus capitales y legalizar sus enormes ganancias. Para ello contaban con expertos en finanzas, preparados en las mejores universidades del mundo y con estrategas militares importados de la antigua Unión Soviética como lo demuestra el hallazgo de varios submarinos encontrados en las costas del departamento de Nariño, en el municipio de Facatativa y en la Guajira, fabricados con tecnología rusa. Uno de esos sumergibles, el hallado en Facatativá, a escasos 30 kilómetros de Bogotá, tenía una capacidad para transportar 10 toneladas de cocaína. Pero no causaba más asombro su gran capacidad de carga y su tecnología para desplazarse por las profundidades del océano sin ser detectado por los radares gringos, que el hecho de estarlo construyendo a 2.600 metros sobre el nivel del mar y a más de mil kilómetros de distancia del lugar donde debía ser botado, para luego empezar sus travesías que consistían en llevar la droga desde los muelles de embarque hasta los buques anclados en alta mar.

Aparte del osado y novedoso método de sacar la droga del continente en submarinos a prueba de radares fabricados en sus propios astilleros, los narcotraficantes alcanzaron su máxima hazaña y atrevimiento al enviar la droga a los Estados Unidos con soldados de ese país, irónicamente instalados en territorio colombiano para combatir a los carteles de la droga y lo que es peor, en aviones con bandera estadounidense. Eso sucedió en la primavera del año 2005 y el hecho llenó de vergüenza e indignación al Gobierno del país del norte empeñado, aunque equivocadamente, en acabar este flagelo que estaba acabando con la salud mental de millones de jóvenes en todo el mundo. Pero este no fue el único hecho mediante el cual los narcos se vengaron de las extradiciones a las que estaban siendo sometidos por los gringos. En alguna ocasión sucedió que un militar de ese país envió droga en las valijas diplomáticas que salían de la Embajada de los   Estados Unidos con sede en Bogotá, amparado en su relación   sentimental con una funcionaria de esa representación   consular. Desde luego casos aislados que no comprometían al gobierno de ese país, pero que sí dejaba en claro que cuando el dinero en cantidades no despreciables está de por medio, nada es imposible para los narcotraficantes empeñados en burlarse de sus peores enemigos, para mitigar en parte las humillaciones y los grandes golpes que aquellos les estaban infringiendo con la ayuda económica y militar que les brindaban a los gobiernos de Colombia.

Sin embargo, los sobornos en esta etapa del narcotráfico eran más selectivos y el cuidado de sus laboratorios y cultivos estaba a cargo, según la zona geográfica, de la guerrilla o de los paramilitares, grupos que justificaban este contradictorio accionar en la premisa de no dar ventaja al enemigo, ya que ambos conseguían con los monumentales ingresos de esta actividad ilícita, el dinero suficiente para comprar las armas que les garantizaran su permanencia en la guerra sin sentido que desangraba a la patria y que ya cobraba la vida de más de un millón de personas desde los años 60 y el desplazamiento de 3 millones de colombianos desde los años 80 . Ningún otro país del mundo vería caer asesinados en un lapso de 9 años, entre 1.986 y 1.995, a cinco candidatos presidenciales: Jaime Pardo Leal, Luis Carlos Galán, Carlos Pizarro, Bernardo Jaramillo y Alvaro Gómez Hurtado quienes se atravesaron con valentía en el camino de los osados y soberbios narcotraficantes de los carteles de Medellín y Cali.

CAPÍTULO TRES
El final de la flor

Catalina y Albeiro se encontraban discutiendo, de nuevo, en la sala de su casa, cuando Yésica se apareció en la puerta, pálida del susto, y la llamó con señas. Albeiro se opuso a que saliera, pero como siempre, Catalina pasó por encima de su voluntad y corrió hacia la calle a escuchar la noticia que por largas semanas estuvo esperando:

–¡Marica, llegó Mariño de México! –Le dijo con la garganta seca y los ojos desorbitados.

De inmediato, por la mente de Catalina se cruzaron varias imágenes. Una, la de la operación de sus senos, otra, la de un brasiere inmenso donde ella se columpiaba, aunque triste y una más, la de su cuerpo bailando al viento con una blusa escotada que se robaba la mirada de un sinnúmero de hombres con la boca abierta. Al volver a la realidad saltando de la dicha, pero con un dejo de tristeza en el fondo de su alma, empezó a tejer todo tipo de preguntas. Que a qué horas llegó, que dónde estaba, que como se enteró de su llegada, que cómo lucía, que si era simpático, que si con él sí podría conseguir los 5 millones de pesos de la operación, que cómo iban a hacer para encontrarse y que Albeiro no se podía enterar de nada o la mataba, a lo que Yésica contestó con el mismo desorden. Que acababa de llamarla, que venía coronado y por ende luqueado, que el man no era ni tan feo ni tan simpático y que le había pedido que le alistara un par de nenas bien lindas y bien buenas, que se vieran mañana por la noche porque el día lo iba a dedicar a arreglar cuentas con sus jefes y que no se preocupara por que el bobo del Albeiro no se iba a enterar de nada, que cómo se le ocurría tal cosa y que le daba rabia que se lo advirtiera.

Pero Albeiro no necesitaba que alguien le contara que su novia, o al menos la cabeza de su amada, andaba en malos pasos. Desde la ventana de la casa y ocultando su humanidad detrás de una sábana, que oficiaba como cortina, observaba con extrañeza y profunda sorpresa los gritos y los saltos que daba Catalina cada que Yésica le decía algo. Sólo la imagen de doña Hilda caminando empijamada hacia la cocina lo distrajo.

Cuando entró a su casa en estado de absoluta contentura, Albeiro ya había vuelto a su puesto del sofá de la sala, disimulando lo que acababa de ver, pero muerto de rabia por dentro al presentir que la niña de sus ojos se le esfumaba sin remedio y a pasos incontenibles. Por eso no supo si acosarla con rabia para que le dijera lo que Yésica le había manifestado o manejar la situación con inteligencia. Supuso que si la ponía contra la pared para que le contara lo que pensaba hacer, ella se iba a llenar de motivos para sacarlo de su vida y por eso optó por lo segundo:

–Cómo me gusta verla contenta, mi amor, –le dijo en perfecta actuación y con total hipocresía a lo que Catalina respondió con un beso, un abrazo y una razón tan hipócrita como la expresión exhalada por su novio.

–¡Es que me salió un puesto, mi amor, voy a trabajar!

Albeiro no se pudo contener y protestó. "Para qué un puesto si usted está muy pequeña para irse a trabajar". "Quién putas le está ofreciendo trabajo". "No se confíe porque esa persona sólo quiere aprovecharse de usted". Que de seguro algún abogado pervertido la quería emplear de secretaria para "comérsela" el día del pago de la primera quincena. Que más bien siguiera estudiando juiciosa que él, a pesar de sus limitaciones, le podía regalar, de vez en cuando, para que comprara sus cositas. El problema es que Albeiro se refería como "cositas" a una gaseosa, una empanada, un paquete de papas fritas, unas toallas higiénicas, alguna blusa de promoción, un caimán para amarrarse el pelo, un afiche de Shakira, Carlos Vives o Juanes, una pulsera de semillas de algún árbol, un sobre de champú, un cinturón, una hebilla, algunas otras galguerías y el dinero para el transporte. Pero Catalina pensaba en otras cositas, algo más, mucho más, definitivamente más costosas, como su operación de busto, ropa de marca, perfumes finos, mercados de tres carros para su mamá, carro para ella y un apartamento como el de las Ahumada, como mínimo, si llegaba a convertirse en la novia de Mariño.

Había dos problemas en todo esto. El primero, que Catalina sentía un amor sublime por Albeiro y el segundo, que doña Hilda no la iba a dejar escaparse un fin de semana con Mariño sin una explicación convincente. El primer problema lo resolvió echando mano de su remordimiento y su cargo de conciencia por lo que le iba a hacer a Albeiro. Por eso le perdonó sus cantaletas, le recibió con cariño y disimulo las migajas de dinero y los pequeños y baratos detalles que con gran esfuerzo le daba; se volvió más cariñosa con él y le prometió rebajar en tres años el plazo para entregarle su virginidad.

Albeiro, al que ahora lo separaban algunos meses de la dicha de poseerla, creyó ganar el cielo y aceptó todas las condiciones de su pequeña y manipuladora novia. Incluso le dio permiso y un poco de dinero para que se fuera el fin de semana con sus amigas de curso a un paseo. Hasta intercedió ante doña Hilda para que la dejara ir, apelando a su doble condición de novio y papá:

—¿Usted cree, suegra, que si yo desconfiara de Catalina le daría permiso para que se fuera por allá? ¿Usted cree, doña Hilda, que Catalina es capaz de defraudarnos a usted y a mí que la queremos tanto? ¿Usted desconfía de la educación que le ha dado a su hija, doña Hilda? ¿Usted considera que Catalina es una niña loca como para no dejarla ir al paseito? ¿Entonces por qué no la deja ir? ¡Mire que ella ha estado muy juiciosa últimamente! ¡Mire que la niña necesita salir, desaburrirse, conocer el mundo! ¡Mire que las amigas de Cata son niñas muy sanas! ¡Mire que si la encierra va a ser peor! ¡Mire que a mi hermanita, mi mamá no la dejaba salir sola ni a la puerta y sin saber cómo, ni cuando, ni en donde resultó embarazada!

Doña Hilda aceptó el arsenal de argumentos de su yerno, pero aclaró:

—Está bien, que se largue, pero que después no me vaya a salir con cuentos raros.

Luego se arrepintió de darle el permiso y le agregó una serie de condiciones y consideraciones:

¿Y no puede ir con su hermano? ¿Qué tal que me le pase algo? ¿Qué tal que esas niñas se emborrachen y me la dejen sola? ¿Qué tal que me le enseñen cosas raras? ¿Qué tal que aprenda groserías y Dios no lo quiera hasta a fumar? Sí, es mejor que vaya con el Bayron. Si es así, la dejo ir, si no, no.

Llorando por las imposiciones de su madre, Catalina le dijo que si tenía que llevar a Bayron entonces que mejor no iba, que gracias por desconfiar de ella y que eso le pasaba por pendeja por ponerse a pedir permiso en vez de engañarla o escaparse con sus amigas sin decirle nada o irse con ellas inventándole mentiras. Que no se le hiciera raro si la próxima vez no amanecía en su cama, porque lo que era ella, jamás se iba a poner a hacer las cosas al derecho como en ese momento las estaba haciendo y que... En ese instante, doña Hilda la interrumpió, convencida de que su hija tenía razón y la dejó ir.

–Está bien, vaya, pero mucho juicio, –le dijo y agregó –Se me porta bien, mucho cuidado con ponerse a loquear y si le llega a pasar algo, después no diga que no le advertí.

Catalina le agradeció a Albeiro el favor de convencer a su mamá de dejarla ir al paseo, metiéndolo en su cama, la mañana del día siguiente, después de que doña Hilda se marchó al mercado y Bayron al colegio o al billar según su estado de ánimo. Esa mañana de lluvia con las gotas de agua golpeando con alegría sobre el tejado, Catalina le entregó a Albeiro un anticipo de lo que iba a pasar en algunos meses cuando cumpliera los quince años, después de besarlo a lo ancho y largo de su humanidad.

Albeiro respondió proponiéndole matrimonio. Catalina le dijo que sí, pero que para eso tenían que esperar un tiempo porque ningún cura la iba a casar con la edad que tenía. Albeiro le dijo que para amarse no necesitaban la bendición de ningún cura y le propuso que se fueran a vivir juntos. Le juró amor eterno, le juró fidelidad a toda prueba. Le dijo que tenía unos ahorritos como para arrendar una habitación y comprar un colchón con sus almohadas y sábanas completas. Que, como ella sabía, él no era rico, pero que iba a trabajar muy duro en la vida para darle todo lo que ella necesitara, para darle un par de hijos y criarlos con buenos principios y mucho amor. Que si el Deportivo Pereira clasificaba para las finales podían pensar en salir a pasear cada diciembre a las termales de Santa Rosa, a la Feria de Manizales y por qué no, ahorrando un poco más, al Parque Nacional del Café en Armenia. Catalina, que tenía en mente viajes a Miami, París, Argentina o cuando menos San Andrés o Cartagena, le dijo que la dejara pensar y le agradeció con besos apasionados y sinceros su disposición a entregarse a ella para la toda la vida.

Conmovida por las nobles y sinceras intenciones de su novio, Catalina entró al baño y lloró por la ingenuidad de Albeiro y por lo que iba a hacer con sus amigas a partir de esa noche en la finca de Mariño. Se sintió tan falsa y tan infeliz que hasta pidió perdón a Dios por faltarle a un hombre que sólo merecía amor y sinceridad de su parte.

Albeiro se la jugó a fondo con caricias y ruegos para lograr que Catalina se le entregara esa misma mañana, pero no pudo, porque aunque Catalina lo deseaba, sabía que entregarle su virginidad a él y no a Mariño, significaba olvidarse de su gran sueño.

Triste por no haberla convertido en su mujer, pero entusiasmado con la idea de casarse o irse a vivir con ella, Albeiro volvió al taller de screen, donde estampaban las banderas del Deportivo Pereira, con un ánimo y una felicidad tales que aumentó en más de un doscientos por ciento su productividad. Quería demostrarle a su amada novia, al regreso de su paseo, que el viaje a las termales de Santa Rosa ya no era una utopía. En la noche y con el corazón sangrando, Catalina salió caminando de su casa en compañía de Yésica, Ximena y Vanessa. Dos cuadras más adelante fueron recogidas por una camioneta con placas de Cali y de vidrios oscuros.

A la medianoche llegaron a una Finca alquilada por Mariño, sólo por el fin de semana, donde los patos se paseaban señoriales alrededor de un lago artificial en cuyo muelle dos motonaves y un yate pequeño se dejaban arrullar por las pequeñas olas que generaba el viento. Los compinches y guardaespaldas de Mariño se peleaban por custodiar el área de la piscina pues sabían que, por lo regular, ellos terminaban metiendo a sus mujercitas desnudas al agua. De esta manera conocieron actrices famosas, presentadoras de televisión, reinas y modelos, en posiciones escandalosas que la revista *Play Boy* pagaría en dólares y por millones y hasta podía decirse, sin temor a exagerar, que muchos de esos escoltas escogieron esa profesión más por lujuria y voyerismo, que por ganar dinero arriesgando sus vidas. Por eso ninguno de ellos se quería quedar custodiando el exterior de la finca por lo que decidieron apostar, a cara y sello, quiénes se quedaban dentro de la casa y quiénes fuera de ella. Los perdedores entraron en depresión. Hubieran preferido que les bajaran el sueldo a privarse de observar a su jefe haciendo el amor con las niñas que acababan de llegar.

Entre ellas se encontraba Catalina muerta del susto, porque sabía que su primera vez con un hombre era inminente. Un hilillo frío recorría su cuerpo y se adormecía en el cóccix, a propósito, mientras ella pensaba en Albeiro, en su mamá en el engaño que les hizo y en Mariño desnudo con su barriga de nuevo rico sobre su frágil humanidad. De vez en cuando, secando sus manos sudorosas contra las botas de su pantalón, le decía en voz baja a Yésica que necesitaba con urgencia un trago para calmar los nervios.

—Fresca, amiga que trago es lo que le va a embutir ahora ese man, hasta por los ojos, —le decía con cierta burla y llenando de miedo a Catalina quien entró en pánico cuando Yésica le entregó otro detalle adicional:

–Ellos acostumbran a embadurnarnos de trago por todas partes. Les encanta beber trago de nuestras vaginas.

Cuando la camioneta de vidrios oscuros se detuvo, Mariño se acercó impetuoso, pero les ofreció con cariño su mano a Catalina y a sus tres amigas, demostrando con esto, que no se iba a comportar como un verdadero capo, cuyo orgullo y prepotencia les impedía actuar con caballerosidad. Mariño, que creía que para pasarla mejor debía impresionar a sus invitadas, se inventó que la finca era de él y las invitó a seguir hasta la piscina dando órdenes por todo el camino a los hombres que habían acertado el lado de la moneda lanzada al aire. Que prendan la música, que sirvan el trago, que me dejen a solas con las nenas, que manden por comida al pueblo, que pilas con los radios, que no dejen apagar el sol y que echen ojo porque "ya saben que la DEA me está buscando para extraditarme" y un sin número de innecesarias mentiras, que lo hacían sentirse un capo de verdad y que ante las niñas lo elevaban de categoría pues, a decir verdad, todas quedaron descrestadas.

Cuando llegaron al área de la piscina, Mariño llamó a Yésica, a un lado para decirle lo que pensaba y en el orden que lo quería hacer. Catalina trataba de sonreír sin que se le notara la angustia, mientras Mariño las miraba a ella y a sus amigas con más seriedad de la debida. Y mientras las tres aspirantes a la cama y al dinero de Mariño se ofrecían a la distancia, este le hablaba con total franqueza a Yésica. Mariño se notaba molesto e inconforme, pero ninguna de la mujercitas sabía por qué o por quién. Para disimular que no estaban escuchando la discusión entre el cliente y Yésica, Vanessa y Ximena admiraban el suntuoso lugar con asombro, mientras Catalina trataba de controlar sus nervios sin saber que lo peor estaba por suceder. Claro que lo sospechó cuando vio la cara de Mariño mirándola con desprecio mientras le hablaba a Yésica:

–¿Sabe qué parcera? A mí no me gusta mucho la peladita que usted dice que es virgen.

Yésica no supo que decir mientras Mariño prendía un cigarrillo y miraba a Ximena con una ceja más levantada que la otra en una auténtica pose fanfarrona propia del hombre Marlboro de los comerciales.

Catalina que observaba con atención los gestos de Mariño, se empezó a llenar de inseguridad y trató de sacar el pecho para ocultar lo que para ella significaba un defecto.

–¿Pero por qué no le gusta? !Es la única virgen de las tres! –exclamó defendiéndola de otra frustración.

–No sé, la niñita está bonita, pero está muy chiquita, –dijo mirándola y agregó– Además casi no tiene teticas.

–Pero es virgen como a usted le gusta, Mariño. –Al instante agregó con disgusto: –¡Yo les consigo lo que ustedes me piden!

–No, eso está bien, pero dejémosla crecer un poquito... Apuesto que tendrá por ahí unos catorce añitos...

–Quince –mintió Yésica agregándole un año más, a lo que Mariño respondió con una sonrisa de pesar y una frase compasiva:

–¡No, qué pecadito! Tiene la misma edad de mi hija. No, no soy capaz, me quedo con la de blusita blanca –sentenció señalando a Ximena. –La otra que me espere, más tarde la mando a llamar.

Cuando Yésica empuñó los labios para contarle lo que había expresado Mariño, Catalina entró en desespero y se puso a llorar. Todas sus amigas trataron de consolarla en vano, pero ella no quería escuchar razones. Estaba más triste que nunca, su ilusión se esfumaba como un charco sobre el asfalto en una tarde soleada, su autoestima dormía en el piso y sus lágrimas hacían fila para salir. Primero dijo que se iba a matar. Después, cuando recordó que no tenía la valentía suficiente para hacerlo, dijo que se iba a robar, si era el caso, para conseguir para la operación porque ya no se aguantaba más las humillaciones de esos tipos. Que si se creían muy lindos los muy estúpidos, que comieran mierda y que ojalá los cogiera la Policía para que dejaran de ser tan hijueputas. En medio del alboroto, Mariño mandó a llamar a Ximena. Un guardaespaldas de nombre Javier y de alias "Caballo" la llevó hasta la puerta de su habitación y cuando regresó, se acercó a Catalina a indagar sobre los motivos por los que la niña lloraba con tanto sentimiento y decepción.

En un comienzo Catalina se mostró reacia y hasta le pidió que la dejara sola, pero "Caballo" insistió con bondad y gentiles modales por lo que la niña terminó confiándole sus penas y dolores. Le dijo que se encontraba aburrida del rechazo que le hacían los hombres por no tener los senos grandes y, de paso, le preguntó por qué ellos eran así y que si ellos no se sentían capaces de mirar más allá de lo material. "Caballo" le respondió, con desparpajo, que no, porque ellos estaban poseídos por el demonio de la lujuria y que contra semejante diablo tan delicioso nadie quería ni podía luchar. A Catalina le causó risa la respuesta y se abrió más. Le dijo que tenía novio y que lo quería, pero que el pobre ganaba muy poquito y que por eso no le podía comprar las cosas que ella quería.

Al fondo se escuchaban los relatos de Yésica a Vanessa sobre la manera como conoció a Mariño y los gritos de Ximena en la Piscina hasta donde Mariño la fue a lanzar desnuda ante la mirada complacida de sus guardaespaldas que en la oscuridad se estrellaban las manos sin dejar de mirar las tetas de la mujer, apostando a si eran de verdad o de silicona.

Catalina la observaba con envidia y se ponía a llorar de rabia, pero "Caballo" trataba de tranquilizarla pidiéndole que no llorara más porque si el problema era de plata, él podía conseguírsela. Catalina lo miró con asombro. No podía creerlo y empezó a secar sus lágrimas con el antebrazo derecho mientras "Caballo" seguía convenciéndola de que sus días de pena habían terminado. Le dijo que se había enamorado de ella tan pronto como la vio bajar de la camioneta de su jefe y hasta juró que una mujer igual era lo que le pedía todas las noches a Dios en sus oraciones.

Cuando Catalina le preguntó, con algo de ansiedad, que él de dónde iba a sacar cinco millones para su operación, "Caballo" le contestó que levantar ese billete era más fácil de lo que ella pensaba. Que a veces lo mandaban a recoger bultos de dólares que lanzaban las avionetas de la organización al mar o que también lo sacaba de las básculas cuando lo ponían a pesar el billete, porque era tanto, que contarlo se convertía en un oficio tedioso, demorado y casi imposible. Catalina se empezó a animar, pero fue cuando él le contó que de esa manera había conseguido para comprarle un taxi a su papá, cuando ella vio más cerca su sueño de agrandarse las tetas.

Tan pronto como Ximena apareció sonriente, ocultando su desnudez con una toalla blanca que apenas le cubría las nalgas y los senos, y se escucharon los gritos de Mariño llamando a Yésica para que le mandara a Vanessa, Catalina aprovechó la oportunidad para escaparse con Caballo.

–Vamos a la pesebrera que allá hay aire acondicionado –le dijo "Caballo" y ambos se ampararon en el descuido de los demás y en las sombras de la noche para llegar al suntuoso lugar donde dormían cerca de una docena de caballos, cada uno en un establo dotado de aire acondicionado, pisos de madera, techos de teja de barro que reposaban sobre cañas de macana y paredes perfectamente estucadas.

Sonriendo y con paranoia entraron a la pesebrera, donde "Caballo" descargó con cuidado su ametralladora AK 47 tratando de no producir ruidos que pudieran alebrestar a los corceles de paso fino que allí dormían o a sus compañeros de trabajo que lo vieron esfumarse con la menor. Catalina sólo pensaba en Albeiro con mucho sentimiento de culpa y en el dolor que le iba a producir la penetración, de acuerdo con los relatos y advertencias de todas sus amigas.

Cuando "Caballo" empezó a besarla y a desvestirla con algo de brusquedad, la inexperta muchachita entró en una especie de letargo, mientras por su mente cruzaban las palabras de su mamá advirtiéndole que se portara bien y las de Albeiro proponiéndole matrimonio. Al regresar, ya Javier la tenía en ropa interior y empezaba a besarle el cuello mientras se bajaba los pantalones con total temblor y ansiedad. Catalina pensó que la hora irremediable de ser mujer había llegado y se lamentó mucho de hacerlo con un desconocido y en ese, nada romántico, lugar, pero no tenía opción: Su único patrimonio en este mundo era su himen y si se lo entregaba a Albeiro como su alma se lo pedía, hubiera perdido la oportunidad de conseguir el dinero para el implante de silicona en su busto. Por eso decidió relajarse desconectando, de paso, el corazón de sus decisiones.

Pero no logró aislar del todo los sentimientos. Cuando "Caballo" la lanzó, erecto, contra una paca de heno, Catalina sólo atinó a cerrar los ojos para que las lágrimas no se le escaparan, temiendo echar a perder el momento que le significaba cumplir uno de sus dos sueños. "Caballo" bregaba y bregaba mientras ella se mordía los labios para no gritar de dolor y mientras los compañeros del astuto escolta observaban la escena, extasiados por el deseo, a través de la puerta entreabierta del establo. Pero "Caballo" no pudo concretar su hazaña y de un momento a otro se enfureció y la lanzó con fuerza a un lado.

–¿Por qué esta mierda no entra? –preguntó mientras sus compañeros se tapaban la boca para que sus carcajadas no los delataran.

– ¿No es mejor en el suelo? Preguntó la pobre con un tono suave y humillado con el que pretendía distensionar la embarazosa situación. Sin responder nada y poseído por el diablo de la lujuria al que él tildaba de delicioso, "Caballo" la tomó por los hombros, como una muñeca de trapo, la tiró con brusquedad sobre el piso y se trepó sobre ella con violencia y salvajismo dispuesto a saciar sus deseos antes de que Mariño lo sacara del delicioso éxtasis con un grito.

De repente el cuerpo de Catalina se estremeció. Sin lubricación alguna, el bestial hombre la penetró. La niña sintió el peor dolor de su vida. Su boca se abrió por completo como un resorte y sus uñas se clavaron en la espalda de "Caballo", ahogando un grito lastimero que atravesó su alma y que le arrancó una docena de lágrimas inmensas que rodaron por el cuello del poseído animal que, habiendo entrado en ritmo, no paraba de moverse sobre ella con total angustia, desespero e irresponsabilidad. Su excitación era tal, que en el momento de eyacular quiso preguntarle si ella planificaba, pero prefirió callar para no dañar el momento, sin saber siquiera, que acababa de convertirse en el primer hombre en la vida sexual de la niña.

Un nudo se quedó a vivir en la garganta de la nueva mujercita que no salía de su asombro al verse llena de sangre y sin haber disfrutado en lo más mínimo, de los manjares del sexo, como lo aseguraban sus experimentadas amigas en los relatos del parque.

Cuando empezó a vestirse con el rostro satisfecho y algo de vergüenza por la brutalidad demostrada, "Caballo" observó que la niña lloraba, pero no lograba suponer por qué. Ella tampoco lo sabía. Estaba en duda si sollozaba por el dolor que le producía el desgarramiento de su vagina, por la pérdida definitiva de su niñez o por haber cometido infidelidad contra Albeiro. Los sentimientos se mezclaban en ella y se tropezaban unos con otros, de modo tal que, mientras el sentimiento de culpa le arrancaba una lágrima, el sentimiento de saberse ya una mujer a las puertas de conseguir una de sus metas le desenterraba una sonrisa.

Al terminar de vestirse "Caballo" se enteró que Catalina era virgen y entró en pánico. Pensó, con altas probabilidades que la niña podría estar embarazada y le pidió que se hiciera rápido un examen para evitar sorpresas. La regañó por no advertirle de su inocencia y se disculpó diciéndole que él había pensado que por el solo hecho de venirse a una finca con un traqueto como su jefe, él suponía que ella debía tener algo de experiencia, por ejemplo, como para planificar. Ella le preguntó que si siempre lo hacía sin condón y él le mintió diciéndole que sólo esa vez y eso porque no esperaba que mi Dios le fuera a mandar esa niñota tan linda en horas de trabajo.

Sonrieron, se abrazaron con falsedad y cuando ella se aprestaba a ponerse las tangas aparecieron dos compañeros de trabajo de "Caballo". Catalina se avergonzó muy asustada y se cubrió el cuerpo desnudo con las prendas de su ropa, mientras "Caballo" reclamaba a sus amigos por su abuso. Estos le pidieron que los dejara ser felices un momento, pero Catalina se llenó de pánico y se puso a llorar de nuevo. "Caballo" disimuló un poco su disgusto, pero ante el chantaje de sus compañeros instó a Catalina a complacerlos. Le recordó que le tenía el dinero que ella le había pedido, pero que debía portarse bien con ellos, porque si estos lo delataban, Mariño se iba a enfurecer y lo iba a echar como a un perro, matando de paso, la posibilidad de la plata.

Incrédula y cerrando los ojos, Catalina no tuvo más remedio que complacer a otros dos desconocidos mientras "Caballo" les lanzaba muecas de triunfo desde la distancia.

Esta vez se relajó y mientras lloraba de dolor, en el alma y en la vagina, dejó que la poseyeran los dos hombres y las reminiscencias: Recordó a Albeiro entregándole un oso de peluche, a "El Titi" rechazándola, a Mariño mirándola mal, a su padrastro subiéndole la faldita del colegio y acariciando sus piernas, la gallina del reloj dando picotazos eternos a la nada, los aviones aterrizando sin ella en el aeropuerto de Pereira, a Yésica mostrándole sus tetas de silicona, a una profesora de la escuela gritándola con rabia, a su mamá haciendo el amor con otro padrastro, a Bayron fumando marihuana y ofreciéndole el cigarrillo a ella y, por último y antes de que Javier les advirtiera a sus violadores que Mariño los estaba buscando, el recuerdo adelantado de "Caballo" entregándole un paquete con el dinero bajo la estatua del Bolívar desnudo en el centro de Pereira.

Sin importarles el dolor de la niña, "Caballo" y sus dos compañeros salieron de la pesebrera sonriendo y chocándose las manos.

Catalina se quedó vistiendo con mucho dolor y se puso de pie con mucha dificultad. Casi no podía caminar, pero sabía que las paredes del establo se acababan en la puerta y desistió de hacerlo apoyada en ellas. Se peinó con las manos, mirándose en los ojos de un caballo jaspeado que la observaba impertérrito, y luego salió del lugar observándolo todo por última vez, grabando en su memoria y quizá para siempre, la infamia de la que acababa de ser víctima.

Indolentes con el dolor de la mujer, los tres escoltas, los primeros tres hombres en la vida de Catalina, los que acaban de convertir a Albeiro en el posible cuarto hombre en la lista de amantes de la niña de sus ojos, salieron a la superficie disimulando y tratando de hacerles creer a los demás que estaban haciendo una ronda rutinaria. Cuando Catalina apareció, disimulando que nada en su vida pasaba, trató de concretar a "Caballo" para lo del dinero. "Caballo" se puso nervioso y empezó a titubear y a sacar todo tipo de disculpas. Que él no tenía el billete en ese lugar porque lo podían descubrir, que había que esperar hasta el otro día para ir hasta su casa a sacarlo y que tranquila porque él no le iba a fallar por nada del mundo pues quería que ella fuera su novia y que no estaba dispuesto a perderla por tan poca plata y menos cuando ya se hubiera operado de las tetas pues quería estrenarlas como lo hacían sus patrones con las niñas que ellos patrocinaban.

Le dijo, además, sin ningún tacto, que de esa manera se iba a poder sacudir un poco de las humillaciones de sus patrones quienes le refregaban en la cara y a diario, por lo menos, dos mujeres demasiado hermosas. Catalina le reclamó gritándole que si él la consideraba un trofeo, pero "Caballo" enmendó su ofensa recordándole que no, que ella le había gustado, precisamente, porque era todo lo contrario a esas mujeres, todas inmersas en un molde estereotipado que las hacía ver, iguales, esto es, anoréxicas, con el cabello lacio y rubio, la nariz respingada, el vientre plano, los ojos con lentes de colores, el pecho inflado, las mejillas macilentas, los zapatos puntiagudos, los pantalones con chispas brillantes, las blusas ajustadas y cortas, los relojes de Cartier, el bolso Louis Vuitton o Versace y las gafas de vidrio inmenso y de las marcas Gucci, Channel o Christian Dior.

Catalina terminó enredada, creyéndose todos los cuentos y se despidió de él, no sin antes acordar una cita para recibir el dinero en el parque de Bolívar el día siguiente a las cuatro de la tarde.

Y mientras "Caballo" y sus dos amigos se pavoneaban por la finca muertos de la risa contándoles a sus colegas que habían desvirgado a una de las "viejas" del jefe, como si esta hubiese sido la mayor hazaña de sus vidas, Catalina disimulaba estar bien frente a Yésica que no paraba de sermonearla por haberse ido con "Caballo".

Ese tipo es un mentiroso –le decía mientras ella empezaba a asustarse– Nunca desaprovecha oportunidad para echarle a uno los perros, pero no se le olvide parcera que los guardaespaldas son solo eso, guardaespaldas y viven pelados a toda hora. Antes toca darles plata –decía, mientras Catalina permanecía callada temiendo lo peor.

–Por qué no habla hermana ¿Le pasó algo?

–No, nada. –Respondió con la voz quebrada queriéndose morir por dentro y pensando en la posibilidad de haber perdido, por nada, su bien más preciado.

Al día siguiente, mientras se protegía de la lluvia bajo la escultura de Bolívar Desnudo, la campana de la catedral de Pereira empezó a repicar mientras el reloj marcaba las cinco de la tarde. Era el primer llamado a misa de seis y fue entonces, una hora después de haber llegado a la cita, cuando Catalina comprendió que había perdido, por nada, su bien más preciado. "Caballo" nunca apareció y con él desaparecieron sus esperanzas de haber conseguido los cinco millones para la operación. Aunque lo esperó hasta la media noche con la esperanza de que ella hubiera escuchado mal la hora, "Caballo" no apareció ni solo, ni con el dinero y Catalina se fue a pie hasta su casa, llorando a lo largo del camino y nombrándoles la madre a los borrachos que la abordaban para preguntarle su precio a esa hora de la madrugada.

Llegó de mañana, con el alba, cuando el sol apenas despuntaba y mientras el cielo se cubría de gloria y de pólvora por alguna celebración lejana que nunca comprendió. Con ironía pensó que se trataba del "Caballo" celebrando su jugada. Lloró dos días seguidos sin que doña Hilda, ni Albeiro, ni su hermano Bayron pudieran sacarle una sola sílaba. Al tercer día habló para pedir un vaso con agua y se mantuvo callada, hasta el jueves, cuando Yésica vino por ella creyendo tener la fórmula para resucitarla, pero ignorando que con lo que le contaría Catalina se iba a terminar de morir:

–¡Marica! –Le dijo hinchada de felicidad –Mariño la mandó a llamar. ¡Dijo que ahora sí quería estar con usted! ¡Quiere su virgo, parcera!

Mientras Catalina se moría por dentro, Yésica continuaba su relato artero que le quemaba los oídos y por ahí derecho los demás sentidos y el alma:

–Pero alégrese, hermana, porque ya lo cuadré para que le pagara la operación parcera ¡Hasta le mandó los cinco millones de pesos! –Le dijo mostrándole tres fajos.

Catalina sintió que el espejo del tocador de su madre se rompía en su cara despedazándole el pellejo con toda razón y resolvió no decir nada para luego ponerse a llorar otros cuatro días más. Cuando se le acabaron las lágrimas fue a buscar a Yésica y le contó toda la verdad. Indignada, esta le dijo que tocaba contarle a Mariño para que matara a "Caballo" y a sus otros dos empleados por faltones, pero luego se arrepintió porque recordó que le había dicho a él que Catalina no podía ir todavía porque tenía el período.

–¡Lo podemos engañar como hizo Paola con su segundo novio! –propuso Catalina con inocencia, pero Yésica se negó:

–Es que con Mariño las cosas son a otro precio. Me dijo que llevaba 26 virgos y que deseaba llegar rápido a los 50, para poderles ganar en algo a sus jefes.

–¿Mejor dicho, sabe qué? –le dijo Yésica con rabia por la pérdida de los dos millones de pesos que le prometió Mariño de comisión:

—Olvidémonos ya del asunto y camine la presento con Margot a ver si la mete a modelar mientras tanto.

Catalina le dijo que ella no quería ser modelo ni actriz, que lo único que ella quería era operarse el busto para llegar a ser la novia de un traqueto, pero Yésica le contestó que en esas condiciones era más fácil que uno de ellos se enamorara de ella al verla por televisión, que ofreciéndola como lo estaba haciendo, porque ellos sabían que algunas niñitas de otros barrios lo daban por menos, aún teniéndolas más grandotas.

CAPÍTULO CUATRO
Las niñas prepago

—¡Porque usted tiene las tetas muy pequeñas! —Le respondió Margot, la gerente de la casa de modelos a Catalina cuando esta le reprochó el haberle insinuado que ella no podía llegar a ser una "top model".

—Pero yo he visto muchas modelos por televisión y la mayoría no tiene mucho busto. Incluso hay algunas que tienen menos que yo, –replicó esperanzada.

—Sí, pero las modelos que tú ves en la tele son europeas y no se le olvide, mijita, que nosotras estamos en Colombia y aquí modelo que se respete las tiene que tener mínimo talla 36.

A Margot, una simpática, bella y desalmada empresaria de la lujuria, se le olvidó decir también que ella no solo era intermediaria entre las modelos y las agencias de publicidad sino también entre las modelos y los narcos. Sin embargo, le dio un par de recomendaciones a Catalina y le dijo que cuando cumpliera los quince años volviera, ojalá con el busto operado y a Yésica le dijo, en secreto, que antes de esa edad no se le medía a feriarla por miedo a un carcelazo.

Con una nueva frustración a su haber, Catalina volvió al barrio y se dedicó por completo a su novio mientras llegaba la fecha de su cumpleaños. Entre tanto, y bajo su mirada de envidia e impotencia, las casas de Paola, Ximena, Vanessa y Yésica crecían hacia el cielo y se tornaban más bonitas y de colores, al igual que sus cabellos, pues, de la noche a la mañana todas resultaron rubias con los labios rellenos y los ojos azules.

Las tres fueron aceptadas por la casa de modelos de Margot, pero no para lucir prendas de grandes diseñadores en las mejores pasarelas del país, ni siquiera de la ciudad, tampoco para grabar comerciales, ni aparecer en almanaques, sino para acostarse con los traquetos que quisieran pagar sus servicios. Se convirtieron en las famosas niñas prepago, conocidas con ese nombre por la modalidad existente en la época de comprar una persona con regalos costosos, ropa y dinero para que después esta pagara con favores sexuales las prebendas recibidas.

No cualquier niña podía aspirar a este calificativo. Debían ser niñas de cierta estatura, cuerpos perfectos, así fuera a punta de bisturí, cabellos largos y bien cuidados, lentes de contacto de colores, ropa costosa mas no fina, que para la época capitalizaron dos o tres marcas de confecciones, y un hablado un poco más refinado que el de cualquier otra prostituta definida como tal. No era difícil identificarlas en la calle, los centros comerciales y mucho menos a bordo de un carro lujoso porque tenían cara de todo, menos de señoras de la casa.

Las niñas prepago como Yésica, Paola, Ximena y Vanessa gastaban dinero a ritmos endemoniados. Todo lo que se ganaban acostándose con los traquetos y sus amigos lo gastaban a chorros en sus operaciones estéticas, pagando tratamientos de diseño de sonrisa, invirtiendo largas horas en las mejores peluquerías, alisándose el pelo, arreglándose las uñas de las manos y de los pies, pagando masajistas, cambiando el cabello de color cada semana, comprando lentes de contacto, zapatos, vestuario, la comida de la casa, el arriendo, perfumes, desocupando los estantes de los grandes almacenes y algunos gustos extraños como estudios de fotografía y afiches con fotomontajes en los que podían aparecer como portada de alguna revista famosa, prestando su rostro para que un mago del diseño gráfico la insertara en el cuerpo del personaje que en el original ocupaba la cara principal de la revista, por lo regular una "top model" internacional o una diva del rock o del pop. Lo cierto es que ninguna plata les alcanzaba. Siempre, a pesar de ganar millones, siempre estaban sin un peso y a la espera del llamado de Margot, de algún peluquero o algún odontólogo amigo que las conectara con sus clientes.

Al ver que Margot conseguía dinero en cantidades con su estupendo negocio de fachada, Yésica pensó que podía montar algo así y se lanzó a la búsqueda de contactos entre sus amigos de la mafia sondeando la posibilidad de surtirles a ellos, las mujeres que, a menudo, necesitaban. "El Titi" le dijo que por él no había problema porque no era tan exigente como sus jefes y porque, además, tenía por novia a la mujer más hermosa de la ciudad. Que sin embargo, con ellos la cosa era a otro precio ya que siempre estaban buscando la manera de acostar en sus camas a las más lindas reinas de cuanto concurso se inventaran quienes no tenían oficio y también modelos de renombre, presentadoras de televisión y a las más famosas actrices. Desde luego ese sí que era un obstáculo grande para Yésica, quien no manejaba los contactos de alto nivel que sí tenía Margot y que la hacían merecedora de un gran respeto en ese mercado nada distinto al de la trata de blancas.

Pero Yésica no se dio por vencida y le pidió al Titi que le ayudara a conseguir una cita con los capos más importantes de la organización como Cardona y Morón, ya no para acostarse con ellos, como lo hizo en sus inicios unos meses atrás, sino para plantearles el negocio. "El Titi" le advirtió que no iba a ser fácil, pero Yésica espero con paciencia de mártir la llegada de ese día. La cita fue en la finca de Morón hasta donde llegaron ella y "El Titi" en un automóvil deportivo asombrosamente bello y rojo que este último acababa de comprar con el dinero que le trajo Mariño de México.

Cardona vio con simpatía la propuesta de Yésica y se admiró de la valentía y el empuje de una niña de su edad. Por eso le dio la oportunidad de convertirse en su proveedora de placeres, siempre y cuando se comprometiera a conseguirle, para el fin de semana siguiente, a una mujer de la televisión que lo traía loquito y por quien se mostró dispuesto a pagar 50 millones de pesos. Morón ya le había hecho varios intentos de 10, 20 y 30 millones a la diva, pero por ninguna cantidad de dinero la pudo trastornar, además porque ella ganaba muy bien en su empresa. Por eso, le dijo a Yésica que tenía el empute alborotado y que esa mujer se estaba volviendo todo un desafío para él y para su orgullo, que le ofreciera lo que ella quisiera, pero que se la pusiera en el aeropuerto de Cali el sábado en la mañana donde uno de sus aviones la iba a estar esperando.

Cardona sabía, por experiencia, que hasta la más orgullosa de las mujeres y la que más aparentara sanidad tenía un precio y quiso comprobarlo mandándole a decir que pusiera ella los ceros en el cheque y las condiciones de su aceptación. También le dijo, a la aprendiz de celestina, que si ella era capaz de convencerla, esa sería su carta de presentación para él recomendarla con el resto de los miembros del cartel y para, en adelante, no volver a pedirle mujeres a ningún peluquero, ni instructor de gimnasio, ni propietaria de agencia de modelos.

Yésica aceptó el reto y comprendió que sacarlo adelante sería la salvación de su vida. Por eso, y sin saber cómo diablos iba a hacer para llevar a la mujer de la televisión que tenía obsesionado a Cardona hasta su finca, salió de ese lugar con los ojos puestos en su futuro económico.

Sabía que de concretar la hazaña el negocio con "los capos" estaba listo. Sin embargo, necesitaba conocer algunos secretos del negocio y por eso volvió donde Margot con el fin de sacarle información que a la final obtuvo.

Margot le dijo que el negocio no tenía secretos. Que a las mujeres les gustaba la plata y que había que ofrecérsela con toda la desfachatez del mundo en una especie de lo toma o lo deja, y que, a partir de entonces, se empezaban a manejar dos posibilidades. Que le dijeran a uno que sí o que le dijeran que no.

Con ese simple y práctico secreto en sus manos, Yésica viajó a Bogotá, contactó a la mujer de televisión apetecida por Cardona y la enfrentó con total seguridad. Mucho tiempo pasó en la puerta de un canal de televisión hasta que la candidata apareció. Como pudo se las ingenió para que ella bajara el vidrio derecho y delantero de su auto y la escuchara:

—Vea, hermana, lo que pasa es que hay una personita que la quiere conocer y la mandó a invitar a su finca este fin de semana. La bella mujer le dijo que no, que gracias, que no estaba interesada y que la respetara. Cuando el vidrio de su carro estaba a punto de cerrarse Yésica se la jugó a fondo porque sabía que no iba a tener otra oportunidad como esa en la tierra y sólo atinó a decirle que 100 millones de pesos la estaban esperando. El vidrio siguió subiendo pero, poco antes de cerrarse por completo Yésica aumentó en cincuenta millones la oferta y el vidrio se detuvo para luego bajar otros 10 centímetros. A Yésica le volvió el alma al cuerpo cuando la mujer exclamó desde el interior del auto:

—¿Cuánto?

Yésica le repitió que 150 millones de pesos y le agregó, además que se los darían de contado y envueltos en paquetes de a 5 millones cada uno.

La mujer que tenía una muy buena reputación en el medio, hizo cuentas en la cabeza y sucumbió ante las acusaciones de su conciencia, pero negoció con su razón un precio más alto que pudiera cubrir con decoro la venta de su dignidad.

—Dígale que 200 y que me ponga los pasajes en el aeropuerto el sábado en la mañana.

Yésica se alarmó por la suma porque no sospechaba que Cardona tuviera dinero por montones en una caja fuerte del tamaño de una habitación y le dijo que 180. La mujer le contestó que ya no tenían nada más de qué hablar y empezó de nuevo a cerrar el vidrio por lo que Yésica le gritó que le daba hasta 190. Como éste siguió su curso y el carro empezó a andar, Yésica corrió detrás de él y le gritó con angustia que bueno, que entonces quedaran en los 200.

El resto ya es historia. Luego de desgastarse en un necesario show de dignidad y un forcejeo por el precio, la mujer de televisión y Yésica llegaron a un acuerdo. La modelo se alistaría el sábado en la tarde para que pasaran por ella, siempre y cuando se comprometieran a consignarle la mitad del dinero en su cuenta de ahorros el viernes y la dejaran en su casa, con el resto de dinero en efectivo, a más tardar, el domingo en la noche, ya que tenía grabación el lunes.

Con el sí de la mujer Yésica volvió donde Cardona a contarle la buena nueva. Cardona no lo podía creer y no sabía si emocionarse más por la eficiencia de Yésica o por la visita de la mujer que lo traía loco desde que la vio en televisión un par de meses atrás. Cuándo Yésica le dijo el precio, después de dar todos los rodeos del mundo pensando que él se iba a enfurecer, Cardona, quien tenía dinero suficiente para volver a construir las Torres Gemelas 5 ó 6 veces, le dijo sonriente que estaba bien, que no había problema.

—¡Pero si son 220 millones! —le repitió.

Cardona le dijo que no lo creyera sordo y se marchó feliz por haber triunfado con sus dólares sobre la soberbia y el orgullo humano.

La mujer cumplió la cita y se ganó los 200 millones de pesos, Cardona se divirtió y pagó 220 millones y Yésica que la llevó, se ganó veinte, convirtiéndose de paso y, desde entonces, en la niña mimada y consentida de Cardona y luego de Morón, a quien le consiguió un "affaire" con una modelo famosa por la que pagó 250 millones por una sola noche, consciente de que acostarse con una persona asquerosa, de malos modales, mal aliento y que pesaba 140 kilos como él, no era tarea fácil. Pero no todas las modelos y presentadoras eran fáciles ni se vendían por dinero. Algunas, como una modelo de Medellín que odiaba a los narcos o una presentadora de televisión que odiaba las loberías, no se prostituyeron por nada del mundo. Otra modelo, cuyo rostro apareció en las portadas de todas las revistas, obsesionó a Morón. Redunda describirla. Era sencillamente divina y tenía loco desde hacía muchos meses al jefe de Cardona, quien, por analogía, podía construir entonces 30 ó 40 veces las Torres Gemelas con su dinero. Morón, el capo de capos, le mandó a decir con el peluquero que la invitaba a México. La modelo, que se jactaba ante sus amigas de ser improstituible, no aceptó el viaje y de no ser porque nunca aprendió malos modales hubiera escupido al peluquero en sus ojos ya que su cara denotó asco absoluto ante la propuesta. Pero Morón la quería y tenía todo el dinero del mundo para comprarla aunque ella, supuestamente, no tuviera precio. Después la invitó a Europa. Nada. Luego le mandó a ofrecer ayuda para sacarle la visa norteamericana, que era algo por lo que se morían todas las modelos, reinas, actrices, niñas de la farándula en la época y hasta un ex presidente de Colombia, y tampoco. Con otros proxenetas le ofreció joyas con diamantes, relojes con incrustaciones en piedras preciosas, apoyo para que ganara un reinado donde esta iba a participar y hasta un furgón lleno de ropa. Pero nuestra heroína no cedía. Morón estaba tan obsesionado con ella que otro día le envió un mensaje con la dueña de una agencia de modelos: que le daba 300 millones de pesos si aceptaba ir a su finca. Pero la rubia modelo se rehusaba, cada vez con más ahínco y hasta amenazó con hacer públicas las indecentes propuestas.

Al igual que Cardona, "El Titi" y otros 250 mil narcos que por aquel entonces rodaban campantes por todo el país, Morón no era de esas personas que se rendían con docilidad ante algo imposible. Experimentaba el desafío en su sangre, consideraba su orgullo herido, sentía rabia al encontrar, por primera vez en su vida, una persona que no tenía precio. El mismo precio que ya le había puesto a Fiscales, periodistas, abogados, políticos, policías, miembros de la Aduana, del Ejército, del Congreso, de la Iglesia, de la Procuraduría y hasta policías de tránsito. Cómo iba a ser, se preguntaba, que alguien, y menos una mujer, fuera capaz de escapar a sus tentáculos dolarizados. Fue entonces cuando decidió arremeter con todas sus fuerzas económicas. Mandó a "El Titi" a comprar un BMW convertible, serie 7, color rojo, último modelo, cuyo costo se acercaba a los 500 millones de pesos, unos 200 mil dólares de la época y cuyas puertas no se abrían como las de los otros mil millones de autos que poblaban el mundo, si no que se escondían en el techo al accionarlas con un mecanismo interno.

Lo hizo envolver en un gigantesco moño hecho con cintas de telas brillantes y se lo envió a la puerta de la casa. El carro era tan espectacular como la modelo que hasta ese día se rehusó a dormir con él. Ante el brillo del rojo sangre y los destellos de luz de los rines talla 16 construidos en magnesio, el olor a nuevo del vehículo, su techo corredizo y las luces estacionarias titilando en coro hasta por los espejos del auto, la modelo sucumbió sin más remedio. Fue una mañana cuando Yésica la visitó en su lugar de trabajo y le pidió que se asomara a la calle para que viera algo que tenía para ella.

Cuando la modelito se asomó, observó el auto amarrado por sus cuatro costados por una cinta dorada y con una tarjeta gigante que decía: "No encontré una manera más original para decirte que me tienes loco". Imaginando el instante en que iba a llegar a su pueblo natal montada en semejante nave, la mujer no tuvo más remedio que sonreír y aceptar el regalo, a sabiendas, claro, del precio que debía pagar por ello.

Morón la disfrutó durante tres fines de semana seguidos y hasta consideró oficializarla como novia, pero, a partir de la cuarta semana, la mujer se empezó a tornar intensa. Que para dónde vas, que por qué llegas a estas horas, que qué hacías en tal parte con tal persona, que porqué no contestas el celular, que por qué no me llevas a donde tú vas, que por qué te metes en negocios raros, que si tuviste algo que ver en la muerte de tu chofer, que si estás enredado con los paras, que si la foto que aparece en el periódico es tuya, etc. Dos meses después de la costosa conquista y cansado de las pataletas de su otrora diosa del Olimpo, Morón mandó a dos de sus hombres con una copia de la llave del BMW que se había reservado al momento de la compra, para que se lo robaran. La hermosa mujer llegó una tarde de lluvia envuelta en lágrimas y desazón a contarle a Morón lo que le había pasado.

Ella juró, sin temor a equivocarse, que él le compraría otro auto, igual o mejor, sin ningún problema, dadas las exageradas comodidades con las que vivía en sus varias casas y fincas de la zona, pero se equivocó. Morón, que para ese momento ya tenía escondido el carro en una de sus fincas, la terminó puteando por inútil y descuidada y la echó de su apartamento a patadas por haberse dejado robar un carro tan costoso. Nunca más la quiso volver a ver y aunque ella pataleó y lo buscó con angustia, el recursivo capo le cerró las puertas de su vida y su fortuna hasta hacerla volver a la Televisión, necesitada como estaba de seguir sosteniendo su espectacular y costoso ritmo de vida.

Gracias a la increíble eficiencia de Yésica, durante semanas, las fincas de Morón, Cardona y "El Titi" se llenaron como nunca de modelos, reinas, actrices y protagonistas de novela. Ellos sabían que esas mujeres tenían lo mismo que las demás, pero la diferencia radicaba en sus nombres. Les encantaba contar en sus narcotertulias con qué famosa se habían acostado esa semana.

A muchas las filmaban secretamente en pleno acto e intercambiaban los videos con sus colegas en medio de carcajadas y comentarios rastreros sobre sus personalidades, caprichos, fantasías y extravagancias. Que Fulana era muy viciosa y lesbiana, que Sutana muy interesada, que Perenceja insaciable, que Tongo muy puta, que Borondongo muy fea sin maquillaje, que Bernabé muy ladrona, que Muchilanga muy simple, que Burundanga muy siberiana y que siberiana quería decir mitad perra y mitad loba.

Llena de dinero, Yésica regresó al barrio, reunió a sus amigas y les pidió que se salieran de donde Margot porque en adelante sería ella quien les manejaría los negocios. Todas aceptaron, pero en el ambiente se palpaba un inconformismo unánime porque no se sentían más que prostitutas sin rumbo cuando lo que de verdad querían y soñaban era tener una vida tranquila, cómoda y llena de lujos al lado de un mafioso que las pudiera llegar a amar de verdad. Pero la realidad era otra: ninguna tenía posibilidades, siquiera, de convertirse en la querida de uno de ellos.

CAPÍTULO CINCO
El hijo de "Caballo"

Catalina se enteró con envidia sobre los progresos de Yésica frente a los capos más importantes de la mafia, pero recobró un poco la esperanza cuando esta le dijo que el fin de semana siguiente "los Tales" como llamaba a los narcotraficantes en clave, iban a celebrar una fiesta de grandes magnitudes para la cual solicitaron, 10 niñas   entre las que iba a estar ella. Pero una vez más la suerte jugó en su contra ya que el día anterior a la fiesta y después de que Yésica le había comprado una muda de ropa costosa, pero estrafalaria, se enteró de su embarazo. Iba a dar a luz un hijo de "Caballo", o de alguno de sus amigos. Pensó con rabia que era lo único que le faltaba y se puso a llorar por enésima vez.

Cuando fue a buscarlo para pedirle que respondiera, al menos con el dinero para el aborto, se encontró con que la Finca en cuya caballeriza concibió con odio su primogénito feto, no era en verdad de Mariño, como él lo aparentó para presumir de traqueto poderoso, sino que pertenecía a una familia de cafeteros caídos en desgracia que la arrendaba los fines de semana para pagar, al menos en parte, el mantenimiento de la misma. Desde luego, "Caballo" tampoco estaba allí y decidió resolver el problema sola, además, porque sabía que el mentiroso guardaespaldas le pediría que le demostrara que el padre de la criatura era él y no alguno de sus amigos, por lo que ella tendría que matarlo sin atenuantes.

Durante largas noches caviló la decisión con ideas locas y absurdas. Pensó en tener el hijo, pero se detuvo ante esa posibilidad cuando calculó que iba a perder a Albeiro, y cuando supuso que, con un hijo, su cuerpo se iba a desdibujar y la ilusión de convertirse en la novia de un "traqueto" se tornaría más utópica aún. Pensó engañar a Albeiro adelantando la noche de sexo por ella tantas veces prometida y por él tantas veces esperada, para embaucarlo al cabo de siete meses cuando su hijo naciera, "antes de tiempo", pero se asombró de su propio cinismo. Pensó que Albeiro no había hecho méritos suficientes como para merecer criar, durante 20 años, un hijo que no era suyo, al cabo de los cuales este se levantaría contra él, cogiéndolo a patadas cuando el pobre y débil Albeiro intentara ejercer su autoridad de padre fracasado. Descartó una a una todas las posibilidades que se cruzaron por su mente, incluida la de perderse nueve meses del barrio, entregar en adopción o vender a su hijo y volver como si nada con el cuento de que estaba estudiando en Manizales donde vivía en casa de un tío materno. Al final, Catalina pensó como el común de las niñas del colegio cuando quedaban embarazadas.

Sin más remedio, sin pensarlo mucho, abortó. Malparió el hijo que esperaba con el dinero que le regalaba Albeiro, para sus "cositas", y que ahorró con mucho juicio, dejando incluso de tomar el bus, pues Yésica ya le había averiguado que el asesinato de la criatura costaba 200 mil pesos. Desde la noche anterior al infanticidio tomó leche en cantidades, tal y como se lo recomendó el falso médico cuando fue a dejarle los 100 mil pesos de adelanto por el "trabajo". El día del aborto se escapó del colegio, uniformada y con sus libros a la espalda, para someterse a la terrible tortura de matar al hijo de "Caballo" que crecía bajo la pretina de su uniforme azul con cuadros blancos. El tegua no salía de su asombro al ver sobre la silla de torturas a una niñita de su edad con algunos asomos de cambios físicos propios de la pubertad, pero pudo más su ambición que cualquier otra consideración y procedió a desvestirla y a encender luego el succionador. La brutal masacre duró 15 minutos.

Yésica la recibió con su cara pálida y de acontecimiento en la sala de espera de la clandestina clínica y se la llevó para su casa en un taxi. Lucía un poco desparpajada, no tenía remordimientos, no sentía culpa, no sentía duelo, no sentía nada. El hijo de "Caballo" se quedó masacrado en el frasco del succionador y en el mismo instante en que ella miraba la ciudad por los ventanales del taxi, la criatura, o bueno, lo que quedaba de ella, era arrojada a una caneca de deshechos clínicos cuyo contenido, iría a parar en la noche y de manera irreme-diable, al lecho de un río donde ya no se sabía si había más mierda que fragmentos humanos o campesinos consumiéndolos desintegrados en sus calderos.

Llegaron a casa de Yésica y le contaron a su mamá que a Catalina la habían sacado del salón de clases por encontrarse mal de salud. Yésica la cuidó con caldos de paloma, huevos de codorniz, malos consejos y cerebros de pescado hasta que llegó la noche y con ella el momento de regresarla a su casa.

Albeiro la estaba esperando con la cara torcida y los brazos cruzados, pero al verla demacrada y triste, negoció su ira para no echar a perder una propuesta que le traía con la factura original de la compra de un colchón y una solicitud de arrendamiento que esperaba llenar si ella le daba el sí para irse a vivir con él. Pero Catalina llegó demasiado débil por lo que la exhibición de motivos quedó aplazada para otro día. Doña Hilda se preocupó mucho y aunque sospechó algo, le pidió perdón a Dios por ser tan mal pensada y dudar de su hija que apenas era una niña. Catalina pidió que la dejaran descansar y doña Hilda se llevó a Albeiro para la cocina.

–Camine me acompaña a calentar la comida, mijo, –le dijo con amabilidad mientras Albeiro se despedía de Catalina con un beso en una esquina de la boca pues ella volteó la cara cuando el quiso estampar sus labios sobre los suyos.

Ya en la cocina, Albeiro reafirmó su gusto por doña Hilda que esa noche vestía un pantalón blanco ceñido al cuerpo que le hacía resaltar más su digno trasero para una mujer de 38 años. Albeiro, que no dejó de mirarla un instante se cuestionó con dudas sobre su amor por Catalina, pero se justificó pensando que su amor era tan grande que abarcaba las raíces ancestrales de su novia o que, simplemente, su pasión por ella era un cáncer incurable que estaba haciendo metástasis en su madre.

Cuando Catalina cumplió en secreto 30 de los 40 días de dieta sugeridos por el tegua que le practicó el aborto, quiso volver al Colegio para retomar su ilusión de llegar a ser alguien en la vida, pero se encontró de sopetón con Yésica. Advirtió en su rostro la creencia de poseer la solución a sus problemas, pero la escuchó sin mucho entusiasmo. En efecto, Yésica tenía la solución a los constantes fracasos de su amiga. Le dijo que el fin de semana siguiente, los "duros" iban a celebrar el cumpleaños de Morón en una finca y que le habían pedido 60 mujeres, dos para cada uno de los 30 invitados y que le parecía imposible que "todos los 30 hijueputas" la fueran a rechazar.

Catalina recordó que su vientre lucía desafinado por el embarazo, que las raíces de su cabello estaban negras, que su estima andaba de viaje y que sus glúteos ya no lucían templados como antes, por lo que rechazó la oferta. No quería volverse a ilusionar. Yésica le insistió asegurándole que esta era la oportunidad de su vida y que no podía abandonar sus sueños jamás. Que reviviera, que se levantara y que se diera otra oportunidad. Sin más remedio, aunque pesimista, Catalina decidió competir en desventaja con las otras 59 mujeres que, seguramente, lucirían despampanantes ese día y aceptó la propuesta de Yésica. Decidió incrustarse a la brava en un mundo que le parecía esquivo. Con la autoestima en el piso, pero queriendo rescatar su sueño de las cenizas, Catalina zarpó, el sábado siguiente, hacia el prólogo de su verdadera historia.

CAPÍTULO SEIS
"No las necesitás"

Fue en una suntuosa finca, propiedad de Morón, en el municipio de Zarzal, donde Catalina empezó a escribir la novela de su vida con tinta rosa. Por el espacio aéreo de la ostentosa hacienda estaba sobrevolando un helicóptero que aterrizó con el anfitrión de la fiesta en el centro de una cancha de fútbol, al lado de una plaza de toros repleta de arcos asimétricos, repetidos muchas veces y pintados de blanco. Varios senderos tapizados en grama muy verde y fina rodeados de florecidos jardines servían de tapete a los invitados, muchos de los cuáles ya no se sorprendían por tanto derroche. La finca tenía el tamaño de una villa olímpica o un pueblo y tantos escenarios deportivos como aquella. Canchas de tenis, voleibol playa, squash, raquetbol, piscina olímpica e instalaciones para tres deportes más que los dueños no entendían ni jugaban, pero al que los escoltas inventaban nuevas reglas durante sus tiempos libres. Y qué decir del baño turco, el sauna y las estatuas de tamaño natural, mirando con desprevención a los 30 invitados que hasta allí llegaron a celebrar el cumpleaños número cincuenta del líder del cartel más grande jamás visto.

Yésica se vio a gatas para conseguir las sesenta mujeres que necesitaban en la estrambótica rumba programada para durar tres días con sus noches y en la que la lealtad de cada aliado del cartel iba a ser premiada con dos mujeres, media docena de botellas de un whisky conservado durante 18 años en los toneles de algunas bodegas escocesas y el derecho a exigirle a los mariachis, al trío, a la orquesta o al D. J. contratados, la canción que se les viniera en gana. No importaba si al Mariachi le tocaba cantar rock, al trío trancem o a la orquesta vallenatos.

Cuando las mujeres llegaron en dos buses, luego de atravesar a pie los 18 hoyos de un muy bien cuidado campo de golf, los capos, los asistentes de los capos, los hijos de algunos capos, algunos aprendices de capo y también algunos que presumían de capos como Mariño, se lanzaron a acaparar a las más lindas. "El Titi" se fue a la fija y se hizo a los servicios de Paola y Ximena. Vanessa se fue con Morón a pesar de que su gordura le hacía dar asco y Yésica se fue con Cardona más concentrada en ubicar a Catalina mirando por encima de los hombros de los invitados que en lo que debía hacer para satisfacer al número dos de la organización.

Inexplicablemente, Catalina no había hecho su ingreso aún. Antes de entrar a la casa, observó con rabia algo que la hizo desaparecer por espacio de seis minutos y medio. Cuando llegó a la playa de la piscina donde iba a tener lugar la fiesta, encontró una tarima repleta de luces y un D. J. prestidigitando una consola con el cuidado que tienen los empacadores de huevos en sus canastas. Cincuenta y nueve de las sesenta mujeres contratadas, ya ocupaban uno de los brazos de cada traqueto, menos el izquierdo de Cardona que seguía desocupado esperando con impaciencia a que Catalina apareciera. Cuando Yésica se la señaló, la miró de arriba a bajo, paseo sus ojos por sus piernas y por el valle de sus pequeños senos como si estuviera comprando un kilo de carne y le dio la orden de voltearse pintando un círculo en el aire con su dedo índice. Le miró el trasero con ansiedad y cuando ella se volteó, con una sonrisa hipócrita, se extasió en sus ojos recibiendo con agrado la felicidad que proyectaba la niña aunque ignorara que se debía a la satisfacción profunda que sentía por algo que acababa de hacer en la puerta de la finca en tan poco tiempo. De todos modos Catalina no pasó el examen. Cardona empezó a secretearse y a reírse con uno de sus colegas mientras le miraba el pecho. La niña sentía morirse de pena haciendo el ridículo en medio de 59 mujeres tan pobres como ella, tan idiotas como ella, tan estúpidas como ella, pero con las tetas más grandes que las de ella.

Fue entonces cuando Yésica se lanzó a salvarla intercediendo ante Cardona por ella. Le dijo tantas y tan variadas mentiras, que el segundo de la organización decidió cambiarla por Yésica a quien le interesaba más mantenerse al margen del negocio para no perder su estatus de empresaria.

Le dijo que ahí donde la veía, esa muchachita flaquita y sin teticas, era la que mejor "tiraba" de todas las sesenta que habían venido. Que ninguna conocía tan bien los secretos del sexo oral como ella y que si no tenía tetas de silicona era porque a muchos pervertidos les encantaba la fantasía de estar haciendo el amor con una colegiala. Que no se iba a arrepentir y que, con toda seguridad la iba a volver a pedir en menos de una semana.

Con el beneficio de la duda, Cardona aceptó el cambio y Yésica se fue por ella, afanada porque Catalina conociera y asimilara con rapidez las mentiras que le dijo al hombre que la iba a sacar de pobre.

–Hermana, –le dijo mientras caminaban los quince metros que las separaban de Cardona– tiene 10 segundos para convertirse en la mujer más puta de Pereira, en el mejor polvo del mundo. El segundo más duro de todos estos hijueputas que están aquí, la está esperando para que se lo demuestre.

Ruborizada y con el corazón a punto de estallar, Catalina no tuvo más remedio que convertirse, en un segundo y sin que su novio lo sospechara, en la más experimentada prostituta de toda la ciudad. De un lado, para no hacer quedar mal a Yésica y del otro, porque sabía, en lo más profundo de su ser, que esta sería la última oportunidad que tendría en la vida de conseguir, de una vez por todas, el dinero para su operación.

Yésica le dio toda la cartilla posible para que la mentira saliera bien y con su experiencia "a priori", Catalina salió a cumplir su misión. Cardona se encontraba tan encantado con los relatos que a cerca de la niña le hizo Yésica, que ni si quiera esperó a que le cantaran el *Happy Birthday* a su jefe cuando ya la estaba metiendo a su alcoba. Muerta del miedo Catalina empezó a cumplir, al pie de la letra con las mentiras de Yésica.

Al cabo de una larga y agitada jornada, Cardona quedó tan satisfecho, tan impresionado y tan sin aliento que se durmió mientras miraba a Catalina vestirse. Desde el baño ella lo sintió roncar con la boca abierta y se asomó para confirmar el asco que le acababa de adquirir. Hasta sintió el impulso de esculcarle un maletín que cargaba para robarle el dinero que necesitaba y salir corriendo, pero el estallido de las trompetas de los mariachis que a esa hora empezaban a cantarle a Morón *Las mañanitas*, la intimidaron. Conspiraron, además, en su contra, su insípida inteligencia, o su miedo, pero el caso es que ella optó por ganarse la voluntad del hombre que la acababa de poseer, por cuarta vez en su vida, relegando a Albeiro a tener la posibilidad terrible de convertirse en su quinto hombre.

Por eso, cuando Cardona despertó, encontró sobre su pecho la cabeza de Catalina y sobre su cabeza los dedos de una niña que lo peinaba una y mil veces con una sumisión de esclava. Cardona, sentía temor de que estas cosas se mezclaran con el cariño por lo que algún día adoptó, como ley, abandonar inmediatamente a cualquier mujer que tocara su corazón. Curiosamente, en esta ocasión se olvidó de sus propios estatutos y se dejó dar cariño sin frenos. Luego se enterneció como un niño chiquito y la abrazó.

—Duérmase que yo lo cuido. —Le dijo ella con total dulzura despertando en él un sentimiento inequívoco de amañamiento y quizá de cariño, que no estaba muy acostumbrado a dar a persona diferente a Lina María, su amante oficial o a Lucy su cuarta esposa y con la cual vivía en la actualidad.

Cuando Cardona volvió a despertar, la cabeza de Catalina se encontraba metida entre sus piernas haciéndolo retorcer de emoción. Ella estaba dispuesta a hacerle olvidar las tetas de una mujer y también a volverse indispensable en la vida de aquel hombre de modales bruscos, pero que ya había dado muestras de nobleza al confiar a ella su sueño sin necesidad de meter el maletín bajo su almohada. Cuando Cardona escuchó un trío de cuerdas en el sector de la piscina, la tomó de la cabeza y la subió hasta su boca agradeciéndole su esmero y manifestándole su vergüenza con Morón por no estar en la celebración de su cumpleaños. Catalina le dijo que necesitaba hablarle sobre algo muy importante, pero Cardona se excusó mientras se vestía a toda velocidad, aunque le prometió que durante la velada iban a hablar.

—Son sólo cinco minutos —insistió ella y Cardona aceptó acortando el tiempo a un segundo, aunque con algo de decepción.

—¿Cuánto necesitas?

—¿Por qué sabe que es plata lo que necesito?

—Ay, mamita, yo a ustedes me las conozco como a la palma de mi mano como para no saber que lo que vos necesitás es plata— le replicó con sobradez apuntándose los botones de su camisa.

—Cinco millones de pesos —le dijo ella arrancándole una sonrisa

—¿Cinco millones? —Preguntó incrédulo y repitió con tono de burla— ¡Cinco millones pago yo por una modelo, mamacita! Yo ya arreglé con Yésica por 500 mil para cada una. Arréglese con ella y si le sirve bien y si no, también. Yo me voy a estar con el Patrón.

Catalina se puso a llorar y le dijo que 500 mil no le alcanzaban para nada, que la escuchara, que la pusiera a hacer lo que quisiera durante el tiempo que quisiera, pero que, por el amor de Dios, le prestara esa plata porque necesitaba hacerse el implante de silicona en el busto.

—¿Y para qué te vas a mandar a poner tetas? ¡Catalina por Dios! ¡Si vos no las necesitás! ¡Catalina, vos no las necesitás! ¡Con lo rico que lo hacés, vos no las necesitas! —Le repitió hasta la saciedad sembrando en ella la peor de las confusiones: ¿Cómo así que después de soportar todas las penurias que pasó, después de entregarle su virginidad a tres desconocidos, después de abortar al hijo de uno de ellos, después de vivir frustrada, después de humillarse y degradarse por el sueño de tener los senos operados, se aparecía ahora un tipo a decirle que ella no necesitaba tener las tetas grandes? Eso para ella era inaudito, no podía ser.

Confundida y entendiendo la vida ahora menos que nunca, Catalina quiso comprender las palabras de Cardona, pero no pudo. Por eso se fajó en explicaciones y súplicas adicionales atacándolo con todos los recursos verbales a su alcance. Sin embargo, Cardona no estaba dispuesto a darle toda esa plata por una sola noche de amor.

—Hagamos una cosa —le dijo en actitud calculadora— Yo te voy a prestar ese billete, pero vos cómo me lo vas a pagar, ¿ah?

—Como quiera, pero préstemelo, por favor —le dijo Catalina haciéndole todo tipo de promesas en tono suplicante y al parecer logró ablandarlo porque al segundo Cardona sentenció:

—Está bien… Te los voy a prestar, pero con una condición: estrenás las tetas conmigo…

Catalina sonrió por la obvia condición y le prometió esta vida y la otra, pero Cardona le reiteró su conclusión de antes:

—Ponete las teticas y lo que querás, mijita, pero te repito que vos lo haces tan bueno que no necesitas ponerte a huevoniar con eso…

Por no enloquecerse sintiendo en carne viva las paradojas de la vida, Catalina prometió volver a la cama de Cardona después que los músicos terminaran de interpretar las canciones que les pedía Morón . y así lo hizo.

En la plazoleta posterior de la casa estaban parte de los invitados y el doble de mujeres escuchando boleros de "Los Panchos" interpretados por un grupo musical compuesto por tres hombres maduros que nunca sonreían. El de las maracas cerraba los ojos por largos períodos y sólo los abría cuando le tocaba apoyar con su voz gangosa los coros de algunas canciones. El de la guitarra puntera era el más concentrado pues, a pesar de tener la misión más difícil cual era la de hacer hablar las cuerdas con sus dedos, jamás miraba el encordado y se paseaba a lo largo y ancho del diapasón y por entre el bosque de trastes como si los conociera desde siempre y a la perfección. El de la guitarra acompañante, que era el mismo que cantaba, mantenía la cabeza dirigida en   diagonal al cielo y las arterias de su garganta se insinuaban cada vez que los tonos agudos lo exigían. Se notaba el gran esfuerzo que hacía para no desafinarse, consciente tal vez del riesgo que corría al desatar la furia de quienes lo contrataron al no dar la talla que ellos esperaban. Era como cantar con una guillotina en el cuello porque ellos les habían contado, con algo de exageración, que ante cualquier desafinación el dueño de la casa podía desenfundar su pistola y agarrarlos a tiros. Por eso cantaron como nunca antes lo habían hecho. La interpretación de cada pieza fue magistral y arrancó muchos aplausos entre los asistentes.

Las mujeres que en parejas acompañaban a los invitados tampoco sonreían, al menos sinceramente. Entrada la madrugada y después de cumplir a medias con sus funciones, se notaban afligidas. Como si entendieran, por oleadas de remordimientos, que no estaban haciendo lo correcto. Que la vida era más, mucho más, que encontrar la comodidad en el sacrificio de la dignidad, que el mundo se extendía más allá de las camas y los almacenes que frecuentaban, que sus historias no se estaban escribiendo porque en los anales universales no se registran sino las hazañas, buenas o malas, de hombres, y mujeres dispuestos y dispuestas a cambiar el rumbo de la humanidad sin destrozar su integridad. Se notaban conscientes de sólo estar pasando por la vida sin trascender.

Una de ellas, por ejemplo, luchaba contra su sueño, titánicamente. Sus ojos se apagaban por períodos de segundos fragmentados que ella, inmersa en sus temores, contabilizaba como minutos y al cabo de los cuales su compañera de infortunio le pegaba un codazo que la dejaba tan despierta como asustada y con el corazón a punto de infartar. Sospechaba que su cliente se podía molestar y se llenaba de pánico ante la posibilidad de perder los 500 mil pesos que ya tenía gastados en su mente y que para una prostituta de baja categoría como ella alcanzaba para algunas inversiones básicas: 50 mil para Yésica, 80 mil para la mamá, 80 mil para Nacho el peluquero, 30 mil para el masaje, 140 mil para un pantalón, 60 mil para una blusa, 10 mil para comprarle chucherías al hermanito menor, 30 mil para invitar al novio a tomar cerveza o a comer y 20 mil para los buses. Del próximo trabajo dejaría 80 mil para los zapatos, 80 mil para cosméticos y cremas de todo tipo y para cada zona del cuerpo, 10 mil para el arreglo de uñas, 90 mil para accesorios, 30 mil para las gafas, 20 mil para un reloj y los mismos 190 mil de costos fijos para distribuir entre la madre, la proxeneta, el novio, el hermanito y los buses.

Los invitados, por su parte, sólo se diferenciaban de sus esclavas sexuales en dos detalles: se dormían en su silla sin pedir permiso y no daban cabida en sus mentes a remordimientos de ninguna especie. Para ellos lo que hacían estaba bien hecho, no le estaban robando a ningún rico, no estaban infringiendo las leyes de un país justo. Por el contrario, albergaban sentimientos mesiánicos en lo que hacían por el hecho de regalarle a un pobre para una fórmula médica, para un mercado o por el gran número de empleos que generaban sus múltiples inversiones y sus grandes extensiones de tierra. Pero la verdad es que sólo hacían obras de caridad para lavar sus conciencias y generaban empleo para aumentar y lavar sus capitales.

El resto de la fiesta estaba compuesta por los escoltas, los tres grandes capos, los músicos de la famosa orquesta, el mariachi, el D. J. y los meseros. En ellos no había nada particular. Los músicos se burlaban en secreto y en corrillos de los colegas que estaban al bate, los meseros se esmeraban por atender mejor a los hombres y los escoltas se mantenían en alerta para aprovechar el momento en que alguno de sus jefes se fundiera para pescar algún favor sexual de sus compañeras de ocasión.

A las 4 y 30 de la mañana y muy entusiasmada por la promesa de Cardona, Catalina volvió a su cama con total intensidad y hasta muy entrada la mañana cuando Yésica la despertó para decirle que el bus estaba a punto de arrancar, que si se quedaba o se iba.

Cardona respondió por ella:

—Se queda. Más tarde la mando a llevar.

Yésica sonrió feliz por el cambio de suerte de su pequeña amiga y se marchó gritándole a Cardona que se diera cuenta que ella nunca le decía mentiras.

Minutos más tarde a Cardona le comunicaron que uno de los escoltas de Mariño, un hombre de apellido Benítez, conocido con el alias de "Caballo" acababa de sufrir un accidente mortal.

CAPÍTULO SIETE
La venganza de la flor

Seis minutos y medio gastó Catalina gestando su venganza. Al bajarse del bus que la llevó junto con las otras 59 niñas hasta la finca de Morón, observó que entre los numerosos escoltas se encontraban "Caballo" y los dos hombres que abusaron de ella. Uno de ellos, de nombre Orlando Correa se acercó a ella con total desfachatez y le preguntó que si se acordaba de él. Disimulando su odio y pensando en el desquite, Catalina le dijo que no. Orlando, desesperado por repetir su faena con Catalina reforzó su memoria mencionándole el suceso de la caballeriza de la finca de Mariño, sin pensar que esa noche engendró un odio visceral en la inofensiva niña que tarde o temprano iba a terminar destruyéndolo. Catalina sonrió con hipocresía y le dijo que ahora sí lo recordaba y le preguntó por "Caballo" y su otro amigo. Orlando le dijo que estaban jugando cartas y aprovechó el momento para decirle que la pensaba a menudo. Gestando con habilidad mental su venganza, Catalina le siguió el juego y le aseguró que de los tres él era también el que más recordaba, pero empezó a sembrar la cizaña contándole que "Caballo" le tenía prohibido hablarle. Orlando se extrañó porque Javier les repetía a cada rato que ella estaba perdida. Pero Catalina seguía calculando su venganza y le dijo que eso era falso porque, en innumerables ocasiones, ella le pidió su teléfono al "Caballo" y le aseguró que este se rehusaba a entregárselo, la última ocasión con un argumento que a ella le parecía bajo y mentiroso. Orlando se interesó con rabia y le preguntó que cuál. Catalina le dijo que "Caballo" vivía contándole a todo el mundo que él era marica y bisexual y que le gustaban por igual las mujeres y los hombres. Orlando enfureció y sintió, en igual proporción, vergüenza, ira y deseos infinitos de matarlo.

En completa actuación, Catalina le dijo que no se ofuscara porque el destino ya los había puesto de nuevo en el camino y que ella no pensaba dejarlo después de haberlo buscado y anhelado durante tanto tiempo y que no creía en las calumnias de "Caballo" que para ella no eran más que acusaciones envidiosas lanzadas por un hombre celoso.

Orlando le dijo a Catalina que lo iba a matar, pero Catalina arremetió contra él por pensar de esa manera, buscando la forma de llevarlo a ese punto pero con sus manos limpias. Le dijo que "Caballo" sí merecía la muerte por mentiroso pero lo instó a ensayar otras fórmulas de venganza porque un castigo sí tenía merecido por haberlos separado a punta de mentiras.

Orlando no lo podía creer pues, si bien Catalina no era la mujer más apetecida por los narcos, para un escolta común y corriente como él, ella venía a ser lo que un collar de perlas al pescuezo de un perro. Catalina era una niña muy bella. Sus facciones eran finas y su cabello extenso, negro y lacio servía de marco a un rostro casi perfecto e impecable del que se destacaban su nariz recta y pequeña, sus labios carnosos y sus ojos negros. Cuando sonreía con esa dentadura perfectamente alineada, completa y blanca, los hombres sucumbían y las mujeres morían de envidia. Sus manos eran finas y sus dedos largos y delgados. Su cuerpo, cultivado madrugada a madrugada en las calles de Pereira a punta de trotadas interminables, podía ser uno de los mejores y más saludables de mujer alguna, aunque siempre pasaba desapercibida por su ausencia de senos. Cuando quería, era una niña bien hablada y cualquier hombre pobre y decente se hubiera sentido halagado por la vida, al tenerla a su lado. Por eso Orlando se entusiasmó al máximo y le pidió a Catalina que le permitiera matarlo. Catalina aceptó gustosa, pero demostrando algún grado de confusión y su engañado prometido le juró que en la madrugada, cuando todos estuvieran durmiendo, lo iba a asesinar. Ella pidió perdón a Dios por aceptar la muerte del pobre Javier, pero le dijo que hacerlo era necesario para la felicidad de los dos.

Como un estúpido, enamorado, ilusionado y enfurecido por la calumnia que su compañero le había levantado, Orlando esperó la madrugada, se paró al lado del "Caballo" y lo invitó a fumar marihuana. "Caballo" sabía que el olor de la marihuana era odiado por los patrones y le propuso hacerlo en algún lugar retirado de la finca. Orlando, quien lo indujo hasta esa propuesta, aceptó complacido y ambos se fueron a las caballerizas. Cuando "Caballo" estaba prendiendo su cigarrillo de marihuana de frente a la pared, para evitar que el viento le apagara la candela, Orlando le propinó, a mansalva, un par de puñaladas en la espalda que le atravesaron el pulmón y alcanzaron a tocar el corazón. "Caballo" cayó de bruces sin saber lo que sucedía y trató de decirle algo a su homicida, pero este le puso la suela de su zapato en la boca y lo rastrillo varias veces y con fuerza como apagando un cigarrillo, tal y como lo hizo "Caballo" con miles de colillas en su vida. En pocos segundos la historia de "Caballo" llegó a su fin.

—Más marica será usted, le dijo Orlando con rabia y se fue corriendo hacia el área de garajes donde sus demás compañeros seguían jugando cartas y dominó a esa hora.

Por eso, cuando a Cardona le contaron que un escolta estaba muerto dentro de una de las caballerizas de la finca de Morón, este sólo atinó a ordenar, convencido de la imposibilidad de encontrar al asesino entre tal cantidad de sicarios, que desaparecieran su cadáver, lo quemaran, lo mutilaran y lanzaran sus restos en los diferentes ríos y canales de aguas negras que recorrían la zona. Seis minutos y medio después de haberle arrancado la promesa de matar al "Caballo" y de pedirle su número telefónico a Orlando, Catalina volvió al lugar donde los 30 amigos de Morón se repartían como baratijas a las 60 niñas conseguidas por Yésica. Fue la última en llegar, pero fue a la que mejor le funcionaron las cosas, pues, no solo consiguió la promesa de los cinco millones de pesos de boca de Cardona, sino que de paso eliminó al hombre a quien más odiaba en la vida.

Cuando los hombres de Cardona se fueron a cumplir la orden de desaparecer en pedazos el cadáver de "Caballo", Catalina no sintió remordimiento alguno y se empezó a asustar de sí misma observando por la ventana el corre corre de quienes trataban de desaparecer el cuerpo del padre de su primer y malogrado hijo. Sabía que estaba empezando a convertirse en una mujer dura, insensible y sin escrúpulos y le pidió perdón a Dios por eso al tiempo que le exigía fuerzas para que le ayudara a vengarse de los otros dos hombres. Ella no sabía qué era una incoherencia ni le importaba saberlo.

Cuando salieron de la finca, dos días después, Cardona envió a uno de sus conductores y a uno de sus guardaespaldas para que llevaran a Catalina hasta un centro comercial a comprar lo que a ella se la antojara y la llevaran luego a su casa. Quedaron en que ella iba al día siguiente a la clínica de un doctor Alberto Bermejo a averiguar todo lo concerniente a su cirugía y que cuando supiera bien el precio, iría hasta el apartamento del narcotraficante por el dinero. Cardona la vio alejarse y sintió nostalgia, pero muy pronto se negó con machismo y orgullo esa verdad y volvió a su cama, envuelto en una toalla y pidiendo a gritos una cerveza para el guayabo. En el centro comercial, Catalina se tomó bien a pecho la orden de Cardona y compró de todo.

Toallas higiénicas y protectores para seis meses, una docena de blusas de distintas marcas y colores, media docena de pantalones, cuatro pares de zapatos, dos cinturones, dos relojes, tres perfumes, un par de chaquetas para tierra fría, aunque jamás había estado en ese clima, un muñeco de peluche con forma de dinosaurio y un par de discos compactos de Darío Gómez para contentar al pobre Albeiro que nada dichoso de la vida debería estar. Una cachucha y otro disco de "Metallica" para su hermano, una vajilla y un par de vestidos para su mamá y un detalle para Yésica en agradecimiento por haber luchado tanto y contra la corriente por hacer realidad el sueño que ahora acariciaba entre sus manos.En total, fueron ocho horas las que tuvieron que soportar los escoltas de Cardona esperando a que Catalina comprara todo lo que se le antojara. Cada hora la ya menos ingenua mujercita preguntaba a los escoltas si quedaba dinero y ellos asentían con rabia recordando que cuando Cardona decía "lo que ella quiera" ellos tenían que comprarle a la niña lo que ella quisiera.

Al llegar a su casa Catalina encontró a Albeiro llorando, a doña Hilda demacrada y a su hermano enfurecido. Algunos habitantes de la cuadra, más chismosos aparentaban estar solidarizados con la desaparición de Catalina e inventaban la manera de entrar a la casa para averiguar lo que estaba pasando, por lo que no escatimaban esfuerzos en llegar con ollas humeantes repletas de tinto o agua de toronjil en su interior, para calmar los nervios de los desesperados vecinos. La verdad es que la preocupación de todos era inmensa pues no sabían nada de Catalina desde hacía tres días y por sus cabezas rondaba la posibilidad de todo tipo de tragedias. Desde el presentimiento que tuvo Albeiro de que a la niña de sus ojos la tenía secuestrada uno de esos asesinos en serie que se paraban a la salida de los colegios y que en Pereira no era difícil de conseguir, hasta la seguridad misteriosa que tenía doña Hilda de que a su hija la había atropellado un taxi.

Cuando Catalina se apareció, sonriente, en el antejardín de la casa, llena de paquetes y con una sonrisa ingenua, doña Hilda y Bayron ya salían para la morgue a buscar sus restos en una de las bandejas de los congeladores de ese terrible lugar. Como las explicaciones de Catalina fueron tan vagas y se limitó sólo a decir que estaba más bien que nunca, Albeiro le pegó una cachetada y le terminó, doña Hilda la encendió a correa y la echó de la casa y su hermano Bayron la puteó hasta el amanecer.

CAPÍTULO OCHO
La fábrica de muñecas

Dos días después, aún con los morados que le quedaron regados por todo el cuerpo después de la paliza que le propinó doña Hilda y sumida en una gran tristeza por la pérdida de Albeiro, Catalina se apareció con Yésica en la clínica donde, meses atrás, la habían operado a ella de los senos. Preguntaron por el doctor Alberto Bermejo y lo esperaron toda la mañana hasta que el cirujano esteticista salió de practicar una blefaroplastia. Ninguna entendió lo que significaba esa palabra tan "descrestadora" y rara por lo que decidieron ir al grano luego de asentir con la cabeza, como para no pasar de ignorantes, cuando él les preguntó si sabían que era una blefaroplastia y antes de preguntarles en qué les podía servir.

–Doctor Bermejo, mi amiga necesita que le agranden las tetas.

–Una mamoplastia de aumento. –Dijo en voz baja sin quitarle la mirada de encima y asombrado con la corta edad de la paciente.

Con algo de compasión, empezó la difícil tarea de convencimiento para que Catalina aplazara la decisión. Le preguntó que cuántos años tenía y casi se muere cuando la niña de los ojos de Albeiro le contó que rondaba los catorce. Moviendo la cabeza hacia los lados el cirujano se fajó a fondo para evitar el cercenamiento de la inocencia de la niña que tenía enfrente, pero no valieron sus palabras ni sus advertencias ni su intento de desubicarla con un discurso digno de congreso científico, con expresiones tan complicadas y palabras tan técnicas que Catalina y Yésica quedaron en las mismas.

Empezó diciéndoles que tenía que observar a través de una ecografía, que el tejido mamario tuviera una distribución y una ecogenidad normal y que el patrón fibroglandular no produjera refuerzo acústico, señal de ausencia de fibroquistes, fibroadenomas o lesiones dominantes en el cuadrante superior externo hacia la cola axilar, que era por donde, presumiblemente, se iba a implantar el gel de silicona cohesivo con paredes rugosas, sin afectar el tejido celular subcutáneo ni la región retroareolar con posición subfacial subglandular.

Ante la premeditada verborrea del doctor Bermejo, las caras de Catalina y de Yésica se tornaron tan extrañas como cuando alguien está despertando de un ataque de epilepsia. Sin duda alguna el cirujano rebuscó toda la terminología a su alcance para confundirlas y lo logró. Cuando ellas le pidieron que repitiera en Español lo que él les acababa de decir, este trató de bajar un poco el nivel de su exposición:

–Mejor dicho, cómo les explicara –les dijo al ver sus caras de despiste, – puedo implantar las prótesis de silicona bien sea por la cavidad axilar o la circunferencia aureolar, es decir, el pezón. El problema es que por la edad de la niña, ninguna de estas áreas, ni siquiera las glándulas mamarias, se han desarrollado lo suficiente por lo que corremos el riesgo de deformaciones no congénitas al final del desarrollo. De manera que si insistes en la cirugía, me veré obligado a dejar una pequeña cicatriz en forma de T invertida muy antiestética o, en su defecto, una cicatriz de corte vertical en el surco submamario.

Catalina, seguía sin entender media palabra de las que el médico pronunciaba, pero le manifestó, con suma astucia, que él era el cirujano y que ella confiaba en lo que él sabía hacer. Que le metiera las siliconas por donde él quisiera o por donde pudiera, pero que se las metiera, porque sino ella moriría de tristeza. Y que por las cicatrices no se preocupara porque a su novio lo único que le importaba era que las tuviera grandes, así estuvieran rayadas.

Sin más remedio, Alberto Bermejo accedió a practicarle el examen y la cotización, le estableció una dieta rigurosa y le exigió una serie de exámenes, requisitos sin los cuáles no se comprometía a operarla. Catalina le dijo que no se preocupara que ella cumpliría con mucho juicio todas las indicaciones y el médico le recordó que la principal era la de traer cinco millones y medio de pesos en efectivo a lo que Catalina respondió que no se preocupara, pero que se la dejara en los cinco millones cerrados porque no podía conseguir más.

Quedaron en eso y Yésica aprovechó la oportunidad para averiguar por la operación de mentón. Alberto Bermejo le dijo que se llamaba mentoplastia y que se lo podía aumentar, usando implantes de silicona, o se lo podía achicar, limando el hueso de la mandíbula inferior. Que cuál de las dos cosas requería, que si aumento o reducción del mentón, porque a decir verdad él no sabía cuál operación le hacía falta, en una clara manifestación de que ella no necesitaba de ninguna de las dos. Ella se miró al espejo, primero de frente y luego de perfil, pero no supo responder.

Optó entonces por cotizar una operación para aumentar el tamaño de sus nalgas y otra para disminuir el tamaño de sus cachetes. El doctor le dijo que el posoperatorio de la primera cirugía era inmundo y desesperante, pero al igual que Catalina, Yésica no escuchó razones y se hizo programar la operación que consistía, según Alberto Bermejo, en implantar un par de prótesis bajo el músculo glúteo o en inyectar en las nalgas líquido graso extraído del abdomen u otro lugar por medio de una liposucción.

La otra cirugía se conocía con el nombre de bichectomía y consistía en extraer un par de glándulas de la cara para disminuir el tamaño de las mejillas. Yésica se comprometió a conseguir el dinero para hacerse las dos transformaciones.

Con la fe puesta en su futuro y visualizando su figura totalmente transformada, a partir de lo rentable que iba a resultar su nueva vida con los senos operados, Catalina preguntó que cuánto podían costar todas esas operaciones que el doctor había nombrado, es decir la de los senos, la de la cola, la de los labios, la liposucción, la del mentón, la de la nariz, la de los cachetes y la de la boca, y el médico respondió, con algo de burla, pésimo humor y mucho conocimiento del comercio de mujeres entre traquetos, que mucho dinero:

–Más de lo que pueden ganarse ustedes durante los fines de semana de todo el año, pero desde que tengan quien las respalde, no se preocupen que aquí hasta les fiamos. Un poco molesta por el chiste, pero al mismo tiempo muy animada, Catalina salió del lugar ensayando la manera de decirle a Cardona que la operación ya no costaba cinco sino seis millones de pesos para poderse quedar con un millón con qué ayudar a su mamá en los gastos de la casa.

–Fresca parcera que ese billete para esos manes no es nada. Es como quitarle un pelo a un gato –le dijo Yésica riendo como para tranquilizarla y hasta se ofreció a acompañarla al día siguiente al apartamento de Cardona que quedaba en el último piso de una torre de 15 donde, entre otras personalidades vivían narcotraficantes, políticos, contratistas del Estado, ex guerrilleros reinsertados, militares retirados, ex funcionarios de un ex presidente que financió su campaña con dineros del narcotráfico, paramilitares y una que otra persona honrada.

Al llegar a casa, Catalina se encontró con un Albeiro muy arrepentido de haberle pegado y se aprovechó de su sentimiento de culpa para imponer condiciones: le dijo que se fuera porque no lo quería volver a ver jamás en su vida. Que la bofetada no se le iba a olvidar nunca, que jamás obtendría un perdón de parte suya, que ella no se casaría y mucho menos viviría en concubinato con un guache que le pega a las mujeres y que, desde ese día, ella iba a hacer lo que le viniera en gana porque, total, todos la consideraban una dañada luego, hacer o dejar de hacer algo, le daba lo mismo.

Albeiro, por su parte, se fajó un discurso sentido y sincero en busca del perdón. Le dijo que él jamás le había pegado a una mujer y que en su vida volvería a hacerlo. Que se dejó arrastrar por la ira pero que era la segunda vez en su vida que se le manifestaba. Que él la amaba más que a su propia existencia y que si ella no lo perdonaba y volvía a su lado, moriría. Le repitió, como muchas veces anteriores, que ella era la niña de sus ojos, que le escribía canciones, que le escribía poemas, que bailaba con su recuerdo, que su carita angelical estaba esculpida en su memoria y que la recordaba al mismo ritmo con el que respiraba, que sin ella no era nada, que jamás desconfiaría de su inocencia y que sin su amor todo perdía sentido.

—¿Me está amenazando? —preguntó Catalina con cara de no ceder a los chantajes de su novio a lo que él respondió con la misma sinceridad:

—No, mi amor, pero le juro que sin usted prefiero no vivir.

A Catalina le impresionó bastante la cara decisión con la que Albeiro prometió matarse en caso de que ella no lo aceptara de nuevo. Aún así, no se doblegó. Pensó que si cedía al chantaje, toda la vida lo iba a tener amenazándola con lanzarse desde las barandas del viaducto ante cualquier pataleta suya. Albeiro lloró a cantaros y hasta se arrodilló para que ella lo absolviera, pero la niña de sus ojos sabía que, aunque quisiera y aunque se muriera de las ganas por volver con él y besarlo y abrazarlo y dejarse consentir, no lo podía indultar sin sacarle, por lo menos, el permiso para que la dejara operarse los senos.

Por eso lo dejó en ascuas y se encerró en su habitación sin que valieran ni las lágrimas de Albeiro, ni los golpes de doña Hilda en su ventana que daba a la calle, ni los nuevos madrazos de Bayron.

Al día siguiente, cuando salió de su alcoba y encontró al pobre Albeiro durmiendo de rodillas y con su cabeza recostada contra la puerta, Catalina lo levantó con lástima, lo acostó en su cama, le dio de beber agua del acueducto y lo perdonó, luego de un largo discurso de reivindicaciones, la mayoría injustas, y luego de hacerle jurar que no se iba a poner bravo por que ella se mandara a agrandar las tetas.

Dentro del extenso pliego negociado por Catalina, que incluía libertad para andar con sus amigas, más comprensión hacia su inmadurez dada su corta edad, menos desconfianza, menos preguntas cuando ella llegara tarde a casa y más ayuda económica, entre otras no menos absurdas, quedó explícita una cláusula que le impedía, al pusilánime Albeiro, averiguar por el origen del dinero que ella iba a gastar en la operación. Él aceptó todas y cada una de las exigencias de su pequeña y maquiavélica novia. En todo caso y para no sentirse derrotado, se convenció de que esa era la única manera que él tenía para seguir viviendo. Feliz por el ventajoso acuerdo logrado, Catalina se fue a descansar esperando con anhelo de Navidad, que la noche transcurriera velozmente para ir a casa de Cardona a sacarle los seis millones de pesos que él prometió regalarle para la operación.

Pero las cosas no iban bien. Algo inesperado estaba por suceder. En las calles se notaba un movimiento extraño y el ambiente estaba enrarecido. El tráfico se notaba inquieto, los conductores denotaban mucha inseguridad al conducir. Las bocinas de los autos contaminaban el ambiente. El viento no movía una sola hoja de los árboles y el sol no apareció en todo el día. Las caras de toda la gente que se paseaba por la circunvalar parecían sospechosas y los carros de la policía se movilizaban silenciosos, pero a toda velocidad.

CAPÍTULO NUEVE
Las tetas extraditables

Catalina no lo supo, porque en su casa la televisión estaba destinada para las novelas y jamás veían los noticieros de la noche, pero en uno de ellos y con calidad de primicia, apareció el Embajador de los Estados Unidos en Colombia anunciando que la DEA, en coordinación con los organismos de seguridad del Estado colombiano, acababa de terminar una rigurosa investigación que arrojaba como resultado los nombres de los nuevos capos de la droga responsables del envío a los Estados Unidos y Europa de más de 200 toneladas de cocaína al año.

Entre ellos estaban Morón, Cardona y "El Titi", en ese orden de importancia.

Al siguiente día los periódicos encabezaron sus primeras páginas con los nombres de los sucesores de Pablo Escobar, los Rodríguez Orejuela, Carlos Ledher, Santacruz Londoño, los Ochoa y Gonzalo Rodríguez Gacha, haciendo énfasis en que estos nuevos capos pertenecían a una generación más inteligente, en el sentido de no ostentar demasiado, más escurridizos, con mayor capacidad de soborno, más educados porque, incluso, algunos de ellos estudiaron en grandes universidades, cosa que no habían hecho sus parientes de quienes heredaron el negocio. En resumen, eran menos visibles.

Desde luego, la noticia que se regó como pólvora y llegó a los oídos de todo el mundo, menos a los de Catalina y a los de Yésica, puso en desbandada a los miembros del nuevo Cartel.

Algunos dijeron que estaban refugiados en campamentos guerrilleros para evadir la acción de la justicia. Otros dijeron que se encontraban negociando con los paramilitares que pactaban en ese momento la paz con el Gobierno, para que estos los hicieran pasar como comandantes y conseguir, de esta manera, un estatus político que los pudiera librar de una solicitud de extradición que Estados Unidos no le negaba a ningún narcotraficante. Otras fuentes aseguraron haberlos visto volar de afán hacia Venezuela, Panamá y Cuba en sus avionetas particulares. Lo cierto es que cuando Catalina y Yésica llegaron al edificio donde vivía Cardona con el fin de pedirle el dinero, sólo encontraron uniformados de la Policía, la Fiscalía, la DEA, el Ejército, la Interpol, la Sijin, la Dijin y del DAS y, por lo menos una docena de periodistas armados hasta los lentes.

No se preocuparon, porque en el edificio vivían muchos personajes de la vida nacional y pensaron que se trataba de sus escoltas, pero supieron que algo grave sucedía en ese momento cuando fueron detenidas en la puerta, por un oficial, con cara de inquisidor, que les preguntó hacia donde se dirigían. Ninguna de las dos supo responder y fueron expulsadas del lugar sin explicación alguna.

Catalina empezó a sospechar que su suerte le estaba jugando una nueva mala pasada cuando Yésica le preguntó a uno de los policías, que era amigo de ella, sobre lo que estaba sucediendo. El policía que pertenecía a la nómina del Cartel, le dijo en clave que a los patrones se los había llevado el putas y casi la policía, por lo que tuvieron que irse afanados antes de que un avión de la DEA se los llevara para el otro lado. Se refería a que iban a ser extraditados a los Estados Unidos. Catalina volvió a sentir que el mundo se derrumbaba a sus pies y entró en pánico cuando supo que Cardona y sus compinches desaparecieron en desbandada. Yésica les marcó varias veces a sus celulares y los encontró apagados. Catalina se convenció de lo que le acababa de contar el Policía y experimentó, de nuevo, las mismas ganas de morirse que sintió el día que "El Titi" la rechazó o la noche en que Albeiro le dijo que de tener las tetas más grandes sería la reina de Pereira.

—Parcera, ¡nos jodimos! —Le dijo Yésica muy asustada y se empezó a pasear de un lado a otro, muerta del susto porque esta nueva situación la iba a matar a ella de hambre y a Catalina de tristeza.

—¿Y ahora? —Sólo atinó a decir la petrificada Catalina mientras, por dentro, se desvanecía de a pocos. Yésica no dijo nada y se fue con ella a buscar una lista donde estaban sus clientes de la mafia, pero el único que contestó y con la voz cambiada fue Mariño. Yésica le preguntó por Cardona, pero este se asustó, le dijo muy nervioso que él no conocía a ningún Cardona y que, seguramente, ella estaba equivocada. Luego le colgó. Volvieron a marcarle pero su teléfono ya se encontraba apagado. Sin atenuantes y pintando las cosas del color que estaban, Yésica solo atinó a manifestarle con pesar a su pálida amiga:

—Hermana nos jodimos. Esos manes se fueron y nos dejaron mamando.

Para capitalizar la ira que sentía por esta nueva decepción, Catalina buscó el teléfono de Orlando Correa y le puso cita en el parque central, bajo la estatua del "Bolívar Desnudo" donde "Caballo" la había dejado plantada con la ilusión acuestas la tarde lluviosa en que nunca llegó. Lo felicitó en clave por haber hecho "la vuelta" como era, es decir, por haber matado a "Caballo" sin que nadie lo "pillara" y lo citó a las cuatro de la tarde, porque necesitaba verlo para decirle cuánto lo quería y para pedirle el favor de que le hiciera el amor.

Inmerso en un cuento de hadas, sabiéndose deseado por una mujer tan linda como Catalina, Orlando Correa llegó a las cuatro en punto al lugar de la cita y la saludo con efusividad e ilusión. Estaba perfumado y estrenando un pantalón de dril color beige y unos zapatos de gamuza color marrón. La camisa blanca de rayas verdes y carmelitas, que ya era usada, lucía muy limpia y pulcra. Catalina también lucía hermosa y hacía esfuerzos ingentes para que no se le notara el odio que sentía hacia él ni la tristeza que tenía por la desbandada de los narcos, y especialmente la de Cardona.

Con angustia, Orlando quiso concretar la propuesta   principal de Catalina durante su llamada y la invitó a un motel. La niña le dijo que aceptaba gustosa, pero, tejiendo la red de su venganza, explotó su debilidad de macho cabrío y le preguntó si a él le gustaría estar con dos mujeres, al mismo tiempo, porque ella tenía una amiga que también estaba necesitada de un hombre y que a ella le daba pesar dejarla sola, en ese estado, siendo, como era, su parcera del alma. Orlando respondió con un nudo en la garganta que sí, que por supuesto, que claro, que cómo no, que no había problema. No podía creerlo. Estaba a punto de concretar su fantasía sexual y más aún junto a la mujer que estaba empezando a amar. Se fueron entonces a recoger a Yésica, quien ya estaba al tanto del plan y los tres se metieron a un motel de los cuatro que encontraron en una misma cuadra a la salida hacia Armenia.

Por generosa solicitud de Orlando, se instalaron en la habitación más lujosa que encontraron en aquel lugar decorado con mal gusto y una serie de expresiones arquitectónicas extrañas que combinaba columnas llenas de canales y pedestales monumentales copiados de la antigua Babilonia, grandes ventanales posmodernistas hasta jardines con materas colgadas de las ventanas propias de las fincas cafeteras. En la habitación encontraron una cama triple cuya baranda servía de soporte a dos mesas de noche sin ninguna gracia, dos lámparas ancladas a la pared y un radio de carro incrustado en el cajón principal de uno de los nocheros. Cerca de la puerta había un confortable sofá de tela rayada y una mesa con tres sillas y un florero de vidrio grueso y pesado. Las cortinas eran rojas, al igual que el tapete de la habitación y un televisor pegado a la pared proyectaba las imágenes pornográficas de siempre: una mujer succionando el pene de un hombre. Ante la mirada incrédula y ansiosa del homenajeado, las dos mujeres empezaron a quitarse la ropa con una alta dosis de premeditada sensualidad, mientras el ingenuo guardaespaldas sólo atinaba a desvestirse con torpeza y angustia, sin quitarles los ojos de encima.

De acuerdo con el plan, de un momento a otro las mujeres detuvieron el show y le pidieron a Orlando que se dejara amarrar para hacer más excitante el momento. Correa, como le llamaban sus compañeros y sus jefes, aceptó sin objetar la irresistible propuesta. Las mujeres procedieron a atarlo de pies y manos a la cama con unas cuerdas que traían en su bolso. La emoción no lo hizo sospechar de nada.

Lo cierto fue que apenas el candoroso hombre estuvo reducido a la impotencia, las mujeres se empezaron a vestir ante su asombro total y se le treparon con el deseo de hacerle pagar todo lo que él y sus dos amigos habían hecho y también todo lo que no habían hecho. Lo golpearon de una manera despiadada, en una especie de juicio sumario, mientras le recordaban sus delitos.

Lo apalearon hasta el cansancio, sobre todo en los genitales, para que jamás se le volviera a ocurrir aprovecharse de una niña. Catalina le pegaba con furia en el pene y los testículos con el florero que adornaba la habitación. Los gritos de Orlando competían con la radio a la que Yésica subió el volumen hasta su máximo nivel. El rehén gritaba pidiendo perdón, pero de nada sirvieron sus súplicas. Las mujeres estaban dispuestas a quitarle para siempre el arma con que violaba a las niñas y lo hicieron. Orlando perdió un testículo, la sensibilidad del glande y la posibilidad de volver a procrear.

Antes de huir del lugar, Catalina lo obligó a decirle el nombre del tercer hombre que abusó de ella esa noche y el pobre Orlando, apaleado como estaba y bajo la amenaza de perder para siempre su pene y el testículo que le quedaba, no tuvo más remedio que contarle que se llamaba Jorge Molina, al tiempo que le daba su número telefónico.

A Jorge Molina lo citaron en el mismo lugar. Catalina le dijo que lo recordaba con deseo, que de los tres era el que más le gustaba, que si él tenía algún problema en hacerle el amor y que si se molestaba si a su encuentro amoroso, llevaba una amiga que estaba necesitada de un hombre pues a ella le daba pena dejarla con las ganas y más aún después de contarle que él era el mejor polvo del mundo. Jorge Molina, el más lujurioso de los tres, no se molestó. Su ego de macho omnipotente voló por las nubes.

Sintió que el cielo no era ese conjunto de nubes blancas y grises con fondos azules que veía todas las mañanas desde su ventana sino el hecho de hacer el amor con dos hermosas nenas como Catalina y Yésica. La tomó tan a pecho que antes de llevarlas al Motel se metió a una tienda de objetos sexuales y se gastó una fortuna comprando estimuladores chinos, tangas pervertidas, retardadores de la eyaculación y hasta un delantal de camarera que las hiciera ver más provocativas de lo que ya lucían.

De camino al motel, se hizo todas las ilusiones del mundo. La más importante era la de proponerles que se casaran ambas con él. Pensaba decirles que las amaba profundamente y que se fueran a vivir los tres porque ahí donde lo veían, en carro prestado y todo, cuidándoles las espaldas a los patrones, a toda hora, él se iba a convertir en poco tiempo en un duro. Que ya conocía el negocio, que ya sabía cómo fabricar la coca, que ya se sabía las rutas de memoria, que ya sabía dónde encontrar los contactos en México, Los Ángeles, Nueva York, Chicago y Madrid y que, dentro de muy poco, cuando delatara a sus jefes con la DEA, iba a tener mucha plata para ponerlas a vivir a las dos como lo merecían, como el par de reinas que eran.

Pensó también que no era mala idea gastarse lo último que le quedaba de la quincena llevándolas a un centro comercial después de salir del motel y comprarles una pinta bien linda, con zapatos incluidos, para que ellas se fueran familiarizando con su amplia y desinteresada forma de ser. Entrando a la habitación les alcanzó a contar que se iban de compras al salir del motel. Ellas le agradecieron con un beso simultáneo sobre sus mejillas y le aconsejaron, por calcular cuánto dinero tenía, que no se molestara porque ellas eran muy exigentes razón por la cual el detalle podría resultarle muy costoso. Jorge Molina, que toda la vida tuvo ínfulas de traqueto, les dijo que no se preocuparan porque si él prometía algo era porque podía. Que el dinero era lo de menos porque él ya estaba empezando a traquetear con dos kilitos semanales y que más bien se empezaran a quitar la ropa porque él estaba que ardía.

Así lo hicieron antes de amarrarlo con el pretexto de querer más emociones y una hora después, el pobre Jorge Molina yacía sobre la cama, ensangrentado, a punto de perder el conocimiento, con los genitales en estado lamentable, la cara amoratada a punta de golpes y diciendo la clave de la tarjeta débito que, junto con 300 mil pesos, era lo único que respaldaba su habladuría. En un cajero del centro de Pereira sacaron 860 mil pesos que era todo lo que tenía, el pobre Molina y se fueron a emborrachar dos veces. Una para celebrar la venganza contra los tres hombres que le impidieron venderle el virgo a Mariño y otra por la desbandada de sus amigos traquetos a quienes extrañaban con dolor.

Orlando Correa y Jorge Molina se encontraron por esos días en situaciones muy similares con los rostros y la hombría rotas, pero sintieron vergüenza de admitir que estaban en ese estado lamentable gracias a la ira de dos mujeres, por lo que uno de ellos inventó que un taxi lo había atropellado cuando se bajaba de la camioneta del patrón; y el otro, Jorge Molina, el más chicanero de todos, que un hombre intentó matarlo, seguramente porque no quiso pagar una extorsión al grupo guerrillero que lo chantajeaba.

Dijo que por su pinta, los carros en los que andaba y lo bien vestido que mantenía, un frente de las Farc lo confundía, a menudo, con un rico. Ninguno de los dos se creyó, pero para los demás, los cuentos inventados sirvieron para justificar el cambio físico de sus caras y a Jorge Molina le sirvió para subir de estatus ante su familia y sus amigos.

Pero la estampida de los narcos no afectó sólo el ego y los sueños de Catalina por tercera vez ni el bolsillo de Yésica, ni la ocupación de la sala de cirugías de la clínica estética, ni los planes del doctor Bermejo de comprarse un BMW.

También afectó las relaciones intrafamiliares de Ximena, Vanessa y Paola, cuyas madres, acostumbradas a recibir grandes mercados y dinero producto del trabajo de sus hijas, se dedicaron a cantaletearlas, día y noche, hasta hacerlas tomar una determinación desesperada y denigrante: trabajar en una casa de citas donde, por muchísimo menos dinero, se acostarían hasta tres veces en la noche con desconocidos de todos los pelambres.

Nada de esto le dijeron a Catalina y a Yésica que terminaron rodando en Bogotá, de clínica de estética en clínica de estética, y de casas de amigos, a los que aburrían en una semana, en casas de otros amigos que no sabían que ellas los iban a aburrir en una semana.

A la otrora cotizada Paola le correspondió como primer cliente a un funcionario público. Bien perfumado y muy bien vestido, no así buen amante. El burócrata pactó por 200 mil pesos una hora de placer con ella. Una vez finiquitado el negocio se metió al baño, sacó de su chaqueta una caja de viagra y se tomó una pastilla con agua extraída del lavamanos y retenida entre sus manos yuxtapuestas.

Paola que lo esperaba en una habitación húmeda y llena de malas energías, de las seis que tenía la casa, no hacía más que pensar y pensar en "El Titi" y en lo que él le iba a decir cuando supiera que por su culpa protectora se había tenido que meter a puta.

En esas apareció el hombre de aspecto bonachón y cara de corrupto y empezó a esbozar una sonrisa nerviosa y estúpida con la que le pidió un beso. Ella le dijo que los besos eran solo para el novio y logró disgustarlo tanto, al punto que, sin mediar palabra, se subió a la cama, se metió bajó las sábanas, se quitó los pantalones y los interiores, los dobló maniáticamente, los puso sobre la mesa de noche y la haló con sus brazos para hacerle después el amor, en completo silencio y sin despojarse ni de la camisa ni de sus medias negras, finas, delgadas y largas hasta la rodilla. Paola lloró de rabia, en silencio y sin percibir placer alguno.

En ese momento no sintió tanto su vertiginosa caída al abismo de la desgracia como cuando el hombre sonriente y con cara de corrupto, sacó de su billetera dos billetes de 50 y cinco de 20 mil y se los lanzó con cicatería, sobre la cama revolcada y húmeda, para luego salir sin despedirse.

A Ximena le fue peor porque tuvo que acostarse, la primera noche, con el dueño del establecimiento, con todo su historial de al menos 500 mujeres, la mayoría prostitutas, y sin recibir un solo peso por sus servicios.A Vanessa tampoco le fue mejor que a sus dos amigas. Comenzando porque tuvo que pelear con un cliente que se rehusaba a poseerla usando un preservativo. Decía que no quería hacerlo con un condón, que de esa manera no sentía placer y que le pagaba el doble de la tarifa si se dejaba penetrar sin ese forro de caucho asqueroso e incómodo. Vanessa, que necesitaba ese dinero, estuvo tentada a hacerlo, pero se puso a pensar que si ese tipo hacía lo mismo con todas las prostitutas de la ciudad, seguramente ya era portador de un sida o cuando menos una venérea. Por eso se aguantó las ganas decirle que sí y, a cambio, le propuso que se dejara hacer cositas muy ricas sin necesidad de penetración.

El tipo aceptó a regañadientes y se desvistió de mala gana. Incluso estuvo tentado a salir de la habitación en busca de otra mujer, pero Vanessa le pidió que no se marchara, que la dejara intentar algo porque ella no quería que él se fuera con una mala imagen de las mujeres del lugar. El hombre que tenía cara de asesino en serie, mirada de loco, cejas pobladas, pómulos salidos, quijada pronunciada y gafas de marco negro y grueso, le dijo que tenía dos minutos para demostrarle por qué no se tenía que marchar.

Pero a Vanessa sólo le bastó un minuto para demostrarle que ella era la mejor. Al final, el anónimo personaje que vestía de luto quedó tan satisfecho con la versatilidad y la imaginación de la mujercita, que decidió, de todas maneras, pagarle el doble por sus servicios. Sencillo, por cumplir con la tarifa y doble por haberlo llevado a las estrellas. Le pidió también que se convirtiera en su concubina, pero Vanessa, imaginando que la vida al lado de un depravado como él no iba a ser fácil, lo sacó de taquito con un argumento muy inteligente. Le dijo que no podía hacer eso porque ella tenía que ser muy honesta con él y le debía confesar el motivo de su renuencia a hacerlo sin condón. Él le preguntó el porqué y Vanessa no tuvo reparos en inventarle que ella estaba infectada con el virus del VIH, que no le quería hacer daño a nadie y que por eso le exigía a todos sus clientes usar el condón.

El extraño personaje soltó la carcajada y la empujó con cariño para luego decirle que no se preocupara, que no había problema alguno en que vivieran juntos puesto que él también tenía sida. Un frío intenso recorrió el cuerpo de Vanessa mientras el demente, vestido de negro, le explicaba el nuevo funcionamiento de su corta vida. Le dijo que a él lo contagió un novio que tuvo, sin negar su bisexualidad, y que cuando su compañero murió, él tomó la determinación de vengarse del mundo entero contagiándole la enfermedad a todo el que pudiera, mujeres y hombres por igual. Que ya una docena de prostitutas y otra docena de jovencitos de la ciudad estaban contagiados por él y que su meta era llegar a las cincuenta víctimas antes de morir.

Vanessa, quien estuvo a punto de convertirse en la víctima número veinticinco del desequilibrado, entró en pánico y trató deshacerse lo más pronto posible de él. Le dijo que todo eso era una maravilla. Que le parecía bien que los demás sintieran en carne propia lo que ellos estaban sintiendo y que de ahora en adelante iba a sugerirles a sus clientes que lo hicieran sin condón. El desquiciado mental le sugirió, incluso, que si los clientes insistían con el condón que ella lo pellizcara en la punta con disimulo para hacerles la "perrada". Quedaron de verse al día siguiente para ir de compras y el asesino desapareció con cara de felicidad.

Cuando calculó que el depravado ya estaba lejos de la habitación, Vanessa se puso a temblar de miedo, con la certeza de haber estado al borde la muerte y salió corriendo, con asco, a bañarse con un estropajo para luego salir a preguntarle a todo el mundo si el sida se podía contagiar por vía oral.

A las madres de Vanessa, Paola y Ximena les fue mejor. A ellas tres sí les volvió el alma al cuerpo, y también el mercado a la nevera. Felices con el retorno del dinero a la casa, ninguna hizo preguntas y todas tres empezaron a regañar a sus hermanitos por no dejarlas dormir en el día.

Lo cierto es que con la llegada de las vacas flacas, gracias a la desbandada de los narcos, todas las mujeres que derivaban su sustento y su ostentación de sus ilimitadas chequeras tuvieron que recurrir a diferentes estrategias para no desmejorar su nivel de vida y de ingresos. Paola, Ximena y Vanessa se metieron de trabajadoras sexuales, Catalina y Yésica se fueron a probar suerte en Bogotá, muchas otras que no conocían, se metieron a reinados de una y otra cosa y, las más bonitas e inteligentes, ingresaron a la televisión. Algunas de ellas, las que menos talento poseían, se acostaron con directores, libretistas y productores para ganar un papel, lo que produjo una oleada de indignación entre las actrices que se quemaron varios años estudiando artes escénicas para merecer un papel de segunda categoría en una novela.

CAPÍTULO DIEZ
Benditos sean los huéspedes,
por la alegría que nos dan el día que se van

El primer amigo que visitaron Catalina y Yésica en Bogotá con el fin de pasar una noche, que se convirtió en nueve, fue Oswaldo Ternera. El obeso amigo de las pereiranas era un ex funcionario de la Fiscalía que había sido despedido de la Institución por mal comportamiento, al comprobársele que dejó vencer los términos legales para que un mafioso fuera condenado.

Oswaldo Ternera aprovechó su cercanía y amistad con algunos ex colegas del sector de la justicia y se puso a trabajar como espía para los narcos a quienes les rebelaba con antelación las decisiones judiciales que los afectaban para que tuvieran tiempo de actuar, ya sea huyendo, asesinando a los jueces en cuyos despachos reposaban sus expedientes o sobornando a los que se dejaran sobornar, que no eran pocos.

Yésica lo conoció en el cumpleaños de Morón aprovechando que era la única de las sesenta mujeres que no estaba comprometida con ninguno de los invitados. Ese día y amparado en el bullicio de los asistentes durante la interpretación de la ranchera *El rey*, Oswaldo le dejó su teléfono para que lo llamara cuando fuera a Bogotá. Por eso cuando ella lo llamó para pedirle el favor de dejarlas quedar con una amiga por una sola noche, Oswaldo Ternera le dijo que sí, antes de que ella terminara de hablar. Y se le despertó tanto la lascivia con la posibilidad del "menage a trois", que corrió hasta el supermercado a aprovisionarse de licor, preservativos y alimentos.

Las niñas llegaron a eso de las siete de la noche asegurando que viajaban al día siguiente y hasta le exhibieron a Oswaldo los tiquetes de avión, para generar más confianza en él. Se instalaron en una habitación que él les asignó, deshicieron las maletas repletas de ropas, zapatos, perfumes y cosméticos y se pusieron a mirar televisión mientras Oswaldo, el entusiasmado e iluso Oswaldo Ternera, les preparaba comida ideando la posibilidad de retenerlas, aunque fuera una noche más, por si esa no le era suficiente para hacerse a los encantos de las dos mujercitas o, cuando menos, a los de una de ellas.

La noche le fue insuficiente a Oswaldo Ternera para conquistar a las mujeres, que inventaron todo tipo de disculpas para evitarlo, por lo que él mismo, sin saber que estaba cometiendo el peor error de su vida, les pidió, no, mejor les suplicó, que se quedaran un día más.

—No se vayan, quédense que mañana recuperan el día, si no se marchan vamos a cine o a bailar, no sé, donde quieran, miren que del afán no queda sino el cansancio y no sean tan rogadas.

-¿Qué van a hacer a Pereira un martes? —Les preguntó antes de convencerlas, ignorando que para hacerlo no habría tenido la necesidad de abrir la boca.

Ellas que desde la misma noche en que llegaron sabían que no iban a salir de ese apartamento antes de que Catalina tuviera los senos grandes o antes de que Oswaldo las echara por las malas, pusieron un poco de resistencia, esgrimieron un par de razones válidas y, con algo de dificultad, aceptaron quedarse, logrando sacarle al pobre Oswaldo una sonrisa igual a la que ponen los vendedores de libros cuando, por fin, alguien les está firmando una orden de compra.

Todo el día siguiente lo dedicaron a visitar, con obsesión de penitentes, los distintos consultorios de médicos esteticistas de Bogotá. Como contaban con la ropa de marca que les había quedado de la bonanza traqueta, siempre eran bienvenidas a todas las clínicas que visitaban. En la primera les dijeron que la cirugía costaba 4 millones de pesos, que requería de anestesia general, que duraba 30 minutos y que la incapacidad era de dos semanas. El problema era que los exámenes preliminares tenían un costo de 300 mil pesos similar al que les exigieron en otras clínicas. Como ellas no llevaban consigo esa suma desaparecían de escena como por encanto y jamás volvían.

Alguna vez se equivocaron y regresaron al mismo sitio, sólo que por calles distintas y se encontraron de frente con el doctor Mauricio Contento, quien al verlas exclamó con risas:

—Yo sabía que iban a volver porque en ningún lado les van a dar los precios y la facilidad que les estamos dando acá. Se refería a la disposición que tenían ellos de recibir un cheque al día por 50% de la cuenta y dos cheques post fechados a 30 y 60 días, por el 50% restante de la deuda. Ellas, que no tenían ni cheques, ni tarjetas de crédito, ni amigos, ni nada disimularon, pero lo hicieron mal porque Mauricio Contento descubrió que ninguna de las dos tenía ni donde caerse muerta. Les pidió 20 mil pesos para un formulario y Yésica respondió con nervios que iban a un cajero automático a retirar dinero y que si él sabía dónde quedaba uno. Pero Mauricio Contento no quería dejar escapar la oportunidad de sumar a su lista de mujeres a una niña muy joven y linda como Catalina por lo que las detuvo con un argumento más mentiroso que el de ir al cajero expuesto por ellas:

—Me los pagan después y sigan para echarle una revisadita a Catalina a ver si podemos hacer algo.

La revisó, la morboseó, se encaprichó con sus caderas y su cola turgente como espuma ortopédica y se fijo, como meta inmediata, llevarla a su cama a cambio de la operación y la promesa de pagarla cuando sus amigos de la mafia sobornaran a todo el mundo para poder salir de la clandestinidad. Pero él sabía que

si quería sacar el máximo provecho de su situación y posición, debía entregar a cuenta gotas la solución. Primero les dijo que sin dinero no tenían posibilidades. Que él les podía fiar lo de la mano de obra, es decir, la cirugía y el alquiler del quirófano, pero que ellas tenían que conseguir el dinero para la materia prima, o sea, los implantes de silicona que no tenían un precio inferior a los dos millones de pesos. Sin embargo, y pensando en un canje de las prótesis por placer, dejó una puerta abierta para que las niñas no se evadieran del todo y les dijo que volvieran al día siguiente a ver qué otra cosa se les ocurría a ellas o a él.

Al día siguiente y con los ojos hinchados de tanto llorar, Catalina se apareció en el consultorio del doctor Mauricio Contento, acompañada como siempre por Yésica, a decirle que por ahora no iba a ser posible la cirugía porque, a decir verdad, ella no tenía de donde sacar dos millones de pesos. Al ver el pesimismo y la desesperanza que proyectaban los ojos de la niña, el médico indagó por lo sucedido hasta descubrir lo que ya sabía. Mauricio Contento sólo se limitó a decirles que tuvieran paciencia porque él también había sido perjudicado con la estampida de muchos capos quienes le adeudaban cerca de 80 millones de pesos por concepto de operaciones a novias, amigas y familiares.

Acto seguido y observando con más detenimiento las piernas y las caderas de la niña de los ojos de Albeiro, el médico se dedicó a demostrar sus virtudes sociales, su trabajo por los desamparados y su hambre por la ilíquida clientecita de las nalgas de acero. Les dijo que no se preocuparan porque él iba a ver cómo se inventaba la manera de operarla con otra rebaja grande y excepcional. Que tuvieran cuidado porque el gremio estaba lleno de médicos inescrupulosos y a veces, falsos, que sólo pretendían llevarse las niñas a la cama a cambio de una cirugía y que, en ocasiones, les sacaban el anticipo sexual para luego incumplirles. Catalina se puso a llorar de nuevo. El médico le pidió a Yésica que los dejara solos. Le dijo que no llorara más porque se iba a poner fea. La abrazó y la tomó de las caderas, tanteando qué otro tipo de rebaja podía hacerle, y su impresión fue tanta que claudicó ante el deseo y mandó al carajo toda la cotización:

—Mira mi amor, hagamos una cosa. ¡Deja de llorar y ponte feliz porque te voy a operar! ¡Después me pagas!

Catalina apenas lo podía creer y él le repitió la promesa abrazándola y estrechándola contra su pecho.

—Te voy a operar gratis y te voy a fiar los implantes porque me duele mucho verte así. Además, me da miedo que caigas en las manos de algún bandido que sólo quiera aprovecharse de ti. Con esas ganas tan grandes que tienes de operarte, eres capaz de cometer una locura y yo no quiero que te pase nada, ¿entendiste?

Catalina respondió moviendo la cabeza, hacia arriba y hacia abajo mientras limpiaba sus lágrimas contra la solapa de la blusa blanca del doctor Contento. El médico le echó un par de chistes, ni tan malos ni tan buenos, pero el caso es que le logró arrancar una sonrisa a su futura víctima. Luego le dio un beso en la frente halando con fuerza sus caderas contra su pelvis, buscando quizá una confirmación del negocio que de palabra acababan de pactar. Catalina se meneó un poco y lo besó aceptando el pagaré.

Felices con la noticia, volvieron donde Oswaldo Ternera por décima vez consecutiva, pero este no les quiso abrir más la puerta. Les dejó las maletas en la portería del edificio y le dijo al celador que no les diera explicaciones. Argumentó su acción, sin que el celador se lo pidiera, contándole que esas viejas lo tenían mamado. Que no tendían las camas, que dejaban la ropa interior sucia y regada por todas partes, que no se acomedían a lavar un plato, que le dejaron una cuenta de teléfono ni la hijueputa y que, fuera de eso, lo peor, lo imperdonable, ninguna de las dos se lo quiso dar.

La verdad de todo era que las mujercitas habían refinado un poco sus gustos y Oswaldo Ternera ni tenía pinta ni tenía dinero, que para el caso de casi todas las mujeres emergía como el mejor de todos los afrodisíacos. Por eso se dedicaron a consentirlo, a decirle que tan lindo, que tan berraco, que tan inteligente y muchas otras cosas que no lo llenaban pues el sexo, con alguna de las dos o con las dos al tiempo, era lo que él anhelaba, pero a su vez se sospechaba cada vez más remoto.

Por eso, la mañana siguiente a la noche en que Yésica lo dejó excitado, en plena madrugada, cuando él se trasladó hasta su cama en medio de las sombras y quiso acostarse a su lado con el pretexto de que estaba haciendo mucho frío, Oswaldo Ternera desempolvó su coraje, les empacó la ropa, les sacó de uno de los bolsos un reloj suyo que alguna de las dos pensaba robarse y llevó las maletas hasta la portería. Apagó el teléfono y se dedico a mirarlas desde la ventana del tercer piso de su apartamento, reflexionando sobre su fallido intento de poseer a Yésica y pensando, quizá, que si ella no lo hubiera aceptado en su cama y luego acariciado, su ira no hubiese sido tan exagerada.

Cuando ellas salieron a la calle, desconcertadas, aburridas y echándole madrazos a Oswaldo, este las estaba mirando con la cortina cerrada, destrozado y frustrado. Sintió nostalgia y pesar, sintió ganas de arrepentirse y llamarlas, pero pesaron más los recuerdos desagradables como el de la noche aquella cuando observó de incógnito a Yésica mientras tocaba con sutileza y morbo a Catalina sin que él supiera si ella dormía o fingía dormir. Le pareció una afrenta que ella hubiera preferido estar sola o con otra mujer a estar con él y aceptó ese acto como una señal definitiva, inequívoca e imperdonable de que él no le gustaba. Por eso se arrepintió de arrepentirse y las dejó ir.

A la medianoche y, luego de deambular por media Bogotá en un taxi que, sin ellas saberlo, les estaba consumiendo casi la totalidad de sus ahorros, pudieron conseguir el teléfono de un amigo que Yésica conoció meses antes en una discoteca de Pereira por las épocas en las que sus amigos de la mafia sobornaban a los porteros del lugar para que la dejaran ingresar a pesar de no tener los dieciocho años.

Llamaron y le pidieron a Benjamín que las dejara quedar en su apartamento, por una noche, porque habían perdido el vuelo, pero que no se preocupara porque ya tenían confirmado el regreso a Pereira para las 10 de la mañana, de modo pues que a las ocho de la mañana, a más tardar, ya le estarían desocupando la habitación. Benjamín les dijo que sí, que se podían quedar, pero que le preocupaban un par de problemas. El primero, que él vivía solo en un pequeño aparta estudio y que, por tanto, se vería en la deliciosa obligación de compartir su cama con ellas dos, claro, si a ellas no les molestaba y, segundo, que su novia venía a medio día a prepararle un almuerzo porque él estaba cumpliendo años. Catalina y Yésica le contestaron que qué pena, que el propósito de ellas no era incomodarlo, pero que aceptaban dormir con él y que por su novia no se preocupara porque cuando ella llegara al apartamento ellas ya iban a estar en Pereira.

Benjamín aceptó sin saber que ese día no iba a tener veinticuatro sino 1.800 horas y que, de paso, iba a perder no solo la amistad de las niñas, que para nada le interesaban ya, sino también a su novia, la fe en la gente, una agenda electrónica, una pulsera de oro y los dos millones de pesos que le costó el recibo telefónico que le llegó un mes después de que ellas se fueron, no por su voluntad, sino por el show que él mismo tuvo que montar junto con sus familiares a quienes invitó desde una ciudad lejana a pasar vacaciones a su apartamentico.

Les dijo que su mamá estaba muy enferma y que tenía que venir a la Capital a practicarse unos chequeos junto con una hermana y su sobrino. Que desde luego el apartamento estaba muy pequeño para alojar en él a seis personas y que, por eso, les suplicaba encarecidamente, apelaba a su lógica, se les arrodillaba en nombre de su amistad, pero que por favor se fueran. Sin decir ni mu, pero que se largaran, sin entregar algunas cosas que se le habían desaparecido, pero que se marcharan, sin dar las gracias, si era preciso, sin decir nada y sin mirar atrás, pero que por favor desaparecieran de una vez por todas y para siempre. No se fueron.

La madre de Benjamín llegó con su nieto, su hija y un par de grandes maletas y el libreto aprendido. Apareció quejándose y marcó territorio acostándose espernancada a lo largo y ancho de la cama donde dormían las intrusas, mientras la hermana de Benjamín le ponía paños de agua tibia en la cabeza y le suministraba aspirinas haciéndolas pasar por desinflamantes, antibióticos, antihistamínicos, desoxidantes, estabilizadores del sistema nervioso, cicatrizantes y hasta antidepresivos. Hizo tan bien el papel la señora, que Catalina y Yésica terminaron ayudándola a paladear y consideraron que no era buena idea abandonar, en ese trance tan difícil, al amigo que les tendió la mano en el momento que más lo necesitaron. ¡No se fueron!

Como si Oswaldo Ternera lo hubiera asesorado, al día siguiente y aprovechando que sus indeseables huéspedes andaban almorzando con Mauricio Contento, Benjamín les empacó las cosas en sus maletas y se las puso en la portería con la orden perentoria al celador de impedirles la entrada.

Lo madrearon y le tiraron piedritas a la ventana para que saliera, pero Benjamín se limitó a mirarlas a través del velo de las cortinas y no salió. A diferencia de Oswaldo Ternera, ni sintió remordimiento, ni ganas de arrepentirse, ni dolor, ni pena, ni nada distinto a unos deseos infinitos de saltar, reír y gritarles muy fuerte que no volvieran nunca porque no le iban a hacer falta y que lo único bueno de haberlas tenido era verlas partir.

Con más rabia que vergüenza se fueron a un hotel de dos estrellas pagado por Mauricio Contento, quien para entonces y con la promesa de operarla cuanto antes, ya había metido a Catalina una docena de veces, en su cama, convirtiéndose, de esta manera, en el quinto hombre de su vida y relegando al pobre Albeiro a la posibilidad de convertirse en el sexto y no en el primer hombre en la existencia de la niña de sus ojos.

Mauricio les dijo que no las podía llevar a su casa porque su mamá le ponía el grito en el cielo, pero ellas, que ya sabían que el cirujano era casado, se hicieron las desentendidas y aceptaron su ayuda. El cirujano las registró por una noche en el hotel, convencido de que al día siguiente iban a regresar a Pereira. Antes de partir las invitó a regresar una semana después para la cirugía que, según él, ya tenía preparada y programada.

Al igual que a Oswaldo Ternera una noche se le convirtió en veinte y a Benjamín Niño, otra noche se le convirtió en setenta y cinco, la noche de hotel que Mauricio Contento les regaló a sus amigas resultó muy larga y sólo terminó, catorce días después, el 18 de junio, cuando Albeiro se apareció en el lobby a cobrar lo prometido por ella: entregarle su virginidad cuando cumpliera los quince años.

Catalina no pudo recibir regalo más inmenso e inconmensurable que la presencia del hombre a quien en verdad amaba en este mundo. Albeiro soltó con desgano un oso de peluche que traía en sus manos y caminó hacia su amada con ganas de llorar y un ramo de 15 rosas compradas a la entrada de un cementerio.

Ella se lanzó en sus brazos derretida por la dicha y la rabia de verlo. Lo beso, lo abrazó muy fuerte y lloró con desdicha, por largas horas, en medio del acoso de Albeiro cuyo interrogatorio pretendía establecer las causas de su desdén. No lo logró, pero casi lo descubre por pura coincidencia, cuando sonó el citófono de la habitación y Yésica contestó en clave, pálida del susto, y mirando con señas a Catalina:

—No, no, no. Dígale que ya bajo, —dijo asustada, colgó el citófono y salió corriendo mientras Catalina, que estaba segura de la presencia de Mauricio Contento en el Lobby del Hotel, se esforzaba por retirar a Albeiro de la ventana para evitar que viera la actuación que se tenía que fajar su amiga para impedirle al doctor Contento que subiera a la habitación.

No lo logró porque la desconfianza de Albeiro lo hizo suponer todo. Pero cuando el pusilánime novio empezó con la cantaleta, amenazando incluso con bajar a averiguar lo que estaba pasando, Catalina esgrimió con inteligencia, los artículos más importantes del pliego de peticiones que él le firmó meses atrás después de haberle pegado y como condición para ser perdonado y que, entre otras cosas, le había servido para venir a Bogotá sin que el pobre Albeiro pudiera decir algo diferente a: Chao amor, se cuida mucho.

Le dijo que ella no tenía que ver con lo que estuviera haciendo Yésica. Que ese señor era un amigo de ella y que si estaban peleando no era culpa suya. Que se acordara de su promesa de no molestarla ni desconfiar de ella y que, si no iba a ser capaz de cumplir, que se marchara para Pereira y la dejara sola porque a ella no le servía estar con un tipo que dudara de su comportamiento. Como siempre, y mientras Yésica alejaba el peligro de la planta baja del hotel, el pobre Albeiro terminó derrotado al punto que unos minutos después ya estaba pidiéndole perdón a Catalina por no confiar en ella.

Catalina lo perdonó imponiendo más condiciones y empezó a sudar helado cuando él las aceptó todas y le recordó, con caricias incontables, que ella también tenía el compromiso de hacer el amor con él ese preciso día. Catalina se asustó pero al momento asimiló el compromiso y se calmó. Necesitaba ganar tiempo. No se le ocurrió nada distinto a fingir, asegurándole que ella también estaba esperando ese momento con ansiedad, pero que prefería esperar un día más y hacerlo en Pereira, ya sin la presión del viaje y lejos de la presencia de su amiga. Albeiro aceptó y sintió ganas de morirse de la dicha.

Catalina se preocupó: sabía que con cinco hombres y un aborto a su haber no iba a poder venderle con facilidad el mito de su virginidad a su novio, pero tenía que hacerlo.

Cuando Yésica regresó con claras y necesarias intenciones de partir con premura de ese lugar, Catalina no hizo preguntas y se limitó a empacar su ropa muy preocupada por la posibilidad de haber perdido para siempre la cirugía que le iba a fiar Mauricio Contento.

Como no podía preguntarle nada a Yésica, por la proximidad física de Albeiro, se inventó un desplazamiento a la lavandería del hotel

con el fin de recoger la ropa que tenían secando desde la noche anterior, aunque sabía que la tal ropa no existía y que debían regresar
indignadas a la habitación maldiciendo y puteando a todo el mundo
por la pérdida de las prendas.

En el patio de ropas, Yésica le mostró el regalito que le dejó
Mauricio de cumpleaños y una muy mala razón. Le dijo que el médico
se ausentaría del país una semana, pero que él entendía lo que estaba
pasando "por la aparición intempestiva de la mamá" y que no se
preocupara porque dentro de ocho días, él ya tendría todo listo para
la cirugía. Al volver a la habitación maldiciendo por la pérdida de la
ropa, Catalina y Yésica le manifestaron a Albeiro que estaban listas
para partir.

CAPÍTULO ONCE
Renace la flor

Luego de un tedioso viaje de siete horas por tierra tocando la carretera más alta del país en el alto de la línea, Albeiro, Yésica y Catalina llegaron a Pereira. Doña Hilda y Bayron le tenían a Catalina una fiesta sorpresa con amigos, familiares, una torta rodeada de fresas y un obsequio de tamaño mediano y bien envuelto en papel regalo de colores fucsia y rosado. Era un despertador con una gallina dando picotazos a la nada, similar al que Bayron le quebró de un botellazo, cuando Catalina apenas comenzaba su loca carrera por convertirse en una mujer próspera y feliz. Cantaron y bailaron hasta el amanecer celebrando por doble partida, el cumpleaños y el retorno de Catalina a su casa. Vanessa, Ximena y Paola quienes la acompañaron apenas hasta las diez de la noche, se aterraron al no ver el pecho de Catalina inflado y se fueron al trabajo comentando que la pobre se moriría con las tetas chiquitas.

Antes de irse, las otroras inseparables amigas se preguntaron de todo, unas a otras. Que cómo les iba en Bogotá, preguntaban unas, qué cómo les estaba yendo en Pereira, decían las otras. Todas se mintieron. Las recién llegadas a Pereira dijeron que les estaba yendo divinamente en las pasarelas de la Capital y que si a Catalina no se le daba la gana de operarse era porque el dueño de la agencia de modelos necesitaba niñas con un corte más internacional que exigía senos pequeños. Yésica les dijo que ella estudiaba alta costura porque pensaba montar su propia marca de ropa y cerró la sarta de mentiras asegurando que a las dos les estaban gestionando la visa norteamericana porque tenían un contrato para desfilar en las pasarelas de Miami y Nueva York con una firma de cosméticos cuyo nombre dijo reservarse porque así estaba estipulado en el contrato que ellas tenían firmado.

Vanessa, Paola y Ximena fingieron sentirse muy contentas por la suerte de sus amigas y lanzaron su propio arsenal de mentiras para no quedarse atrás. Les dijeron a Catalina y a Yésica que a ellas las cosas también les funcionaban a las mil maravillas. Que los narcos de poca monta estaban regresando, y que Margot las tenía en su "book" como las estrellas de la casa de modelos. Que se la pasaban combinando los paseitos a las fincas de algunos "duros" con eventos de modelaje y que un productor de televisión de Bogotá las vivía acosando para que hicieran "casting" para una telenovela que se empezaba a grabar en un par de meses. Que ni Morón ni Cardona ni "El Titi" daban señales de vida y que, al parecer, seguían escondidos en Venezuela, Cuba y Panamá, pero que ellos ya les habían mandado a decir con Mariño que llegaban en un mes, después de que los gringos se olvidaran un poco de sus caras y que iban a celebrar por lo alto su regreso con una fiesta de una semana completa en una finca cercana al lago Calima.

Lo cierto es que unas y otras faltaron a la verdad, pues no reconocieron que comían mierda en dosis nada despreciables desde que los narcos se marcharon.

Ni las recién llegadas de Bogotá dijeron que estaban pasando necesidades de casa en casa, echadas de todos los lugares donde no hacían más que comer, robar, dormir y llorar, ni las que se quedaron en Pereira contaron que se habían metido a prostitutas, aguantando todo tipo de vejámenes por parte del dueño de la casa de citas y de los clientes para no morirse de hambre. Catalina tampoco les contó que un médico se aprovechó de ella para operara gratis ni las tres compañeras de prostíbulo contaron que lloraban por angustia existencial los domingos en la tarde luego de jornadas inagotables los fines de semana hasta con 8 ó 10 hombres encima, cada una, la mayoría de ellos, depravados, con mal aliento, mal olor en las axilas, en los pies y hasta en sus genitales.

Mientras las cinco amigas seguían mintiéndose mutuamente, Albeiro se mostraba inquieto y no disfrutaba la velada con tranquilidad, concentrado, como le tocaba estar, en imaginar el momento en que se acabara la fiesta, se fueran los invitados y la niña de sus ojos se desvistiera frente a él dispuesta a entregarle su primera vez. Los pensamientos de Albeiro eran tan puros que todos sus esfuerzos mentales se centraban en buscar la manera de poseerla sin hacerle daño, en desflorarla sin dañar sus pétalos, en hacerla suya sin infringirle dolor. Catalina, por su parte, pidió permiso a sus tres vecinas para conversar a solas con Yésica sobre la manera cómo engañaría a Albeiro porque ella no estaba dispuesta a echar por la borda la ilusión que durante dos años venía alimentado con tanta paciencia y anhelo el bueno de su novio que, con seguridad, seguía convencido de su virginidad.

Yésica le dijo que, ante la ausencia de menstruación, echara mano del viejo truco, según el cual, no todos los hímenes sangraban y tampoco todos se reventaban porque los había elásticos y complacientes como al que ella le tocaba tener desde esa precisa noche. También le dijo que evitara lubricar a toda costa y que si lo hacía, se limpiara con una servilleta o papel higiénico a fin de dificultar la penetración. Lo demás ella lo sabía. Tenía que fingir, gritar, llorar de dolor y emborrachar a Albeiro. Confiada en la cartilla de Yésica, Catalina se dedicó a emborrachar al hombre que la consideraba la niña de sus ojos, mientras Paola, Vanessa y Ximena se despedían para acudir a su denigrante trabajo, aunque mintieran con el pretexto de ir a modelar en un evento del Festival de la Cerveza. Yésica supuso que algo raro estaba pasando, pero prefirió callar con algo de compasión, evitando que ellas se sintieran mal.

Como a eso de las cinco de la mañana, cuando ya todos estaban ebrios, algunos dormidos y otros en desbandada, Albeiro pasó su factura de cobro a Catalina en medio de su embriaguez. Ella le dijo que bueno, que sí, pero que dónde. Él le dijo que no se la llevaba a un motel porque ese no era lugar para una niña inocente y de quince años como ella por lo que terminaron haciéndolo en su cuarto, muy cerca de la cabeza de alguien que cayó fundido en la cama de Catalina y casi encima del bracito de un niño, hijo de una de sus tías, que dormía con placidez con medio cuerpo en la cama y el otro medio en el aire, a punto de caer al piso.

En medio de su borrachera, Albeiro trató de hacer de ese, el momento más inolvidable para él y para su novia. Temblando de miedo y emoción, mirando la cara dormida de quienes los rodeaban, la empezó a besar con suavidad, primero en los ojos, luego en la nariz, después en la boca y por último en el cuello. Aunque tenía los deseos y las intenciones de besar los pétalos de esa flor que por fin tenía el placer de hacer suya, pensó que no era buena idea hacerle eso a una niña tan pequeña y tan inexperta y decidió aplazar el juego oral para una futura ocasión, además, porque no quería asustarla   durante su primera vez. Aunque Catalina fingió todo lo que pudo y dificultó la penetración hasta donde su ingenio le alcanzó, como a eso de las cinco y cuarenta y cuatro minutos de la mañana, según el reloj de la gallina, Albeiro la hizo suya con un gesto sublime de éxtasis y dolor ajeno. Hizo lo posible por no agredirla, por no dañarla, por no lastimarla, por no herirla y sintió mucha vergüenza por no haberlo conseguido cuando

Catalina le clavó las uñas en la espalda, le mordió los labios con mucha violencia y dejó escapar la misma docena de lágrimas que había derramado su primera y real vez en un intento inteligente y cínico por reconstruir, lo más fiel posible, su primer acto sexual cuando "Caballo" y sus dos amigos la poseyeron, por aquellos tiempos en que su ingenuidad aún le permitía confiar en los hombres.

Queriendo compensar la inmensa dicha que sentía, Albeiro se dedicó a acariciarla, a consentirla y a besarla hasta el alba.

Horas más tarde, cuando la mayoría de invitados aún dormía, Albeiro se apareció en la alcoba de su amada con un plato humeante de caldo de gallina, preparado por él mismo y cuya bandeja compartía con un par de flores recogidas en los antejardines del vecindario. Catalina sintió pesar por él una vez más y no tuvo otro remedio que continuar su actuación inventando gestos de dolor y haciendo dificultosa su sentada en la cama invadida en todas partes por distintas personas. Viéndola sufrir por su culpa, Albeiro lloró en silencio mientras ponía en su boca una y más veces la cuchara repleta de caldo de gallina. Con picardía y timidez le agradeció el haberle entregado su virginidad y le reiteró con orgullo sus intenciones de llevársela a vivir en una pieza que ya tenía vista en el barrio El Dorado donde una señora les dejaría poner en el pasillo una estufita para cocinar. Le dijo que aunque el baño tenía que compartirse con otras cuatro familias, tenían a su favor que la alcoba que él pensaba tomar era la más próxima a éste, por lo que el trayecto a recorrer con una toalla alrededor del cuerpo sería relativamente corto y se podía cruzar con una pequeña carrera de cuatro pasos.

Ella tenía muy claro que ese no era el estilo de vida que quería llevar, y le dijo que todavía no estaba preparada para vivir con un hombre, pero que la esperara porque lo amaba y no era capaz de pensar en alguien distinto. En esas se detuvo un taxi frente a su casa y de él vieron bajar a Paola, Vanessa y Ximena en perfecto estado de degradación, esto es, ebrias, dando tumbos, riendo a carcajadas, y diciendo groserías, con el maquillaje corrido, la ropa arrugada y una botella medio consumida de vodka en sus manos. Albeiro le dijo que él creía que esas "viejas" andaban en malos pasos y Catalina le preguntó el por qué de su duda, sospechando, quizá, que su novio hubiera frecuentando su casa durante el tiempo que ella permaneció en Bogotá. Albeiro le dijo que no era normal verlas salir todas las noches, verlas regresar siempre de madrugada y saberlas dormidas durante el día.

En relación con la otra sospecha, le dijo que sí, que de vez en cuando frecuentaba su casa con el ánimo de saber si su madre sabía algo de ella, pero que nada más porque doña Hilda no se prestaba ni para entablar una conversación. Le dijo también que su mamá le había informado sobre su paradero en ese hotel de Bogotá y que "la señora Hilda" se comportaba muy bien con él. Omitió decir que portarse bien con él, no significaba, literalmente, saludarlo con amabilidad, hacerlo seguir, preguntarle por su familia, por sus cosas y prepararle tinto e incluso comida.

No le contó, por ejemplo, que una noche cuando él llegó a preguntarla, doña Hilda estaba vestida con una pijama de velo transparente que le dejaba traslucir su panty blanco de licra que le demarcaba las partes íntimas con terrible precisión y que él, no habiendo aguantado más la angustia que sentía por poseerla desde hacía varios meses, le había pedido el favor de dejarlo quedar en la casa porque estaba peleando con su familia y no tenía en donde pasar esa noche. Que doña Hilda, no objetando su petición, lo acogió con cariño y lo acomodó en la habitación de Catalina sin sospechar siquiera que tres horas más tarde él se aparecería en su alcoba, como poseído por el demonio, a hacerle pagar todas y cada una de las angustias que ella le hacía sentir cada vez que le daba la espalda en la cocina. Que aterrada, doña Hilda intentó expulsarlo de la alcoba, pero que Albeiro la tomó con fuerza por los brazos tumbándola con furia sobre la cama para luego embestirla con la cabeza y besarla entre las piernas, cosa que ella no resistió como no lo podía hacer en aquella, ni en épocas pretéritas ni pospretéritas, mujer alguna. Fue una noche de candor entre una mujer que no sentía el peso de un hombre sobre su humanidad hacía un par de años y un hombre que permanecía fiel a su novia y en completo celibato desde hacía el mismo tiempo.

Una vez pasó lo que tenía que pasar, un sentimiento de culpa se apoderó de la madre de Catalina quien se sentía usurpando el lugar de su hija. Por eso le pidió a Albeiro que no volviera, por temor a que se repitiera lo mismo y también porque su hija no merecía un hombre que era capaz de acostarse hasta con su propia madre. Albeiro trató de convencerla con todo tipo de argumentos y disculpas sicológicas, fisiológicas, y lógicas pero doña Hilda no las aceptó y le reiteró su solicitud de desaparecer de una buena vez por todas de la geografía mundial. Albeiro no sólo no le hizo caso sino que la violó, bajo su propia complacencia, otro par de veces, argumentando que la culpa era de ella por conservarse tan linda y deseable, y también por abrirle la puerta de la casa a sabiendas de sus intenciones y mentiras.

De todas maneras, Catalina ni lo supuso ni Albeiro se lo contó, además, porque doña Hilda le dejó muy en claro, la cuarta vez que se apareció por su ventana golpeando con una piedra muy pequeña, que tenían que ponerle fin a esa situación argumentando que ella se sentía muy mal haciéndole el "cajón" a su hija y porque ella, Catalina, acababa de llamar desde Bogotá. Albeiro aprovechó la oportunidad para preguntarle en qué lugar se estaba hospedando y doña Hilda se arrepintió después de haberle dicho que se estaba quedando en el hotel La Concordia. Albeiro le agradeció por la sensatez, por la información, por las tres veces que estuvo con él y el amor por su hija al sacrificar jornadas de lujuria tan extremas como las que estaban viviendo ambos y se marchó a Bogotá con la misión apocalíptica de dañar por quinta vez el sueño de Catalina. Allá llegó justo antes de que Mauricio Contento viniera a anunciarle que la operaba al día siguiente porque tenía que hacer un viaje que lo alejaría por una semana.

Pero ni Catalina ni Yésica supieron que Mauricio Contento había hecho de esa situación una excusa perfecta para evadirse de ellas, que a esas alturas y en esas condiciones, comiendo, viviendo y lavando ropa en el hotel, le estaban saliendo más costosas que la misma operación. Lo hizo aprovechando la sospechosa actitud de Yésica cuando bajó a decirle que la mamá de Catalina estaba en la habitación. Mauricio Contento sabía que eso era mentira, pero no dijo nada porque necesitaba esa "papaya" desde el día en que le hizo el amor por última vez a Catalina, quien seguía en Pereira ignorando las intenciones de su médico y amante.

Albeiro, por su parte, no dejaba de paladearla y consentirla por entregársele a él, aunque estuviera inquieto y a punto de disparar una duda que lo traía intranquilo desde las 5 y 44 de la mañana. Con la última cucharada de caldo se decidió a preguntarle mientras limpiaba la boca de Catalina con una servilleta partida por la mitad:

—Mi amor —le dijo mirándola, pero ella lo encaró de una manera tan defensiva que Albeiro lo pensó para aventurarse de nuevo a preguntarle:

—¿Por qué no sangraste?

Catalina se sonrojó, pero echó mano de su ya basta experiencia para superar el difícil momento. Le dijo que ella no sabía. Que quien tenía que saber era él y que ella no tenía ni idea del porqué. Como Albeiro seguía inconforme con la respuesta, Catalina se aventuró a herir su orgullo de macho para obtener la respuesta que él tenía en la punta de la lengua, pero que no se atrevía a decir aún, en espera de que ella terminara confesándole que no era virgen al momento de entregarse a él.

Le dijo, con toda la premeditación del caso que, a lo mejor, el tamaño de su miembro no era lo suficientemente grande ni fuerte como para romperle el himen y su estrategia de desbaratar el ego de su novio le arrojó, de inmediato, los mejores resultados. Herido como un toro rejoneado, Albeiro saltó de la cama a justificar la ausencia de sangre durante la relación en la simple teoría de los hímenes elásticos y complacientes que no se rompían durante las primeras relaciones. Catalina le dijo que a lo mejor era así y él le respondió con énfasis, total seguridad y energía que no era que a lo mejor fuera así, sino que, con seguridad, era así. Dejando en firme su calidad de macho no logró sino que Catalina se saliera de nuevo con la suya al ocultarle que él se acababa de convertir en el sexto hombre en su vida. Pero Albeiro tampoco perdió del todo, pues no le dejó saber a ella que no había sido la primera sino la segunda en su familia.

Doña Hilda, que escuchaba desde su habitación los susurros las risas espontáneas y los alegatos momentáneos de su hija y de su yerno amante, se mordía los labios de la ira, invadida por unos celos superlativos y extraños que no sentía desde hacía mucho tiempo, mientras se hacía la dormida maldiciendo el momento en que le abrió las puertas de su corazón al hombre que amaba su hija. Estaba convencida de su error, pero tenía el mismo convencimiento de no poderlo ni quererlo remediar. Estaba enamorada de su yerno. En sus noches lo soñaba, se retorcía de las ganas por tenerlo y en no pocas ocasiones, tuvo que irse al baño a ducharse con agua fría para evitar volver a sus andanzas solitarias de la pubertad cuando se masturbaba por un profesor de educación física que la traía loca.

Cuando Albeiro viajó a Bogotá en busca de Catalina, ella le escribió una carta que al final se arrepintió de entregarle y en la que le pedía que no se fuera. Que dejara a Catalina vivir en paz su aventura y que se quedara a vivir con ella. Que lo necesitaba, que le hacía falta, que lo amaba más que a su propia hija y que, por favor, hiciera lo posible por olvidarla porque su alma ya empezaba a sentirse marchita y triste al saber que él solo se fijaba en ella por sus encantos eróticos y no por la comida que con tanto amor le preparaba las noches cuando él iba a visitarla con el pretexto de saber si Catalina había llamado.

La otra parte de la carta era un manual de instrucciones actorales para sortear la posible visita de Catalina en caso de que Albeiro aceptara hacer vida marital con su suegra. Le decía que ante esa eventualidad ella iba a disimular lo máximo posible para que Catalina no sospechara que ella estaba enamorada o que entre los dos pasaba algo. Le prometió que los iba a dejar tener su noviazgo, aunque ella se tuviera que morder los labios de rabia y le propuso que compartieran su casa, su cama y el secreto de su amor hasta cuando él tuviera el coraje suficiente para enfrentar la situación. Le escribió también que si él decidía no dejar a Catalina, ella tendría la paciencia necesaria para llevar el secreto hasta la tumba, siempre y cuando él aceptara, como mínimo meterse bajo sus cobijas una vez al mes.

Albeiro nunca conoció la carta, pero doña Hilda, que lo seguía escuchando mientras consentía a Catalina en la otra habitación, estaba pensando en entregársela mientras la doblaba con delicadeza, tratando de remedar la manera en que Catalina se las envolvía en el colegio pero, desde luego, sin poder hacerlo. Al final la dobló por la mitad y luego la volvió a doblar por la mitad, se la echó dentro del sostén, se puso la pijama y salió a preparar un tinto para poder tener un pretexto que le permitiera irrumpir en la habitación donde su hija lloraba de ternura ante las dulces palabras que Albeiro lanzaba con un tono infantil y arrullador.

CAPÍTULO DOCE
Lo que hay de un sueño a una pesadilla

Al mediodía cuando Albeiro salió hacia su trabajo luego de secretearse en la cocina con doña Hilda por espacio de 45 segundos, Catalina no aguantó más las ganas de saber lo que estaba pasando con sus amigas y cruzó la calle cubriendo su pijama con una levantadora de su mamá. La mamá de Paola le abrió la puerta, la saludó mal y le dijo que Paola se encontraba durmiendo porque se había metido a trabajar, en las noches, en una fábrica de camisas. La mamá de Ximena le abrió la puerta, la miró mal y le dijo que ella estaba durmiendo porque trabajaba en un negocio de comidas rápidas que abría las 24 horas y que a ella tenía esa semana, el turno de la noche. La mamá de Vanessa le abrió la puerta, la miró bien y la saludó con amabilidad, pero le dijo que su hija dormía en esos momentos porque se encontraba trabajado de modelo en unos eventos nocturnos.

Con las tres versiones recogidas Catalina se hizo a una idea clara de lo que podía estar sucediendo y caminó hasta la casa de Yésica para pedirle que fueran a hablar con ellas porque si estaba pasando lo que ella pensaba, tenían que hacer algo para ayudarlas, ya que una cosa era un sueño y otra muy distinta una pesadilla.

Sólo hasta las siete de la noche pudieron hablar con ellas. Se acababan de maquillar y sus cabellos lucían mojados y sus párpados hinchados. Todas lucían bajitas de peso y ninguna conservaba ya ese brillo juvenil y despierto de sus ojos que alguna vez les merecieron piropos callejeros a granel, cartas de admiradores por montones y suspiros de sus compañeros de clases en cantidades pasmosas. No. Ahora lucían ajadas, descompuestas, deprimidas y tristes y sin sentido del humor. En sus miradas se advertía un llanto lastimero y silencioso que no las dejaba ver marchitas del todo. Paola había perdido el don de la chicanería que la caracterizaba de las demás. Vanessa hablaba mucho menos que antes y Ximena ya no sonreía como solía hacerlo cuando Yésica las reunía en el parque para contarles sus odiseas sexuales al lado de hombres experimentados.

Cuando Yésica les preguntó por lo que estaba pasando, ninguna quiso contestar. Se miraron entre sí, Ximena empezó a tejer figuras con la punta de su cabello, Vanessa soltó una sonrisa más nerviosa que débil y Paola cambió de tema con habilidad.

–¿Cómo les fue por Bogotá? ¡Casi no vuelven!

Yésica que por experiencia, aunque la menor de las tres, oficiaba como la segunda mamá de todas, les dijo que bien, pero que no le cambiaran el tema porque ella necesita saber lo que estaban haciendo. Al final de muchos juegos de palabras Ximena estalló en llanto poniendo el alfiler en el globo. Un globo que se desinfló al ritmo con el que contaban historias tan crueles, inverosímiles y trágicas como la sucedida a Vanessa la noche aquella cuando se tuvo que acostar con un hombre ebrio que le robó el dinero que ganó durante toda la noche con tres clientes distintos, justo cuando ingresó al baño a ducharse después de haber terminado su trabajo. Contó que al salir el tipo ya no estaba en la cama y que tampoco lo encontró en la mesa del bar del establecimiento donde lo había conocido. Cuando el dueño del lugar le exigió el porcentaje que a él le correspondía, ella no encontró un solo peso en la cartera.

Ximena contó que una vez le tocó irse a la habitación con un maniático sexual que la quería colgar del techo para hacerle el amor en el aire, cual trapecista de circo, pero que ella se había negado por lo que el hombre, energúmeno, la iba a ahorcar por las malas con la misma soga con la que la iba a colgar por las buenas antes de que ella se negara a ejecutar la exótica prueba. Sus gritos la salvaron de una muerte segura y el loco tuvo que conformarse con no ser denunciado gracias a que el lugar era clandestino y ningún escándalo beneficiaba a su propietario.

Paola no quiso contar nada. Sólo se limitó a decir que no valía la pena llover sobre mojado y que más bien, Yésica, mirara la forma de sacarlas de esa experiencia tan horrible porque se habían vuelto putas y se estaban consumiendo de a pocos... Estaban muriendo a gotas.

Muerta de la tristeza, Yésica les dijo que estuvieran tranquilas que de un momento a otro los Tales iban a aparecer y todo iba a volver a la normalidad, entendiendo como tal, las bacanales en las fincas compartiendo cama con dos o tres mujeres más, pero con el consuelo de estar al lado de hombres interesantes y caballerosos, como lo eran para ellas los narcotraficantes. Ninguna se atrevió a pensar que estaban tan jodidas en la vida que hacer bacanales resultaba toda una solución a sus problemas de dignidad. Sin embargo, se fueron con el alma destrozada a trabajar esa noche en la casa de citas. Catalina y Yésica se quedaron igualmente destrozadas y aguantaron las lágrimas a la hora de despedirse, buscando la manera de no acabarles de romper el alma.

Lo cierto es que la solución que ellas veían a la mano, o sea el regreso de los narcos, no estaba tan cercana. Morón estaba escondido en Venezuela después de haber sobornado a varios oficiales del ejército de ese país que le habían brindado protección en una finca de la frontera con Colombia donde guerrilleros y paramilitares luchaban por controlar un corredor estratégico para cada grupo, que les significaba escapar sin apremios del Ejército de Colombia durante las persecuciones en caliente que este emprendía de acuerdo con las informaciones de un avión espía que recorría la zona. A Morón lo protegía la guerrilla a cambio de una buena cantidad de dólares y la revelación de rutas, contactos en el exterior y secretos del negocio de la droga con la que ellos querían seguir financiando la liberación de un pueblo que, paradójicamente, los ignoraba.

Cardona estaba en Cuba. Arribó a ese lugar aprovechando la escasez de divisas en la Isla por lo que nunca supo si pesó más la ayuda de algunos funcionarios corruptos del gobierno o los tres millones de dólares con los que llegó al único país comunista que quedaba en el mundo. Allí recordó con su esposa la noche en que el embajador de los Estados Unidos puso a sonar su nombre y el de sus amigos en todos los noticieros del país. Fue la noche en que Cardona estaba departiendo con su esposa y sus dos hijos de cinco y siete años respectivamente en su espectacular apartamento automatizado de 750 metros cuadrados de extensión con vista hacia los nevados y el resto de la ciudad. Estaba tan distraído con las pilatunas de los inocentes chiquillos que no le estaba prestando atención a las noticias hasta que su hijo menor empezó a reírse y a asombrarse al ver la foto de su papá en la pantalla. Doña Patricia se extrañó al ver el comportamiento de su hijo a quien solo le gustaba ver el canal Cartoon Network y previno a Cardona sobre el hecho cuando ya su fotografía estaba a punto de diluirse en la pantalla, mientras Rogelio gritaba ¡papá! ¡papá! Poseído por un frío helado, el segundo del cartel escuchó su nombre, su alias y el de Morón, el de "El Titi" y el de una docena más de traquetos, todos conocidos por él. Su rostro empezó a desdibujarse mientras pensaba en el avión de la DEA, en sus hijos, en la odisea de su esposa para conseguir una visa americana para poderlo visitar y en lo que estarían pensando los millones de televidentes que acaban de verlo en sus televisores.

–¡Hijueputa qué es esto! –Exclamó, y sin pensarlo dos veces agarró un niño en cada brazo y salió corriendo hacia su habitación mientras le gritaba a Patricia que tenían que irse ya mismo porque les iban a echar mano.

Ya en la alcoba y mientras sacaba los cinco millones de dólares en efectivo, que tenía guardados para una eventualidad como esta, increpó a su esposa por ponerse a empacar cremas y otras "maricadas" y, sin bañarse ni cambiarse, corrió con desespero hasta la puerta, llamando a sus escoltas por radio para que tuvieran el carro listo. Como almas llevadas por el diablo, sin equipaje y apenas con lo que llevaban puesto, bajaron al garaje que quedaba en un sótano, frío como todos, y le pidieron al chofer que los llevara hasta el aeropuerto de Cali. Por el camino hizo, desde su celular, los contactos necesarios para que alguno de sus pilotos lo esperara con la avioneta encendida y casi carreteando, luego de ofrecerle sobornos a cuanto funcionario policial y de la aeronáutica se atreviera a negarle el permiso para decolar. En total repartieron dos millones de dólares entre la gente del aeropuerto, los policías y los oficiales de un retén que se encontraron a la salida de la Unión, luego de haber pasado por Cartago. El caso es que Cardona llegó a Cuba con sus tres millones de dólares como pasaporte, pensando encontrar la tranquilidad que acababa de perder en Colombia, pero ignorando que en ese lugar no le iría tan bien como esperaba.

A "El Titi" le estaba yendo mejor. Se escondió en Panamá, lugar al que llegó luego de zarpar en lancha rápida desde Buenaventura. Durante su travesía de 12 horas, con un par de paradas en Bahía Solano y en Punta Cabo Marzo, un municipio minúsculo del departamento de Chocó, pensó que la plata era una ilusión. Que no cambiaba su libertad por las montañas de dinero que tenía en Colombia y empezó a buscar la manera de hacer viajar, lo antes posible, a Marcela Ahumada. En Panamá se instaló en un hotel de cinco estrellas y se registró con un documento falso, de los que tenía cuatro, y que había mandado a elaborar con funcionarios corruptos de la Registraduría. Al igual que Cardona, llegó con mucho dinero en efectivo y empezó a darse la gran vida en los casinos de Ciudad de

Panamá mientras transcurrían los tres días que le exigió Marcela para arreglar unos asuntos antes de viajar hasta ese país a encontrarse con él. Lo cierto es que los tres capos y una docena de sus socios menores, estaban gastando dinero a manos llenas en otros países mientras en Colombia eran buscados afanosa e ingenuamente por todos los órganos de inteligencia del Estado. En todo pensaban los tres capos y sus lugartenientes, en todo: en cómo escapar en caso de que la Interpol los ubicara en los países donde estaban, en cómo y cuándo regresar a Colombia, en la manera de vender algunos bienes, en la manera de desenterrar algunos bultos de dólares que tenían escondidos en algunas de sus fincas, en la manera de negociar con la DEA o el FBI algún tipo de acuerdo que les permitiera volver a la legalidad luego de entregar algunas de sus propiedades y delatar a algunos de sus amigos. En fin, pensaban en todo, en todo, en todo, menos en Yésica, Catalina, Paola, Ximena y Vanessa, quienes los estaban esperando para que les arreglaran la vida. La cruda realidad era que ellas no figuraban ni en los planes ni en la memoria de estos "señores".

Al regresar a su casa, luego de ver partir a sus tres amigas en un taxi con rumbo al prostíbulo donde trabajaban, Catalina escuchó la voz de Albeiro y la de doña Hilda en la cocina. Le llamó la atención que estuvieran gritando con tono de reclamo y se fue caminando en puntillas hacia el comedor para entender lo que estaba pasando. Doña Hilda se puso en alerta desde que escuchó la puerta de la casa al cerrarse y pudo disimular un poco la situación. Catalina los sorprendió cuando el alegato ya había terminado, pero empezó a llenarse de sospechas. Les preguntó, con la intención de que se le notara la rabia, sobre lo que estaba pasando y ambos contestaron torpe y nerviosamente que nada.

Sonreían respondiendo a las preguntas de Catalina y Albeiro se burló de ella por el solo hecho de haber concebido la idea de que entre doña Hilda y él...

–¡Háganse los pendejos! –Les gritó repleta de dudas e interrumpiendo las disculpas de Albeiro, se fue enfadada hacia su habitación. Doña Hilda y su yerno se miraron aburridos y luego se fueron a corretearla diciéndole todo tipo de cosas. Doña Hilda le gritaba que la respetara, que cómo se le iba a ocurrir una cosa de esas y Albeiro trataba de pedirle perdón sin pedirle perdón para que no se le notara la culpa. El caso es que Catalina aprovechó la oportunidad para pelear con ambos y devolverse a Bogotá.

CAPÍTULO TRECE
El que les narra soy yo

Cuando Catalina y Yésica volvieron a Bogotá se encontraron con una sorpresa previsible: Mauricio Contento se fue a los Estados Unidos y no pensaba regresar antes de un mes. Catalina, que ya estaba curtida en este tipo desplantes y decepciones, se preocupó más por el lugar donde se alojarían con su amiga para esperarlo esos treinta días, que por la misma desilusión que le causaba, una vez más, el aplazamiento de ver realizado su único sueño en la vida. Llamaron a Fernando, pero este les dijo que no podía tenerlas esa noche, porque estaba viviendo con su novia que era muy celosa y que por ningún motivo le creería que ellas sólo eran amigas suyas. Acudieron entonces a Mario Esteban, pero Mario Esteban les dijo que se iba para una feria ganadera y que no podía dejarlas solas por temor a que su esposa, que estaba en España, se apareciera de un momento a otro en el apartamento. Cristian les mintió y les dijo desde su celular que no estaba en Bogotá, pero que no se preocuparan porque la semana entrante regresaba. Al colgar capitalizó la aburrida llamada para darle celos a su novia, con la que estaba haciendo el amor y le dijo que esas mujeres eran muy fastidiosas que lo llamaban a toda hora, pero que a él no le gustaban porque eran muy perras. Terminó perdiendo porque la novia lo insultó reclamándole que entonces qué hubiera pasado si ellas no hubieran sido tan perras.

Llamaron luego a Luis Miguel, pero Luis Miguel les dijo que estaba de trasteo. Mentira, claro. Luis Miguel era amigo de Benjamín Niño y ya sabía que ese par de huracanes habían pasado por su casa arrasando con todo. Llamaron a Juan Pablo y cuando Juan Pablo vio el teléfono de Yésica en la pantalla de su teléfono celular se hizo el loco, le quitó el volumen a su teléfono y no quiso contestar. Llamaron a dos o tres amigas de sus épocas de rumba en Pereira, pero dos les dijeron que estaban igual de jodidas y la otra les dijo que dejaran de soñar porque ella no les iba a dar la dirección donde se estaba quedando.

Catalina y Yésica, eran conscientes de estar pidiendo posada por una noche de 30 días, no le insistieron a nadie más y decidieron llamarme a mí, que apenas las vi una noche en la vida. Fue en una discoteca de Pereira a donde acudimos por invitación de un amigo que me donó 20 millones de pesos para una de las tantas campañas electorales que he emprendido sin mucho éxito en mi vida. En la última me faltaron poco menos de tres mil votos para ganar la curul, pero en aras de un buen entendimiento con ustedes que me han estado leyendo por horas con un tono moral que desespera, debo decirles que de todas maneras me hice a la curul y hoy día soy un honorable representante a la Cámara. Soy un corrupto y no me da pena decirlo. A la única persona que no he robado en la vida ha sido a mi mamá, pero no porque uno deba tener consideración con la persona que le regaló la vida, sino porque la pobre no ha tenido nunca donde caerse muerta. Por eso, no se confundan al escucharme pontificar sobre la moral y los problemas del país con un tono que raya en la santidad y la solemnidad, solo quiero sus votos. Mi doble moral me permitirá conseguirlos.

Estaba escrito que tenia que conocerlas. Ese día llamé a mi amigo Aurelio Jaramillo a quien apodaban "El Titi" y le dije que acababa de llegar a la ciudad junto con un colega y que deseábamos "hacer algo" porque estábamos aburridos. Nos dijo que él conocía a unas amigas y que, imagínense, si queríamos, nos las podía presentar para que nos fuéramos con ellas de rumba ya que él iba a estar ocupado celebrando el cumpleaños de un amigo. Le dijimos que claro, que sí y nos dio la dirección de una de ellas para que fuéramos a recogerla junto con uno de sus lugartenientes a quien apodaban "Marañón", un hombre muy simpático, pero muy ordinario con el que, dos horas más tarde, llegamos a la casa de una de las niñas, que se llamaba Yésica y a la que se referían con cariño y sarcasmo como "La Diabla".

Por algunas llamadas que Marañón hizo desde el carro supimos que en casa de Yésica estaban sus demás amigas. Aurelio Jaramillo me dijo que esa noche no me podía acompañar porque estaría muy ocupado hablando con un amigo suyo que cumplía años.

Nos estacionamos al frente de la casa de "La Diabla" y esperamos a que las mujeres salieran. Supuestamente eran tres, pero al cabo de unos minutos aparecieron cinco. Pero no eran cinco mujeres. Eran tres niñas y dos jovencitas, todas ellas hermosas, verdaderas reinas de belleza. Nos acomodamos como pudimos en la camioneta que Titi había puesto a nuestra disposición y empezamos a escuchar sugerencias. Que vayámonos para tal parte, no que vayámonos para tal otra. No, que tal sitio es mejor pero que tal otro lo supera. Total, y sin saberlo, terminamos metidos en la misma discoteca donde Aurelio Jaramillo, un colega suyo llamado Clavijo, las novias de ellos dos, y sus demás amigos, celebraban el cumpleaños de uno de ellos. El caso es que los miembros de ese cartel habían creado en esa discoteca todo un nido impenetrable, un bunker particular. Desde luego, mi amigo y yo lo supimos tiempo después, porque desde la mesa donde nos ubicamos con las cinco niñas, y "Marañón" no se podía ver hacia el fondo de la discoteca que era donde ellos estaban.

Al llegar encontramos en el parqueadero un buen número de carros, todos ellos espectaculares, hermosos, algunos blindados, casi todos con chofer, varios con vidrios polarizados y toda una muchedumbre de escoltas jugando cartas, tomando tinto, hablando de mujeres y mirando con ojos de perro a los extraños que ingresábamos por primera vez esa noche. No se les notaban las armas, pero no era difícil suponer que estábamos ingresando a la boca del lobo. Lo peor, por voluntad propia. Desde dentro del carro, las mujeres vociferaban con ínfulas y experiencia: Ahí está "El Mico", también "El Cachetón". Ese carro es el de Uriel. Aquél es de Neruda. Miren a aquel con aquella. Las Ahumada están ahí porque pillen la camioneta de Marcela. Si no está con "El Titi" la va a matar.

El ambiente se tornó pesado desde la entrada misma al parqueadero. Mi amigo y yo nos mirábamos con algo de susto pero lo disimulábamos con chistes de cierta categoría que sólo la mitad de ellas comprendía, mientras que la otra mitad los usaba para catalogarnos, en secreto, de tipos hartos y aburridos. Claro, cómo no les íbamos a parecer aburridos si, con excepción de Catalina, las demás, todas, ya conocían en carne propia el verdadero significado de la opulencia: viajes en helicóptero a ciertas fincas, fiestas de una semana a todo full, bolsos Versace o Louis Vuittón de 5 millones de pesos, relojes con diamantes, anillos de platino, operaciones a lo largo y ancho de su cuerpo que en total podían costar más que el carro donde viajábamos y en fin, el físico y puro derroche fantástico que rayaba en el pecado: Hombres prendiendo cigarrillos con billetes de cien dólares, bandejadas de cocaína pura en los ocho baños de la finca, caballos de dos millones de dólares, pistas para avionetas, radioteléfonos satelitales, avionetas repletas de dólares cagando costalados de billetes en el mar, yates descomunales surcando el océano en medio de fiestas escandalosas y capos de la mafia desnudos, moviéndose como animales e impartiendo órdenes sucias desde sus sofisticados equipos de comunicación, con una mujer debajo o, lo que quedaba de ella. Entramos luego a la discoteca donde, con excepción de la música, el humo que inundaba el lugar, lo atenuaba todo. No sabíamos a quienes pertenecían esas mesas, pero sospechamos algo porque cuatro de las cinco mujeres que nos acompañaban hacían esfuerzos sublimes para abrir el diafragma de sus ojos y así poder colar una mirada por entre la oscuridad que les servía de cómplice a quienes estaban en esos rincones. El suspenso crecía y nuestras sospechas de estar metidos en el lugar equivocado también.

En cada mesa había, por lo menos, dos mujeres dignas de portada de revista internacional y dos hombres dignos de noticia con fotografía en la sección judicial de un periódico nacional. Según una descripción que hiciera mi amigo días después para una revista, ellas lucían muy hermosas, muy protuberantes, muy elegantes, muy ignorantes, muy perdidas, muy subidas, muy plásticas, muy esclavas, muy dependientes, muy objetos, muy estúpidas, muy locas, muy pendejas, muy equivocadas, muy lobas, muy ingenuas, muy desubicadas, muy sucias, muy indignas, muy denigradas, muy pusilánimes, muy degradadas, muy básicas, muy arruinadas, muy angustiadas, muy ambiciosas, muy inescrupulosas, muy resumidas, muy infladas, muy costosas, muy desperdiciadas, muy desenamoradas de sí mismas.

Ellos muy ramplones, muy malacarosos, muy perfumados, muy bien vestidos, no para mi gusto, muy oscuros, muy fríos, muy temibles, muy matones, muy calculadores, muy desconfiados, muy asustados con la palabra Estados Unidos, muy presumidos de intelectuales, muy insuficientes, muy básicos, muy convencidos, muy densos, muy manipuladores, muy dormidos, muy podridos, muy dominantes, muy equivocados, muy equivocados, muy equivocados, muy equivocados, muy densos, muy evasivos, muy desleales, muy ambiciosos, muy incultos, muy inhumanos, muy mal asesorados, muy desperdiciados, muy degenerados, muy anónimos, muy incógnitos, muy nerviosos, muy inseguros, muy desafortunados, muy lacras, muy perdidos, muy anhelados por los agentes de la DEA, muy poca cosa ante Dios y ante los seres humanos inteligentes. Genocidas.

Nosotros nos sentamos en la mesa más cercana a la salida. Desde allí, nuestras nuevas amigas comenzaron a decir cualquier cantidad de escalofriantes cosas que le podían congelar las pelotas al más valiente de los hombres y, mucho más, a los corruptos como yo que por antonomasia somos cobardes: Ahí están los "Tales", qué peligro con

128

esos manes, si llega fulano se va a armar el mierdero, si llega la policía hace moñona, ojalá a esos manes no les dé por emborracharse porque pasa lo mismo que la otra vez y qué cagada, no nos dejemos ver porque con lo rabones que son, son capaces de montárnosla.

–¿No van a bailar? Preguntó "Marañón" interrumpiendo a Yésica que amenazaba con producirnos un infarto si no cerraba la boca. Ni mi compañero de Bogotá ni yo contestamos algo. A mí me dieron ganas de bailar conmigo mismo, o con mi amigo de Bogotá o con el mismo "Marañón", y a mi compañero de Bogotá le dieron ganas de salir corriendo. Sabíamos que bailar con cualquiera de ellas podría significarnos la muerte. No sabíamos qué ex novio de alguna de ellas, con pistola al cinto y guardaespaldas urgidos de cariño, se aparecerían por ahí a hacernos pagar la osadía de estar saliendo con una de sus mujeres. Como ninguno de los dos quiso salir a bailar, las nenas empezaron a hacer comentarios hartos entre sí, por lo que "Marañón", que sí sabía quiénes estaban en las mesas oscuras, tomó la iniciativa, invitó a la pista a una de las niñas y puso mi mano sobre la de Catalina para que yo saliera con ella. Son de esas ocasiones en que la muerte inevitable y artera es preferible al desplante y el miedo. Me tocó salir a bailar. Pero no me quería morir solo porque sabía que si mi amigo de Bogotá quedaba vivo, iba a contar en la Capital que habíamos estado compartiendo con narcotraficantes y eso me producía una pena y una vergüenza *posmorten* tan inmensa, que me imaginaba sonrojado dentro del ataúd cuando quienes mantenían de mí una buena imagen me miraran con sorpresa y desprecio por haber caído tan bajo.

En la pista las cosas no fueron distintas. Mi compañero de Bogotá bailaba con una niña de nombre Paola tratando de adivinar quién lo observaba desde las mesas del rincón. "Marañón" bailaba un poco más tranquilo con otra mujercita llamada Vanessa y yo, que bailaba con Catalina, no tenía ni idea de la canción que estaba sonando. Nunca supe porqué "Marañón" no me hizo saber que su jefe estaba ahí. Con seguridad me hubiera tranquilizado.

Por mi lado, muy cerca de mi cabeza, pasaban y pasaban senos y senos de silicona y al parecer Catalina se percató de la curiosidad que me hacía mover la cabeza, como si estuviera viendo un juego de tenis, porque me dijo, sin yo preguntarle nada, que tenía ganas de viajar a Bogotá en busca de un médico para que la operara el busto. Al vérselos apetitosos le pregunté que si se los iba a mandar a achicar y me dijo que no que se los iba a mandar a agrandar porque ahí donde yo se las veía estaban rellena de espumas. No pude evitar la risa y entramos en confianza. Luego pasamos a la mesa donde los nervios cedían un poco y me puse a hablar con ella casi toda la noche. Me dijo que su mamá se llamaba Hilda, que tenía un hermano que se llamaba Bayron y que no tenía novio. Que iba a cumplir los 14 años y me preguntó que si mi amigo era siempre tan aburrido como lo estaba siendo esa noche. Le dije que no, que él era de muy buen humor, pero que al igual que yo, estaba un poco asustado por la presencia de esos señores en la discoteca.

Me respondió que los extraños éramos nosotros, porque ellos siempre estaban ahí y que no nos preocupáramos porque esos señores eran muy buenas personas. Yo me aterré por la cínica apreciación y ella, creyendo que no había entendido la frase, me dijo en su jerga, que esos "manes" eran "todo bien" "unos caballeros completos". Enseguida noté que estaba hablando con una estúpida. Decir que los causantes de la debacle moral del país, el asesinato de cientos de compatriotas y el envenenamiento de millones de personas en todo el mundo eran buenas personas, me pareció todo un monumento al servilismo y a la idiotez. Yo los conocía y sabía que no era así. En muchas ocasiones hice campañas con sus dineros aunque jamás lo mencioné con nadie. Sin embargo, seguimos hablando hasta descender a su nivel de competencia y terminamos peleando porque yo decía que el mejor carro era el Mercedes Benz y ella que el BMW. Que a mí me gustaban más los automóviles y que a ella las camionetas 4X4. Le dije que a mí me gustaba la música clásica y ella se burló de mí porque, para ella, la mejor música era la electrónica. A medida que la charla se tornaba más superficial, ella se entusiasmaba más por lo que decidí hacerle la pregunta más tonta que le he hecho en mi vida a persona alguna:

–¿Por qué, si no hay sol, la mayoría de las personas que están aquí llevan gafas oscuras? Me respondió con ínfulas de sabia, que las gafas estaban de moda y después me pidió el teléfono de mi apartamento en Bogotá. Yo no tenía ni idea del propósito pero se lo di, sin cambiarle los números como solía hacerlo con las personas que no consideraba útiles para mi vida.

Al poco rato llegó mi amigo de Bogotá pálido y afanado y me dijo al oído que teníamos que marcharnos ya mismo de ese lugar porque le acababan de contar de un tipo que nos estaba mirando mal por que fue novio de Paola, la niña con la que él bailaba, y a quien había pagado las operaciones que tenía encima, que no eran pocas.

Con las piernas temblorosas y disimulando el miedo, salimos

afanados hacia mi auto. Cuando llegué al lugar del parqueadero donde estaba el carro, observé a un hombre con aspecto de escolta que estaba orinando sobre mi llanta trasera derecha y no me importó. También se me olvidó la caballerosidad y no le abrí la puerta a ninguna de las mujeres que miraban de reojo al hombre que, apenado, trataba de orinar con más afán. Me subí al carro, levanté el seguro de las puertas, suspendí el freno de mano y prendí el motor para que todos se afanaran. Cuando empecé a mover el carro, en la puerta de la discoteca aparecieron cuatro hombres, de gran talla, malacarosos y afanados también, que nos miraban mientras salíamos. Pensé que iban a desenfundar sus pistolas para dispararnos, pero no. Corrieron hasta nuestro carro sin quitar la mirada de nuestras humanidades ni las manos de sus cinturas mientras nosotros ganábamos la portería. Ya en la carretera no sé lo que pasó, pero anduve tan rápido que los perdimos para siempre en medio de una rara mezcla de paranoia revuelta con euforia.

Haberlo sabido. Al día siguiente nos enteramos que los cuatro hombres venían a buscarnos para que compartiéramos con "El Titi" que, desde la oscuridad de su refugio, ya se había resuelto a revelarme su paradero. Repartimos a las mujeres en sus casas y no volvimos a verlas más durante nuestra estadía en Pereira. Las últimas en bajarse fueron Yésica y Catalina. Se quedaron en una casa ni tan modesta ni tan bonita del barrio Galán, cerca a un parquecito. Catalina se quedó en esa casa y Yésica cruzó la calle para entrar luego en una casa mucho más arreglada y con segundo piso. En la esquina, una horda de pandilleros nos observaba ansiosa, con ganas de hacernos algo, pero ninguno de nosotros sintió nada. La verdad es que después de haber escapado de la cueva de los hombres más peligrosos del mundo, estos hombrecitos semirapados con aretes en las cejas y en la lengua, pañoletas pepeadas en la cabeza y haciendo visajes de vaqueros del oeste nos parecieron lindos y mansos gatitos. Volvimos a Bogotá comentando la odisea durante todo el vuelo y no volví a saber más de ellas hasta la mañana aquella cuando sonó mi teléfono celular. La llamada se hizo desde un número celular extraño. Como casi nunca lo hago, cuando no reconozco a quien me está llamando, contesté el teléfono. Era Catalina. No me lo esperaba, pero tampoco me disgustó su llamada pues, a pesar de las cosas que vi en Pereira y que critiqué con mi compañero de Bogotá durante todo el viaje de regreso a Bogotá, Catalina era hermosa y algo me motivó a no disgustarme.

No supe, hasta entonces, que estaba acompañada por Yésica y, menos, que ellas me necesitaban para pedirme el favor de dejarlas quedar por una noche en mi casa porque el amigo donde vivían las acababa de echar a la calle con el pretexto de la llegada de unos familiares. Meses más tarde concluí, con facilidad, que al amigo de las mujeres no le iban a llegar unos familiares sino que, sencillamente, estaba mamado de tenerlas en su casa una noche de muchos días y les había sacado las maletas a la portería con la orden de no dejarlas acercar al ascensor so pena de denunciar al celador por intento de homicidio y concierto para delinquir. Contesté el teléfono, nos saludamos con algo de alegría, ella pensando en el techo de mi apartamento y tal vez en una cama sencilla, yo pensando en su cuerpo, tal vez en su boca y en una cama doble. Nos pusimos una cita.

–¡Veámonos! –dijo en un tono seductor con su voz de mujer deliciosamente agripada, entre rasgada y dulce, entre cariñosa y acariciante. Yo tenía que aceptar. Al fin y al cabo, un apartamento de 350 metros cuadrados como el mío para un hombre sólo y recién separado como yo no era el nido más calido del mundo. A la cita llegaron con cara de andar angustiadas y rodando desde hacía muchas horas. Se les notaba la preocupación, la impotencia, la necesidad de dinero y la alegría de estar de nuevo bajo un techo seguro. Sin embargo, trataron de disimular la situación haciéndome creer que la crisis era temporal y que terminaría, al día siguiente, cuando aterrizaran en Pereira donde las madres de ellas dos las estaban esperando. Yo les creí.

Me pidieron que las dejara quedar esa noche y yo acepté sin sospechar siquiera que ellas tenían la envidiable capacidad de alargar las noches de manera increíble. No sabía, por ejemplo, que Oswaldo Ternera las aceptó por una noche y ellas se hubieran quedado 9. Tampoco sabía que Benjamín Niño las vio amanecer 75 veces ni que Mauricio Contento pagó 3 millones de pesos en un hotel por alojarlas una noche de catorce días. Por eso caí. Llegaron con sus dos inofensivas maletas a mi apartamento casi media hora después de cortar la llamada. Catalina me gustó y por eso sentí deseos de pedirle que se quedaran dos o tres días más, pero no tuve necesidad de hacerlo. A las 10 de la mañana del día siguiente me notificaron de su supuesta mala suerte:

–¡Hijueputa nos dejó el avión! –Dijo Yésica mirando un reloj que marcaba las 9 y 30 de la mañana.

–Sí, marica ya son las nueve y media y de aquí a que lleguemos...

–Dijo la otra...

–¿Y ahora qué vamos a hacer? –Preguntó la misma que miraba el reloj a lo que yo contesté con total inocencia y una sonrisita maliciosa a flor de piel:

–No pues quédense ¡Qué más podemos hacer! El mundo no se va a acabar por eso.

Me dijeron que les daba pena, que se les caía la cara de la vergüenza y que se sentían muy mal pero que al día siguiente partirían, por lo que en ese mismo instante se iban a poner a reconfirmar el regreso. Se pegaron al teléfono un buen tiempo y empezamos a vivir... a vivir por mucho tiempo. Ochenta y dos días durante los cuales casi acaban con mi vida. Los detalles son lo de menos, el caso es que un día tuve que llamar a mi mamá, para que viniera con mis hermanas y mis sobrinos y se instalaran en mi apartamento con el pretexto de hacerse un chequeo médico. Como este plan A no funcionó, tuve que implementar un plan B, que consistía en viajar y decirle a mi hermana que esperaran a que salieran a buscar al doctor Contento para sacarles sus maletas hasta la portería y prohibirles la entrada al edificio. Si, ni Oswaldo Ternera ni Benjamín Niño ni yo nos conocíamos y todos implementamos las mismas estrategias para deshacernos de Catalina y de Yésica, era porque algo en ellas estaba fallando. Eso fue lo que descubrí durante las 82 lunas que estuvieron en mi apartamento.

Durante los primeros días aprendí a quererlas. Me parecían un par de mocosas equivocadas, luchando por un sueño equivocado, de la manera más equivocada. Me parecía un chiste que las dos estuvieran en Bogotá luchando por conseguir algo tan superfluo, cursi e innecesario para Catalina, como un par de tetas de silicona. Llegué a pensar que se trataba de un chiste pero una de las primeras noches cuando Catalina llegó llorando y se dejó morir en el sofá de la sala, sin alientos, desesperanzada y llena de rabia, luego de recibir la noticia de que el doctor Mauricio Contento no iba a volver a la clínica, comprendí que la obsesión por abrocharse en la espalda un sostén talla 38 no era un chascarrillo sino una absurda realidad.

Sin embargo, ellas creían que el médico les estaba tratando de sacar el cuerpo y se plantaban desde por la mañana en una cafetería que quedaba enfrente de la clínica a esperar que el BMW 520 color azul oscuro, donde solía movilizarse, se parqueara a la entrada del Centro Estético para caerle de inmediato y cobrarle las doce jornadas de lujuria al lado de Catalina. Todas las noches llegaban maldiciendo por no haber podido encontrar al doctor Mauricio Contento. Hacían un mundo de llamadas que mi pena no les impedía realizar y luego salíamos a cenar, porque yo no cocino ni soporto a alguien invadiendo mi espacio con el pretexto de cocinar.

Empezamos a cenar en los mejores restaurantes. Una semana después, luego de las llamadas de rigor, que yo no impedía pero que ya empezaban a molestarme, cenábamos en restaurantes decentes. Dos semanas después lo hacíamos en lugares de comidas rápidas y cuando completaron un mes empezamos a pedir comidas a domicilio. Fue ahí cuando llegó el primer recibo del teléfono: 890 mil pesos. Abrí los ojos más de lo acostumbrado y me llené de ira porque ese dinero equivalía a un viaje de cuatro días a Cartagena con una amiguita. Hice cuentas en mi mente y calculé que con esa suma podía haber comprado una caja de aguardiente para emborrachar a 100 personas durante una reunión política, o un potente equipo de sonido para regalar a los dirigentes comunales de un barrio a cambio de sus votos.

Hice el reclamo respectivo, admito que sin la seriedad y bravuconada que ameritaban la ocasión, pero me tranquilicé cuando ellas me dijeron que no me preocupara porque, no se quien, les iba a prestar una plata con la que ellas prometieron cancelarme la factura. No les creí y tampoco me cumplieron. No tenían porqué hacerlo si cuando prometían quedarse una noche en un apartamento resultaban quedándose muchas más. Pensé entonces que debía recortar los gastos de comida para compensar el pago del recibo de teléfono y, de los grandes restaurantes, los restaurantes decentes, los lugares de comida rápida y los domicilios, pasamos a comer arroz con huevo frito y gaseosa al almuerzo y la comida, todos los días. No encontré otra manera más original de aburrirlas. Los fines de semana me iba con mis hijos, con mis amigos, mis amantes y a veces solo, a mi casa de campo de tierra caliente porque pensé que no era buena idea llevarlas a ellas. Ese fue un error que nunca cometí. Aunque tampoco fue buena la idea de dejarlas solas en el apartamento porque cada vez que regresaba algunos de mis objetos de valor habían desaparecido. Agendas, relojes, dinero, joyas, discos compactos, películas de DVD y ropa. Después de tenerlas mes y medio en mi apartamento, empecé a chocar con ellas, a confrontarlas, a cuestionarlas. Catalina siempre se mantenía al margen de las discusiones pero era Yésica la que respondía y se defendía por las dos. A veces las escuché peleándose entre ellas porque Catalina le reprochaba su comportamiento y sus actitudes abusivas para conmigo. Me importó un bledo si encontraban al doctor Contento o si se iban a conseguir un traqueto para que les financiera las operaciones que no necesitaban pero que de todos modos se iban a hacer. Sólo necesitaba recuperar mi territorio, verlas salir con sus maletas, expulsar al invasor como lo pudo hacer en nueve días y con total facilidad, alguien delicado como Oswaldo Ternera y en 75 días alguien pusilánime y lujurioso como Benjamín Niño. Yo que me sentía un estúpido compasivo tuve que hacerlo en ochenta y dos días y eso porque llegó el segundo recibo telefónico, esta vez por un millón 546 mil pesos, es decir, casi el doble de la cifra del mes anterior. Llegaron 18 llamadas a Pereira, algunas de ellas hasta por 78 minutos, 12 llamadas a Cartago, 14 a Montería, 7 a Cartagena, dos a la Unión, Valle, 25 a Tulúa, cuatro a España, tres a los Estados Unidos y nueve a México, ocho a Cuba, doce a Venezuela y también llegaron más de 170 llamadas a celulares.

No lo sabía, tampoco lo sospeché, pero en dos meses pude haber realizado la más grande investigación sobre el paradero de los principales capos mundiales del narcotráfico. Lo supe el día que aparecieron sus nombres en el periódico causando revuelo entre mis amigas. Eran los mismos capos que habían estado esperando a lo largo de dos meses y medio. Después de ubicarlos en los países donde estaban refugiados, los llamaban todos los días para preguntar cuándo volvían. Sus lugartenientes, incluso, arrimaban hasta mi apartamento a recogerlas para sus rochelas de los viernes. Apenas lo podía creer. Me llené de pánico al pensar que la policía los capturara y encontrara mis números en sus celulares en sus recibos telefónicos o en los rastreos realizados por organismos de inteligencia. Me enfrentaba, ni más ni menos que a la posibilidad de perder mi cargo y mi reputación de político honesto e ir a la cárcel por cuenta del escándalo de narcopolítica más grave después del proceso 8.000. Otra vez entré en pánico, me estresé al máximo y decidí llamar a mi mamá para que se viniera con toda la familia a vivir en mi apartamento. Tenía que sacarlas de mi vida antes que me capturaran por narcotraficante y mis amistades y mis electores leyeran estupefactos la noticia de mi captura.

Mi mamá y mi hermana llegaron con mis dos sobrinos y las sacaron luego de una dura batalla, pero las sacaron. Aprovecharon que ellas se fueron a buscar por enésima vez al doctor Contento y les sacaron las maletas a la portería. Yo viajé el día anterior a la isla de San Andrés con mis dos hijos mayores, luego de hacer una reflexión simple: si ellas iban a estar otro mes en mi casa haciendo llamadas eternas a todas partes del mundo y la cuenta de teléfono se incrementaba el doble cada treinta días, la próxima factura llegaría por 3 millones y pico de pesos. Con ese dinero costeé las vacaciones. Volamos un viernes. Antes de partir les dije que mis familiares llegarían al día siguiente y ellas me prometieron que saldrían esa misma noche. Pero no fue así. No tenía por qué ser así. Cuando mi madre, mis hermanas y mis sobrinos llegaron, ellas todavía estaban en el apartamento. Mi mamá cumplió su papel al pie de la letra y se acomodó, a sus anchas, en una de las camas que ocupaban ellas. La segunda parte del plan era dejarlas sin teléfono por lo que mis sobrinos llamaron a uno de mis asistentes que ya estaba advertido y le pidieron que les ayudara a cortar el cable telefónico que daba a la calle. Así lo hicieron en compañía del portero del edificio y no lograron con esto, sino enfurecer más a Yésica quien se pasó el día entero ensayando aparatos viejos, ignorando que el daño era de la línea.

Gritaba que si el teléfono estaba cortado peor para todos porque ellas estaban pendientes de una llamada de un señor que les iba a pagar los pasajes para poderse marchar. Con este último argumento pusieron a tambalear la moral de mi hermana. Ella me llamó a San Andrés y me dijo que el teléfono ya no servía pero que se hallaba frente a un dilema, pues Yésica decía que estaba esperando una llamada de un señor que les regalaría los pasajes para irse a su ciudad. Que si no le conectábamos el teléfono de nuevo, ellas se tenían que quedar en el apartamento otro tiempo. Yo le dije que no se preocupara, que ese cuento ya lo había oído, al menos, quince veces antes y que continuara con el plan, sin tregua, sin ceder una sola gota de terreno, que ocuparan todas las camas en la noche, que cerraran el registro del agua y que siguieran avanzando. ¡Guerra es guerra! me dijo mi hermana feliz por el respaldo recibido de mi parte y yo se lo ratifiqué: ¡guerra es guerra!

Cuando mi hermana cortó el suministro del agua, Yésica salió del baño maldiciendo.

—¡Cómo putas me voy a bañar si no hay agua! ¡Cómo putas me voy a ir por los pasajes sin bañarme! ¡Ustedes verán, si no puedo ir por los pasajes no me puedo ir de este puto apartamento!

Mi hermana no le creyó y tampoco tuvo la necesidad de llamarme porque ya sabía lo que yo le iba a responder. Por eso mantuvo las rígidas medidas y soportó con valentía las arremetidas de la mentirosa mujercita. Como mi hermana observó que Catalina trataba de no poner problemas, de no hacerse sentir y se apenaba por las cosas que hacía o decía Yésica, se aventuró a intentar una alianza con ella y lo logró. Le puso el agua a Yésica para que se bañara y se le acercó a Catalina aprovechando el sonido del agua de la ducha. Le dijo que ella parecía muy noble para estar andando con alguien como Yésica. Que no le gustaba como la trataba, a veces, y que esa amistad no le convenía. Que se fuera a su casa donde su mamá y dejara de estar andando con personas que no valían la pena. Catalina se puso a llorar y le dijo a mi hermana que ella tenía razón pero que la comprendiera porque si estaba aferrada a Yésica era porque su más grande sueño en la vida era mandarse a operar las tetas y que sin Yésica ese sueño, era casi imposible de cumplir.

Mi hermana se alborotó aún más y se indignó con la manera de pensar de una niña que, para ella, apenas estaba empezando a vivir. Le dijo que a su edad era pecado estar pensando en esas cosas, que no fuera tan bobita y se pusiera a estudiar porque el estudio era lo único importante en esta vida. Que un familiar, un amigo o cualquier persona le podían clavar a uno una puñalada por la espalda, pero que el estudio no. Que dejara de estar pensando "en las del gallo" porque ella, a pesar de tener unos senos que sobraban en un sostén talla 32, jamás necesitó en su vida de algo así para ser quien era. Que ningún hombre se le había retirado por no tenerlas grandes y que habría sido ella la que hubiera retirado al hombre que se osara objetarla por tenerlas pequeñas. Que uno es lo que es por lo que sabe y no por lo que tiene. Que un par de tetas no lo eran todo en la vida y que no se fuera a prostituir por conseguirlas. Que uno debía aceptarse como era, como Dios lo trajo al mundo y que le parecía muy pobre y asqueroso el hombre que lo quisiera a uno por tener las tetas grandes.

Cuando el chorro de la ducha cesó, mi hermana se silenció y Catalina le hizo un anuncio increíble e inesperado.

—Sabe qué, usted tiene razón en todo lo que me dijo. Yo también estoy cansada de andar con Yésica y le agradezco sus consejos pero no existe poder humano que me haga desistir de ponerme las tetas. Si nos quiere sacar de la casa, yo me voy a llevar a Yésica a dar unas vueltas, usted aprovecha para empacarnos la ropa en estas dos maletas que son las nuestras y las saca a la portería. Le dice al portero que nos las entregue y que no nos deje pasar por nada del mundo porque lo hacen destituir. Ella no se va a extrañar. Yo sé por qué se lo digo. –Concluyó y volvió corriendo a su habitación.

Mi hermana se alegró y sintió nostalgia a la vez por la pobre Catalina. Pensó que una persona que se sacrificaba por vergüenza merecía una segunda oportunidad en la vida pero aceptó su propuesta. Incluso le dijo que ella, sin consultármelo a mí, era capaz de dejarla quedar en el apartamento, pero a ella sola. Catalina le dijo que no porque estaban luchando las dos y que su mala suerte aún no lograba minar su lealtad. Cuando Yésica se apareció disgustada en la habitación por la camaradería de las dos, Catalina la sacó de la casa. Quería darle una vuelta y quemar tiempo para que mi hermana pudiera empacar las maletas y sacarlas a la portería como estaba acordado, y como ya tantas veces les había sucedido. Así lo hizo y así pasó.

El miércoles, cuando regresé de las islas de San Andrés, mi hermana apenas me dejó bajar del taxi para darme luego el parte de victoria:

–Hermano, por fin las pudimos sacar: ¡esas viejas ya se fueron!

Yo no sabía si alegrarme o llorar. Sentí un revuelto de sensaciones increíbles, se me encontraron los sentimientos. Se chocaron entre sí. Se licuó dentro de mí, la alegría de saberlas lejos con la nostalgia de no volverlas a ver, especialmente a Catalina y, de inmediato, recordé una noche callada, en medio de la tensión propia entre un hombre disgustado y una mujer apenada. La noche en cuestión, se me apareció en la habitación como una exhalación. Lucía, sonriente aunque pálida y nerviosa, bella y dispuesta. Eran los días en los que el ambiente no era el mejor. Acababa de llegar el recibo de teléfono por un millón y medio de pesos y en mi rostro se notaba el inconformismo y el aburrimiento de tenerlas a mi lado. Yésica se fue a dormir a otro lugar que yo ignoraba y que tampoco me importaba, por lo que ella y yo nos quedamos solos en el apartamento.

Todo transcurría en silencio y amenazaba con estar así hasta el amanecer cuando escuché la puerta de su alcoba abriéndose. Pensé que iba al baño, pero se me hizo extraño el ruido porque Catalina era de esas personas que trataban de no hacerse sentir para no estorbar ni molestar. Tanta era su delicadeza que en las noches y si hubiese dependido de ella se hubiera vuelto invisible. Estoy seguro que muchas veces aguantó las ganas de orinar por no hacer bulla con el sonido de las visagras inlubricadas o el inodoro al vaciarse. Pero no tuve mucho tiempo de extrañarme por los sonidos escuchados porque al cabo de cinco segundos, dos que gastó en caminar hasta mi puerta y tres que utilizó pensando en cómo entrar a mi alcoba, se apareció de repente en mi habitación como a eso de las once de la noche y se quedó mirándome con su carita de niña que ella creía adulta y me dijo que tenía frío, que estaba asustada y que no se podía dormir. Que si podía ver televisión a mi lado. Ningún hombre de la tierra le hubiera dicho que no.

Estaba descalza y llevaba puesta una pijama de vestidito corto, blanco, satinado, brillante, sensual y muy juguetón que dejaba insinuar sus encantos enmarcados en una piel bronceada y tersa como una pera fina. Mientras caminaba hacia mí con el bamboleo de la tela de su vestido sobre su cuerpo le dije que sí. Era irremediable decirle que sí.

Ella llegó en puntas hasta mi cama y se metió entre mis cobijas recostándose a mi lado con una timidez aparente que me hizo desearla. Le pregunté por el canal de televisión que deseaba ver y no me supo responder. Sólo se limitó a atornillar su nariz fría en mi cuello y a pasarme uno de sus brazos y una de sus piernas sobre mi humanidad en un gesto de inconmensurable ternura. No tuve más remedio que abrazarla y empezar a recorrer su espalda caliente con mis manos abiertas, sintiendo cómo se estremecía su cuerpo al contacto con la yema de mis dedos. Fue entonces cuando me ofreció su boca para que la besara y lo hice. Fue un beso tímido que pronto se transformó en un beso apasionado.

De repente sentí su mano inexperta palpando mi zona pélvica y sentí la gloria. Pero fue justo cuando me intentó despojar de los interiores, en un acto mecánico, cuando comprendí que aquel no era un acto sexual entre un hombre enamorado o cuando menos deseoso y una mujer enamorada o cuando menos deseosa. Estoy seguro que Yésica le ordenó a la pobre Catalina, que ya veía inminente su salida de la casa, que me hiciera el amor, para atenuar el problema del recibo de teléfono y poder prolongar de esta manera un poco más su estadía en el apartamento. En ese caso, la inusual salida de Yésica de la casa esa noche, en solitario, encajaba con sospechosa perfección en el plan de las dos amigas por apaciguar mis ánimos y pre pagar con favores sexuales la estadía en el apartamento y el respectivo abuso de la línea telefónica. Por eso la detuve. Más por tacañería, a sabiendas de lo que ese polvo podría costarme que por falta de deseo.

Ella se extrañó, porque, a lo mejor pensaba que ningún hombre se podía resistir a su cadera pulposa y sus glúteos de mármol, pero yo tenía que hacerlo. Primero porque a esa altura de nuestras vidas, ella ya me había contado toda su historia. Durante varias jornadas nocturnas frente a la chimenea de la sala me habló de su obsesión por operarse los senos, su noviazgo con Albeiro, los desplantes de "El Titi", su primera vez con el "Caballo" frente a un caballo, su segunda y tercera vez con los amigos de "Caballo", la noche cuando le tocó convertirse en la puta más grande Pereira en 10 segundos para que Cardona la aceptara en su cama, su aventura sexocomercial con el doctor Contento, la rabia que sintió cuando Mariño mandó a llamarla para comprarle la virginidad y ella ya no la tenía, en fin, todo lo que uno debía saber para suponer que la relación con una persona así no era segura en términos de salubridad. En segundo lugar, porque me parecía denigrante que Catalina me ofreciera sus favores sexuales para pagarme dos recibos de la compañía telefónica.

Estoy seguro que de haber existido un solo indicio, una sola prueba, la mera sospecha de que su actitud obedecía a su amor por mí, a su deseo por mí, es menos, a su gusto por mí, no la hubiera frenado tan abruptamente.

Le dije que porqué hacía eso y tampoco me supo responder con credibilidad. Me dijo que sentía deseos por mí, que yo le gustaba y que no me quería ver tan serio. Que ella sabía de mi soledad en esos momentos y que no veía nada de malo en el hecho de que los dos pasáramos un rato agradable. La cuestioné. Le dije, en tono de reclamo, que si yo hasta ahora le empezaba a gustar, justo dos meses después de alojarlas en mi apartamento y coincidencialmente después de la llegada del recibo de teléfono por un monto exagerado de dinero y se quedó callada.

Con esa elocuente respuesta la mandé a dormir y me advirtió que estaba equivocado. Yo le dije que ella me gustaba, que la deseaba con locura y que no había pasado una sola noche desde que llegó sin que mi mente no se metiera a su alcoba a hacerle el amor, pero que en esas circunstancias ella perdía todo encanto para mí. Que si era cierto que yo le gustaba, o que si era verdad que ella me deseaba, me buscara un día cualquiera de la vida y me lo dijera y me lo hiciera sentir, pero que para entonces ella ya no tendría que estar viviendo en mi casa, ni estar dependiendo de mí ni abusando de mi teléfono. Que hacerlo ahora me parecería un sencillo acto de prostitución infantil, a pesar de que yo seguía pensando que tenía dieciséis años.

CAPÍTULO CATORCE
Albeiro

Supe su verdadera edad una mañana cuando el citófono rompió la calma del apartamento. El portero del edificio me dijo que un señor Albeiro Manrique me necesitaba. Le dije que yo no conocía a ninguna persona con ese nombre y volví a mi estudio donde me encontraba escribiendo una ponencia sobre la legalización del aborto. Al cabo de unos segundos el citófono volvió a sonar y el celador me dijo lo mismo pero agregó, que el señor Albeiro estaba insistiendo y que me mandaba a decir que si no salía por las buenas iba a entrar, de todos modos, así le tocara hacerlo por las malas caso en el cual él se vería en la obligación de actuar.

Enseguida me llené de nervios y pensé en dos posibilidades. La primera, que el tal Albeiro era un traqueto que venía a cobrarme la osadía de convivir con su novia. La segunda, que las autoridades acababan de descubrir algún escándalo en el que yo estaba involucrado y venían por mí con varios periodistas detrás listos a grabar la chiva. Cualquiera de las dos posibilidades me agitaba la adrenalina por igual por lo que corrí con miedo hacia el estudio y revisé un periódico que guardaba con celo para ver si ese nombre, Albeiro, aparecía en la lista de los narcotraficantes más buscados del mundo que manejaba la DEA. No encontré ese nombre en ella y la posibilidad de que vinieran a llevarme preso por prevaricato o, incluso, por corrupción de menores, creció.

En el primer caso recordé a mis electores aterrándose de nuevo por mi descenso moral y en el segundo a mis hijos. Qué pensarían cuando se enteraran que su padre estaba acusado de corromper a un par de menores de su misma edad. Enseguida tomé el citófono y le dije al portero, en voz baja y en secreto como si alguien me estuviera escuchando, que le dijera al señor Albeiro que yo mandaba a decir que no estaba. El portero me dijo entonces que el señor se encontraba calmado y que solo quería hablar conmigo a cerca de su novia, de Catalina. ¡Haberlo dicho antes! Albeiro era el famoso novio de Catalina, el mismo a quien ella engañó la madrugada del 19 de junio, un día después de cumplir los catorce años, haciéndole creer que era virgen.

Abrí la puerta y el tiempo se detuvo ante mis ojos para que yo lo comparara con el Albeiro que tenía en mente según el retrato que de él me hacía Catalina en sus innumerables relatos autobiográficos. Era un muchacho joven, como de unos 23 años, alto, flaco, mal vestido aunque él no lo sabía, peluqueado corto, cejas pobladas, sonrisa tímida y piel muy expuesta al sol. Traía un morral y olía a bus intermunicipal. Con su semblante entre pálido y verduzco se posó ante mí con cierto aire de suficiencia. Me miró con sus ojos tristes color miel y me extendió su mano áspera y descuidada para decirme con voz chillona quién era. Que perdonara el abuso, pero que estaba desesperado por verla y que había conseguido la dirección en un sobre del correo de los pocos que Catalina le mandó a su mamá. Le creí, lo hice seguir a la sala y se puso contento.

Empezó por agradecerme la hospitalidad que le brindaba a su novia y me dijo que no tenía con qué pagarme todo lo que yo estaba haciendo por ella, según comentarios de doña Hilda, su suegra. Me dijo que Catalina no hacía sino hablar bien de mí y que se desbordaba en elogios ante su mamá por las cosas que yo hacía por ellas, cosa que me pareció injusta porque, con excepción de la primera semana, mis sonrisas estuvieron restringidas para ellas el resto del tiempo. Sin embargo, le seguí la corriente y me pareció justo, a pesar de mis ocupaciones, dedicarle un poco de tiempo a la persona por la que más sentía lástima en el mundo. Para entonces yo ya sabía de todas las cosas que él hizo por Catalina y, también de todas las cosas que ella había hecho en su contra.

Me dijo que amaba a Catalina y que ya no sabía qué hacer con ella. Que lo tenía hecho "una mierda", que le imponía condiciones, que él no le podía decir nada porque enseguida se enfurecía y amenazaba con dejarlo por lo que él terminaba callado, contemplándola en silencio, dejándose hacer y deshacer a su antojo por el miedo de perderla, dejándose arrastrar al delicioso abismo de la esperanza. Yo le dije que se estaba engañando. Que esa no era una forma normal de amar a alguien y que la sentara y le pusiera los puntos sobre las íes o terminaría loco. Me dijo que si me tomaba algo porque necesitaba desahogarse y yo acepté. Al rato volvió con varias latas de cerveza y cuando destapó las primeras me pidió que le contara dónde estaban ellas, cómo se comportaban conmigo y que si yo sabía dónde trabajaban. Muchas preguntas simultáneas y todas imposibles de responder. Por eso le insinué que esperara hasta la noche para que ellas mismas contestaran sus interrogantes.

Cayendo la tarde, Albeiro, que bebía como un asno, ya estaba borracho. Se carcajeaba como un niño recordando que él tenía la culpa de que Catalina estuviera obsesionada por conseguir unas tetas de silicona por el comentario que le hizo una tarde, cuando fue a recogerla al colegio.

—La vi tan hermosa —dijo con los ojos brillantes— que no me aguanté las ganas de decirle que le faltaba eso para ser reina.

—No quería hacerle daño... —me dijo sin poder evitar que las primeras lágrimas enlagunaran sus ojos. Quise decirle que no se preocupara y que dejara el sentimiento de culpa porque la obsesión de Catalina por sus tetas obedecía a otras ambiciones personales, a otras circunstancias psicosociales y culturales distintas, pero decidí callar y mantenerme al margen. De haberle dicho que esa frase que él le dijo a la salida del colegio no había incidido en nada sobre el deseo que ya sentía Catalina de igualarse a sus amigas para no ser rechazada por los traquetos, le hubiera quitado un peso de encima inmenso y le hubiera hecho desaparecer el sentimiento de culpa, pero, paradójicamente, le habría producido un infarto, pues me acababa de dar cuenta de lo lejos que estaba el pobre Albeiro de imaginar que su novia sabía y había hecho muchas más cosas de las que él creía. Albeiro juraba que Catalina era una niña inocente, pero ignoraba que mucho más inocente era él.

Terminó embriagado rebelándome un montón de historias, algunas inverosímiles, muchas que yo ya sabía y otras jocosas. Me contó, por ejemplo, que Catalina le advirtió, cuando se ennoviaron, que no se hiciera ilusiones porque antes de los 18 años no iba a acostarse con él. Que luego le rebajó en cuatro años la espera y que él la hizo suya hacía menos de dos meses, justo el día en que cumplió los catorce años.

—Era virgen y yo fui su primer hombre en la vida. Me dijo henchido de orgullo y yo me quedé pasmado pensando más en el dato de la edad de Catalina, que en la inmensa mentira que ella le metió a su novio.

—Un momento —le dije haciendo cuentas en mi mente—. ¿Cómo así que Catalina tiene 14 años? —Exclamé aterrado con la posibilidad de que eso fuera cierto y con la misma posibilidad de que la noche en que nos quedamos solos hubiera aceptado hacerle el amor a una niña.

Albeiro me dijo con total naturalidad que era verdad. Que Catalina sólo tenía catorce años y que cuál era el problema. Yo le dije que ninguno y desde ese momento, tomé la determinación de sacarla de la casa. Creo que fue conocer su verdadera edad y no el valor del recibo de teléfono lo que me motivó a llamar a mi familia para que me ayudaran a sacarlas de la casa.

Pero las sorpresas no terminaron ahí. Albeiro terminó borracho y muerto de risa contándome cosas que jamás me hubiera esperado de un hombre con su corto espíritu, su timidez, poca agilidad mental e incompetencia: Le hizo el amor a doña Hilda, su suegra, la madre de Catalina. Y no una sino cuatro veces, la última de ellas el día anterior a su aparición en mi apartamento, es decir ayer. Me contó que fue a despedirse de ella y a ver qué se le ofrecía. Bayron, el hermano de Catalina le dijo que doña Hilda se estaba bañando y Albeiro decidió esperarla. Sentado en el sofá de la sala, por muchas partes descosido y en muchas partes descolorido, Albeiro empezó a escuchar el sonido del agua cayendo sobre el cuerpo de su suegra. Agudizó sus sentidos, la imaginó desnuda y cerró los ojos para poseerla. Al verlo con los ojos cerrados Bayron le preguntó que si tenía sueño y él no contestó. Estaba besándola en el cuello mientras el agua mojaba su pelo y su camisa. Bayron salió de la casa sin decir nada, aunque Albeiro tampoco lo notó.

Albeiro siguió concentrado en su faena y, cuando ya se disponía a flexionar sus piernas y a recostar sus rodillas sobre el piso mojado para beber agua de su ombligo, el chorro de la ducha se silenció y el descarado yerno salió del trance como por encanto. Al momento apareció doña Hilda corriendo hacia su alcoba con una toalla que le cubría sólo las partes íntimas. No se percató de la presencia de su yerno hasta que este le habló, justo antes de que ingresara a su alcoba.

–Doña Hilda vengo a ver qué se le ofrece para Catalina... Viajo por la mañana a Bogotá –la miró con deseo y concluyó:

–Madrugado.

Doña Hilda descubrió en sus ojos el mismo síntoma de lujuria, deseo y necesidad que percibió las tres veces anteriores en las que le hizo el amor y le dijo sin más remedio:

–Venga, mijo. Venga hablamos aquí en mi cuarto porque puede pasar alguien y qué pena que me vea así.

Albeiro acató la orden con el corazón acelerado y se introdujo a la habitación de doña Hilda. En medio de carcajadas me comentó que la señora era candela. Que la pobrecita no se aguantaba ni una mirada cuando ya estaba excitada y que todo era porque a la infortunada le hacía falta un marido desde hacía dos años. Ahí fue cuando me aseguró que esa había sido la mejor de las cuatro veces que estuvo con ella y recordó, como apunte especial y simpático, que doña Hilda lo ayudó a desvestir con afán y que luego lo metió entre su toalla húmeda y caliente a la vez para después terminar ambos en el piso dando vueltas impetuosas y trapeando la mugre con su cabello mojado y la toalla retorcida que con total desorden se enredaba como culebra por entre los dos cuerpos. Recordó sus orgasmos como algo miedoso y al tiempo delicioso. Me contó, haciendo la pantomima, que se quedaba sin aire varios segundos, mirándolo como un moribundo que quiere decir algo, clavándole las uñas en la espalda y con la boca medio abierta.

Me dijo también que desde el día anterior ya no sabía a quién quería más entre Catalina y doña Hilda, no obstante, dejó en claro que todo era una plácida aventura de la que no quería salir, pero de la que debía escapar porque sus intenciones verdaderas eran las de irse a vivir con Catalina.

Cuando Catalina y Yésica llegaron, el reciente amor de Albeiro por su suegra desapareció como por encanto. Sus dudas se disiparon y el torrente de amor se canalizó hacia la humanidad de la niña de sus ojos que no lucía ese día muy radiante. Albeiro se quedó mirándola un instante y se le acercó, rendido, a abrazarla con resignación y dulzura. Por eso olvidó la cantaleta que durante horas, quizás días, había memorizado y sólo atinó a decirle:

–¿Por qué me hace esto, mamita?

Catalina le correspondió el abrazo mirándome con pena y lo despachó en el primer bus que salía para Pereira en la noche.   Lo dominaba con un dedo. Hacía y deshacía con él bajo el chantaje del abandono. Lo amaba, pero nadie, ni ella misma, sabía de qué manera ni por qué. Lo cierto es que cuando terminó de abrazarlo le dijo:

–¡Se me va ya mismo para la casa!

El pobre quedó atónito y sintió vergüenza masculina frente a mí, por lo que algo alcanzó a chistar con dignidad antes de que Catalina le lanzara su primera amenaza:

–Cómo así, mi amor, pero si acabo de llegar.

–No me importa –le respondió ella –se me va ya mismo o doy esto por terminado, Albeiro.

Creo, por lo poco que la alcancé a conocer, que no estaba siendo sincera. Lo quería tener a su lado pero imaginaba que el pobre no tenía un solo peso para el hotel aparte de los pasajes, y se llenó de pánico al solo imaginar mi cara cuando me dijeran que el joven se iba a quedar entre nosotros, iba a comer con nosotros, iba a utilizar mi teléfono para llamar a su familia de Pereira y que, fuera de eso, le haría el amor toda la noche, conmigo en la habitación de enfrente, escuchando sus quejidos.

Albeiro regresó a su ciudad natal dispuesto a cambiar el rumbo de su vida, a sacudirse de las humillaciones de Catalina y en cierta forma a vengar todo lo mal que ella lo hacía sentir, muchas veces, como esta, delante de otras personas. A fuerza entendió que haberle hecho el amor por primera vez a Catalina, no le garantizaba nada. Cada vez la veía más densa, más evasiva, más distante, más inalcanzable aún sin ser nadie en la vida y no estaba dispuesto a esperarla ni a aguantarla un segundo más.

CAPÍTULO QUINCE
El sueño hecho pesadilla

Nunca supe para dónde se fueron Catalina y Yésica la tarde aquella cuando el celador de mi edificio les entregó las maletas en la portería. Lo cierto es que a los pocos días la suerte les cambió, más para mal que para bien, pero les cambió.

Estaban en la cafetería de enfrente de la clínica leyendo una revista de farándula cuando apareció el BMW 520 azul oscuro de Mauricio Contento entrando al parqueadero. Ellas saltaron de sus sillas muertas de la dicha, apuraron un sorbo de refresco que les quedaba y se angustiaron a pagar la cuenta, aunque con torpeza. Cuando atravesaron la calle, ya el seudoestafador médico estaba ganando la puerta del establecimiento. Gritaron como dementes esperando que él las escuchara, pero no fue así. Sin embargo, se introdujeron por asalto en la Clínica y empezaron a perseguirlo llamándolo con gritos espantosos, como si se estuvieran ahogando en el medio del océano y Mauricio hubiera pasado a lo lejos en una falúa diminuta. No valieron los reclamos de la recepcionista ni las amenazas del celador ni las miradas de fastidio de la clientela. Catalina y Yésica siguieron increpando al médico hasta que este apareció como si nada estuviera pasando. Como tenía clientes en la sala de espera, manejó el asunto con diplomacia, delicadeza y suma irresponsabilidad:

–Ve y te alistas que te voy a operar... –le dijo con mucha seguridad a Catalina antes de que ella le reprochara en público las doce veces que le hizo el amor a cambio de nada. Agregó, que todo estaba bien, que no había pasado nada y que él acababa de llegar de su viaje. Que le daba mucha alegría verlas y que estaba a punto de llamarlas. La sufrida adolescente apenas podía creerlo y sólo atinó a abrazar a Yésica inmersa en la más profunda felicidad, tal vez la única que recibía en su corta vida :

–¡Marica, me va a operar! –le dijo casi con lágrimas en los ojos a su amiga que seguía celebrando como suyo el acontecimiento.

La recepcionista se aterró con la promesa del doctor Contento, pues sabía que Catalina no se había practicado examen

147

preoperatorio alguno. Aún así la hizo seguir, más por secundar a su jefe en su necesidad de apaciguar el problema, que por convencimiento.

Diez horas más tarde, después de que el médico evacuó a todos sus pacientes, Catalina fue trasladada ineluctablemente al quirófano. Allí la estaba esperando Mauricio Contento. Lucía extenuado con su traje desechable color verde oliva y sus zapatos blancos. No sentía confianza en sí mismo, pero sabía que no tenía alternativas. Hacía lo necesario para mantener su imagen y hasta su salud física porque advirtió en la mirada de Catalina unos deseos inmensos de matarlo sin reparar en consecuencias. Catalina le preguntó que si la operación dolía, pero él no le respondió. Estaba preocupado porque no sabía si el organismo de Catalina era capaz de resistir la anestesia o si ella presentaba alergias a la penicilina o si padecía de algún tipo de diabetes que le impidiera a su sangre coagular a tiempo.

Por eso el anestesiólogo quiso salvar su responsabilidad por lo que pudiera pasar y renunció. Mauricio mandó a llamar a otro anestesiólogo amigo y le mostró la historia clínica de una paciente diferente que no presentaba resistencia ni incompatibilidades con la anestesia. Engañado, el profesional la durmió, literalmente a tientas mientras Yésica preguntaba en recepción cada 30 minutos por la salud de su paisana, pensando que si Catalina se moría tenía que devolverse sola para Pereira con el agravante de tener que darle la mala noticia a doña Hilda y a Albeiro quienes, para entonces, ya empezaban a pensar en serio en una vida marital juntos.

Pero si algo impedía a Albeiro dar rienda suelta a sus deseos era la aterradora idea de cambiar su calidad de novio de Catalina por la de padrastro. Lo cierto es que el disparejo y tórrido romance de Hilda con Albeiro crecía con los minutos y amenazaba con envolverlos en la turbulencia de un amor imposible con desenlace fatal. Y aunque Yésica ignoraba que con la mala noticia de la muerte de Catalina lo único que iba a lograr era la consolidación del romance entre el padrastro y novio de Catalina y su madre y rival, siguió sintiendo temor de dar la noticia por lo que incrementó la frecuencia y la cantidad de sus visitas a la recepción bombardeando a la secretaria con preguntas como éstas:

—¿Ya salió? ¿Cómo está ella? ¿De verdad no se ha muerto todavía?

¿Ya le pusieron las tetas? ¿Sí será que queda bien operada?

¿Esperamos otro rato a ver? ¿Será que le pasó algo? Preguntas a las que la secretaria respondía con los labios empuñados y los ojos llenos de rabia con un simple:

–Por qué no se sienta y espera, ¿sí? –Que no era más que la traducción a decente de sus pensamientos internos que resumía en su mente con un sucio:

–¡Qué hijueputa vieja para joder!

Tres horas más tarde Catalina fue trasladada, aún inconsciente y con las tetas más grandes a la sala de recuperación y el mismo doctor Contento que con algo de jocosidad se encargó de darle la noticia a Yésica que se hallaba dormida y tiritando de frío en un sofá de la recepción:

–¡Bueno, niña, su amiga ya tiene las tetas grandes!

Yésica se alegró tanto como si las tetas fueran suyas. Se levantó, abrazó al doctor y lloró de emoción. Y no era para menos: la odisea que Catalina emprendió desde la tarde aquella en la que "El Titi" la rechazó llevándose a Paola en su lugar, había terminado. Meses deambulando en busca de esa meta llegaron a su fin. Sucesivas frustraciones y fallidos intentos por conseguir el dinero o las tetas, acababan de concluir. Luego, los motivos para celebrar eran inmensos. El doctor Contento se fue más preocupado que contento y Yésica se quedó rogándole a la recepcionista que la dejara pasar aunque fuera un segundo, pero no lo logró.

A la mañana siguiente, Catalina abrió los ojos lenta y pesadamente y se encontró de sopetón con la cara de su esencial amiga, iluminada por un gran rayo de sol que se colaba por las persianas de la habitación a manera de chorro invisible.

–Lo lograste parce. –Le dijo con alegría y concluyó: –Ya te las pusieron...

Catalina dejó escapar una leve sonrisa atinando apenas a comentar con las pocas energías que le quedaban:

–¡Casi no! –Yésica sonrío apretándole la mano

–¿Cómo me habrán quedado?

–Bien... Este man es famoso y ha operado a la mitad de las reinas y las modelos de este país... Otra cosa es que el hijueputa sea perro y mentiroso...

–Pero valió la pena, ¿cierto? –preguntó la insegura jovencita a lo que Yésica respondió con un simple:

–¿Y usted qué cree, mija?

Catalina volvió a sonreír y apagó los ojos. A la mañana siguiente, apenas se sintió con energía para levantarse sola y caminar hasta el baño, corrió hasta el espejo, se despojó de la blusita desechable que aún la acompañaba y se detuvo, horas enteras, a observarse las tetas con asombro e ilusión.

–Casi no. –Se dijo a sí misma y empezó a fantasear. Se imaginó bajando la escalera de un centro comercial con una blusita escotada ante la mirada impávida de docenas de hombres asombrados por su belleza. Se imaginó medio desnuda en la portada de una revista de farándula. Se imaginó llegando a una fiesta de traquetos con un vestido medio transparente que se dejaba zarandear por el viento y hasta sonrío al dar por hecho que "El Titi" se peleaba con Cardona por tenerla esa noche. Se imaginó desnuda junto a sus cuatro amigas midiéndose las tetas y comparándoselas con ellas en el camerino de un evento de modelaje. Se imaginó jugando con sus tetas al lado de una muñeca Barbie igual de protuberante. Al despertar siguió observándose en el espejo con orgullo y con el mismo asombro, aunque sus tetas estuvieran momificadas, cubiertas por una venda. Sabía que estaban ahí y que iban a impactar porque sentía el pecho gigante.

Dos semanas más tarde, cuando el post operatorio empezaba a terminarse, el doctor Contento la llamó para cobrarle la última cuota de la costosa operación. Se la llevó un fin de semana para Girardot, la disfrutó un par de días y se la devolvió a Yésica el domingo en la noche, con la firme intención de no volverla a ver jamás en su vida. Estaba equivocado, pero era lo que él quería.

Mientras Yésica y Catalina perseguían al doctor Contento, "El Titi", Clavijo y Mariño contemplaron la idea de regresar al país porque, al parecer, ya nadie los perseguía con intensidad. La Fiscalía se cansó de buscarlos y se conformó confiscándoles a ellos y en mayor medida a Cardona y a Morón, cerca de 500 bienes muebles e inmuebles, entre fincas suntuosas, apartamentos, aviones, casas, yates, lanchas, edificios, estaciones de gasolina, concesionarios de autos, centros comerciales y hasta playas privadas, por un valor cercano a los mil millones de dólares. Dinero que hacía mella en las finanzas de los capos pero sólo en pequeña medida porque el grueso de sus fortunas, calculadas en 30 mil millones de dólares, se encontraban durmiendo en cuentas reservadas en Panamá, Suiza e Islas Caimán.

Morón y Cardona querían saber cómo les iba a "El Titi" y a Clavijo en Colombia y por eso los mandaron adelante. Los usaron de conejillos de indias para medir la situación y para conocer de primera mano si era verdad que la búsqueda sobre ellos ya no era tan intensa como antes. "El Titi" comprobó que eso era cierto volviendo a la discoteca, paseándose por los buenos restaurantes de la ciudad en compañía de Marcela y asistiendo a un par de partidos del Deportivo Pereira. Al parecer todo estaba en orden porque nadie lo reconocía, nadie le decía nada y él seguía andando por todo el eje cafetero y el Norte del Valle como perro por su casa.

Sólo algo estaba cambiando. A raíz de la desbandada de los grandes capos, los subalternos de estos, sus socios estratégicos, como los miembros del cartel de los insumos, y otros oportunistas que no faltaban en ninguna crisis, se encontraban enfrascados en una guerra a muerte por quedarse con los mercados que los grandes capos habían dejado huérfanos después de la desbandada. Cientos de pequeños industriales del negocio del narcotráfico vieron fácil la oportunidad de independizarse ante la falta de personajes fuertes al mando que jalonaran la cohesión de los grupos. Según un coronel de la policía de Cali, se conformaron cerca de 400 microcarteles productores, distribuidores y exportadores de coca, por lo que acabar con el negocio del narcotráfico se volvió, más que nunca, una utopía inimaginable.

Si acabar con dos carteles le había costado al país más de 50 mil vidas entre bandidos, policías, soldados, políticos honestos, políticos deshonestos, periodistas, jueces, magistrados, niños, redunda decir que inocentes, mujeres, ancianos, y 25 años de lucha agotando la mayor tajada del presupuesto nacional en gasto militar, acabar con 400 cartelitos era poco menos que imposible. Pensé, para mis adentros que la legalización era la única solución para acabar con el lucrativo negocio, pero algún traqueto escuchó mis pensamientos y me dijo que donde yo llegara a apoyar esas ideas del columnista Antonio Caballero, me mataba. Tenía claro que el negocio era lucrativo por su carácter de prohibido.

Estos 400 minicarteles conformados por ex trabajadores de los grandes capos se llenaron muy pronto de ímpetu, de dinero y de soberbia. Todos querían hacer lo que les venía en gana y las épocas de narcos discretos de bajo perfil se acabaron. Volvieron las excentricidades, el desorden, el caos, la guerra a muerte por rutas, las delaciones entre narcos, las deslealtades y, sobre todo, la violencia. No pasaba un día sin que los periódicos y los noticieros registraran una matanza en algún municipio del Valle. La muerte, en extrañas circunstancias, de personajes de dudosa reputación se volvió pan de cada día.

Muchas discotecas del departamento vieron irrumpir en medio de la música a pistoleros a sueldo que disparaban contra toda la muchedumbre hasta asesinar a docenas de personas inocentes, sólo por haber cometido el delito de asistir a un lugar donde bailaba algún miembro de un cartel enemigo. Aparecían cuerpos mutilados, con señales de tortura, miembros cercenados con motosierra y tiros de gracia en las cañadas, en los basureros, en el lago Calima, en los baños de los restaurantes, en los cultivos de caña de azúcar, en los baúles de carros estacionados y abandonados, en las montañas, en los ríos, en apartamentos lujosos, en casas pobres, en fincas de recreo. En todos los pueblos, en el campo y en todas las ciudades la muerte se volvió cotidiana y lo que es peor, la gente empezó a acostumbrarse de nuevo a ella con absoluta displicencia e indiferencia.

Por el nerviosismo de que unos delataran a otros, la guerra entre carteles se tornó cruenta y total. Asesinatos selectivos, descuartizamientos, masacres, asesinato de niños y mujeres embarazadas, demostraron que las épocas de barbarie y sevicia estaban lejos de acabarse en nuestro país. En un sólo año, cerca de 1.500 personas murieron por ajuste de cuentas entre carteles y no faltó el que pensara, entre ellos yo, que por fin se iban a acabar los bandidos en nuestro país. Pero ese pensamiento no pasaba de ser una ilusión. En Colombia los bandidos nacen por generaciones espontáneas. No han acabado de enterrar a una docena con disparos al aire y mariachis haciendo llorar a los deudos y no han terminado de encarcelar otros cien, cuando ya en los barrios pobres están naciendo, por montones, nuevos delincuentes en potencia. Se reproducen como las colas de las iguanas y las lombrices. De ahí que uno de mis discursos más aplaudidos haya sido aquel en el que aseguré que ni firmando mil pactos de paz con guerrilleros, paramilitares y narcotraficantes, la paz iba a ser posible en nuestro país, porque la materia prima de la guerra, que son el hambre y la falta de oportunidades de educación y empleo, seguían enquistadas en las casas de nuestros barrios humildes y en los corazones de nuestra gente triste. Vibrante, ¿o no?

La guerra entre Carteles se incrementó mucho más cuando se supo de la captura de Cardona en Cuba. Esa fue la gran noticia de la década en lo que respecta a resultados en la lucha contra el narcotráfico. Al pobre Cardona que ya estaba a punto de volver a

Colombia gracias al reporte de tranquilidad que le había dado "El Titi", lo atraparon en el aeropuerto de La Habana y, de inmediato, Colombia y los Estados Unidos lo pidieron en extradición. Donde más se sintió el impacto de su captura fue en Colombia, sobre todo entre la gente involucrada en el negocio. Los grandes capos empezaron a temer que él negociara su pena con los Estados Unidos a cambio delatarlos, los cartelitos arreciaron su proceso independentista y los carteles grandes empezaron a llamarlos al orden. Pero ya era tarde, la soberbia de esos nuevos capitos crecía demasiado con el paso de los minutos y el éxito de sus embarques de cocaína por lo que ninguno estaba dispuesto ya, a jalarle a las jerarquías.

El golpe de Estado a los Capos grandes como Morón y ahora "El Titi" estaba dado y nadie estaba dispuesto a renunciar a los placeres que ofrecía conseguir dinero a manos llenas sin depender de un jefe o de una organización. Por eso la guerra se intensificó. Por eso la guerra creció y empezó a cobrar víctimas a granel. Los índices de violencia y muertes violentas del departamento del Valle y del Eje Cafetero se dispararon a niveles intolerables para la sociedad y para la gente buena de esos lugares. Nadie volvió a pasear, nadie volvió a cenar en los restaurantes de las afueras de Cali, Pereira o Armenia y los novios no volvieron a llevar a bailar a sus novias a lugares nocturnos y discotecas temiendo que se repitiera la horrible historia de comienzos de la década de los año 90 cuando los narcos se las arrebataban a las malas por el solo hecho de ser bonitas o estar "buenas".

Sucedió infinidad de veces, una de ellas a Freddy Montaño, un administrador de empresas, un muchacho decente, que se sacrificó 16 años estudiando para ser alguien en la vida. Y lo había logrado. La noche de los hechos acababa de ser nombrado subgerente de una sucursal de un importante banco en Cali. Con la buena noticia de su nombramiento, sacó sus ahorros de otro banco, donde los tenía, y se fue a comprar un lindo anillo para comprometer a su novia, con la que llevaban ocho años de relación. Se conocían desde el bachillerato y su amor estaba condenado a no desaparecer jamás. La llamó, como siempre le dijo tres o cuatro veces que la amaba y la invitó a salir, según él, para celebrar su nuevo nombramiento aunque la verdad fuera otra. Le quería pedir que se casaran como premio a toda la paciencia que ella tuvo esperando, primero, que estudiara y luego que consiguiera un puesto digno, derrumbando de paso el dicho popular de que la novia del estudiante nunca sería la esposa del profesional.

Muy contento por la doble emoción que le producían su nombramiento y su futuro matrimonio, Freddy se compró una muda de ropa nueva, se mandó a peluquear, se aplicó el perfume que a su novia le gustaba y se fue a recogerla en un taxi. Se encontraron, se alegraron, se besaron, se abrazaron, se mimaron, se acariciaron, se despidieron y se fueron. Don Jairo y doña Nelsy, padres de Argenis, les pidieron que no se fueran a demorar y ellos los tranquilizaron aceptando su sugerencia.

Llegaron a la discoteca y se ubicaron en una de las mesas de la entrada porque las demás estaban ocupadas a esa hora. Salieron a bailar un par de veces y Freddy no aguantó más las ganas de darle la noticia que por tantos años ella estuvo esperando con religiosa paciencia y temor de que no llegara. Le entregó el anillo, mirándola a los ojos y le pidió que se casaran. Argenis no podía creerlo. Desde ese instante le cambió la vida. Esa mujer sencilla y bella, pero de escasos recursos que optó por hacer un curso de peluquería ante la imposibilidad de sus padres para financiarle una carrera universitaria estaba conquistando el sueño de toda su vida cual era el de casarse con el hombre que amaba, el único hombre que había conocido en su vida, su único novio, su único amor. Por eso lo empezó a besar con locura, en la cara, en los labios en la nariz en los ojos, en el cuello. Le repetía con sinceridad que lo amaba y él no se quedaba atrás. Lo cierto es que la celebración del compromiso se alcanzó a volver un poco atrevida, pero dentro de la más absoluta inocencia.

Desde una de las mesas de atrás, un hombre de aspecto prepotente, cadena de platino de dos centímetros de ancho en el pecho, camisa negra desabrochada dos botones antes de llegar al cuello, reloj Rolex con diamantes, peluqueado alto y mirada de asesino, se fijó en Argenis. Tenía, o mejor, creía tener el poder y el dinero suficiente para hacerla suya en el momento que quisiera. Y mientras Freddy la sacaba a bailar besándola por todo el camino entre la mesa y la pista, el hombre de aspecto prepotente se secreteaba con uno de sus guardaespaldas siempre mirando a la pareja.

Al llegar a la mesa, luego de bailar tres o cuatro canciones seguidas, Argenis encontró una nota, dejada por el mesero en la que alguien le decía que estaba muy hermosa y que cuándo se veían. Freddy estalló en furia y le preguntó al mesero el paradero del abusivo que había dejado esa nota ahí. El mesero lo sintió tan bravo que no quiso decir la verdad. La noche se empezaba a dañar y Freddy prefirió pedir la cuenta. Cuando el mesero le trajo la cuenta, a lado y lado de la mesa aparecieron dos hombres de aspecto miserable y se le acercaron a Argenis aunque le hablaron a Freddy.

–Que el patrón quiere conocerla.

Freddy no soportó más insultos y se levantó dispuesto a defender el honor de su novia que en medio del drama le pedía a gritos que se calmara que no fuera a cometer una locura. Los hombres sacaron un par de pistolas y se las pusieron en la cabeza al tiempo que otros dos hombres se acercaron a la linda mujer y le pidieron que los acompañara hasta la mesa de su Jefe. Argenis gritó, suplicando que la dejaran en paz, pero nadie hizo algo por ayudarlos. Freddy le gritaba que no fuera y en un intento desesperado por salvarla se zafó de los dos hombres que lo estaban encañonando y trató de arrebatarle a su novia a los otros dos, pero en ese momento el mundo se quebró en millones de piezas de porcelana para ellos. Sonaron dos disparos que le florearon la cabeza al administrador de empresas que se sacrificó 16 años estudiando mientras su novia que lo había esperado ocho, gritaba desesperada intentando resucitarlo, sin querer entender lo que pasaba.

El caso es que los hombres se fueron del lugar dejando en el piso el cadáver de Freddy y se llevaron a la bella Argenis. El hombre de aspecto prepotente y cara de asesino, que no era otro que el mismísimo Cardona en sus épocas de traquetico principiante le hizo el amor a la desdichada Argenis toda la noche. Ella, que también estaba muerta por dentro, no dijo una sola palabra. Sólo lloraba la muerte del ser que más amaba en la tierra. Ni siquiera tuvo tiempo de darse cuenta que cuando el hombre de aspecto prepotente y cara de asesino se cansó de hacerle el amor, se la dejó a sus cuatro escoltas para que hicieran con ella lo que quisieran. ¡Y lo hicieron! La tuvieron todo el día como muñeca de trapo haciendo y deshaciendo con su cuerpo.

Al día siguiente, cuando ya el cuerpo de Freddy estaba siendo velado en una funeraria de la ciudad, Argenis fue abandonada en un paraje solitario de la carretera que de Cali conduce a Jamundí. La policía la encontró demacrada, deshidratada, callada, ensimismada, acabada, muerta en vida, sin ganas de vivir, sin ganas de morir, violada, sin lágrimas, sin aliento de cerrar los ojos, drogada, vilipendiada, ultrajada, desnuda, despeinada, embarazada, sin ilusiones, sin sueños, entregada... ¡Pérdida total!

Freddy fue enterrado sin que ella lo supiera y Argenis tuvo que ser recluida en un centro de rehabilitación donde permaneció tres meses hasta que tuvo conciencia de lo que había pasado, para luego morir de tristeza. Ni yo, que soy un corrupto asqueroso podía tolerar una historia así, de las que, según la Policía, pasaron muchas. Y ese era el temor que teníamos todos con el nacimiento de tantos cartelitos de la droga sin ley ni patria, sin control ni límites, sin Dios ni madre.

Cuando Yésica y Catalina se enteraron por la televisión de la captura de Cardona, ambas sintieron un dolor sincero. Los narcos significaban mucho para ellas. Eran los Robin Hood criollos que les permitían odiar al estado, a los políticos, a los profesores de secundaria, a la iglesia, al establecimiento, a los policías, a todo el mundo. Por eso lloraron y se preguntaron por la suerte de "El Titi", rezando a Dios para que a él no le pasara lo mismo. Y al parecer sus rezos dieron resultados porque a los pocos días pudieron hablar con él. Sintieron tanta felicidad como la que se experimenta al hablar con Dios y se citaron, una semana más tarde, para que Catalina le mostrara al Titi sus nuevas dimensiones. Fue una mañana sin lluvia ni sol en el séptimo piso de un edificio del norte de Bogotá, donde el narco, que ahora emergía como el segundo de la organización, gracias a la captura de Cardona, vivía escondido desde su regreso al país.

Cuando "El Titi" vio a Catalina con las tetas grandes se obnubiló. Sintió vergüenza pensando en cómo decirle que, ahora sí, estaba muy buena, que ahora sí clasificaba y que la quería, no para su vida pero sí para un instante de ella. Lo cierto es que la pretendía. Sin soltar un cigarrillo a punto de perecer y sin dejar de mirar su nueva talla de sostén, le pidió a Yésica que se la dejara esa noche. Yésica le dijo que el post operatorio estaba en marcha aún, pero que se la traía sin compromiso para que viera lo mamacita que había quedado. "El Titi" le dijo que no importaba y que él se comprometía a no tocarle las tetas, aunque no se comprometía a no mirárselas. Catalina, que vivía chorreando la baba por "El Titi" y más exactamente por sus variados olores a lociones de marca, aceptó quedarse con la ingenua ilusión de escucharlo recitar a media noche un poema de amor pidiéndole que fuera su novia. En medio de todos los dramas que la atropellaron desde su niñez, que aún no terminaba, Catalina mantenía en su inconsciente el icono del príncipe azul a caballo, con capa y romanticismo incluidos.

Pero a medianoche sucedió todo lo contrario: "El Titi" le pidió que se quitara la blusa para contemplarla mientras contestaba una llamada de su novia que duró horas enteras. Ya en la madrugada, cuando "El

Titi" cortó la llamada, Catalina yacía dormida sobre un sofá y en ese mueble vio salir el sol, sin moverse, hasta que el propio "Titi" la despertó para informarle que se tenía que ir, porque su novia ya estaba llegando a Bogotá y que él ya había mandado a sus hombres al aeropuerto para que la recogieran.

Al salir del edificio donde vivía "El Titi", en un taxi, Catalina anotó muy bien la dirección y se propuso hacerle pagar todos y cada uno de los desplantes que él le hizo y que no eran pocos. Las primeras veces por tener las tetas pequeñas y ahora por tenerlas grandes.

Muy aburrida regresó Catalina al apartamento de Ismael Sarmiento, donde vivían ahora y desde donde Yésica estaba empezando a armar toda una estrategia de mercadeo para conseguirle a Catalina un novio traqueto. La verdad, los nuevos encantos de Catalina empezaban a abrir puertas e Ismael, un aprendiz de traqueto en proceso de aprendizaje no tuvo reparo alguno en dejarlas quedar en un apartamento que tenía en Bogotá y que solo utilizaba cuando se desplazaba de Cali a la Capital.

No se supo nunca lo que dijo ni la manera en que Yésica encaró la promoción de las tetas de Catalina, lo cierto es que durante tres meses seguidos, semana tras semana, la feliz adolescente se paseó por todas las fincas, casas y apartamentos, búnkeres, haciendas, caletas, celdas y condominios de un sinnúmero de mafiosos que, sin embargo, jamás contemplaron la posibilidad de hacerla su novia, precisamente, porque su doble moral les impedía formalizar una relación con una mujer, que aunque bella y protuberante como la impulsaron a serlo, rayaba en la prostitución.

No faltaron, desde luego las visitas a media docena de extraditables recluidos en cárceles de máxima seguridad. Algunas veces se hacían pasar como hijas otras veces como familiares y otras veces como amigas de los reclusos. Lo cierto es que una vez dentro de las celdas, Catalina y Yésica se convertían en las disipadores de las ansiedades de estos pobres hombres que fama tenían de tener las piernas más largas del mundo porque todo el mundo sabía que tenían un pie en Colombia y el otro en los Estados Unidos. No obstante su condición de desahuciados jurídicos, la soberbia y capacidad para cometer maldades de algunos narcotraficantes permanecía intacta. Algunas veces, cuando contrataban los servicios sexuales de una modelo, una actriz o una de estas mujercitas a las que llamaban despectivamente como "prepagos" los narcos en desgracia grababan con cámaras escondidas sus faenas, algunas veces para chantajearlas, otras veces para deleitarse con los otros reclusos mirando sus encantos. Lo cierto es que la figura estilizada con protuberancias en el pecho de Catalina, se hizo famosa entre los internos de dos o tres cárceles del país.

Fueron tres largos meses durante los cuales se paseó sonriente y realizada por las camas de los traquetos de Cartago, Pereira, Medellín, Cali, Bogotá, Villavicencio, Montería, Cartagena, Girardot, La Picota, La Modelo y Cómbita. Varias veces fue invitada a México, pero las mismas veces le fue negada la visa, aunque los miembros de un cartel de manitos se quedaron sin las ganas de conocerla ya que, en su lugar, se contaban por docenas las mujeres que acudían a su millonario llamado con el pretexto de viajar a cumplir compromisos actorales y de modelaje al D. F.

Con sus nuevas tetas, que sin lugar a dudas le hicieron merecer un lugar destacado entre las preferidas de la mafia, Catalina viajó a lo largo y ancho del país, algunas veces en carro, la mayoría de veces en avión y pocas veces, como una tarde en que aterrizó en una finca de Montería junto con doce niñas más, en un helicóptero. En ese tiempo lo vio todo. Lo que sabía, lo que ignoraba, lo que le habían contado, lo que imaginaba y también lo que nunca pensó que existiera: hombres con 12 camionetas, escoltas numerosas, personajes con seis motos Harley Davidson, casas de 24 habitaciones, comedores de 36 puestos, vajillas de 1.500 piezas, cubiertos de plata, pistas de aterrizaje que se cubrían con árboles móviles cuando los aviones repletos de coca despegaban, lanchas veloces, habitaciones repletas de armas, cocinas con tres neveras de doble puerta y repletas de completísimos mercados, de productos importados en su mayoría.

Conoció los bultos de dólares, las fiestas de 15 días consecutivos, esculturas en bronce de tamaños descomunales, garajes en mármoles y granitos, estatuillas del Divino Niño, del Señor de los Milagros y de la Virgen María en oro, piscinas pintadas a mano con el color del mar y casi de su mismo tamaño, haciendas donde el límite se pierde hasta tres o cuatro veces en el horizonte y donde eran necesarios varios días a caballo para recorrerlas y animales de paso cuyos precios superaban con creces el de los Rolls Royce´s y los Ferrari.

Sin proponérselo, sin quererlo, y también sin importarle, conoció una parte de las obras pictóricas de Miró, Dalí, Obregón, Botero, Grau, Manzur, Luciano Jaramillo, Villegas, Alcántara, Roda,

Jacanamijoy, Manuel Hernández y hasta un cuadro de Picasso que, meses después, la Policía encontró durante un allanamiento decorando una de las paredes de la cabaña de Holgazán, el caballo predilecto de un poderoso narcotraficante del Valle del Cauca al que también le tenían cocinero y mucama.

Conoció de cerca, y en medio del más absoluto asombro, varias estrellas de la televisión que idolatraba desde niña, varios políticos que muchas veces escuchó hablando de honestidad y justicia social y muchas modelos y actrices de cuyos afiches estaban tapizadas las paredes de su habitación y que antes había visto en portadas de revistas, en desfiles importantes y en la televisión. Conoció coroneles y generales del Ejército y la Policía que vivían en contubernio con la mafia y hasta funcionarios públicos sonrientes y ávidos de dinero para financiar sus futuras campañas electorales. Bailó con las mejores orquestas nacionales y extranjeras, en espacios donde los músicos que veía en las carátulas de discos y videos, se podían ver a menos de un metro de distancia. Vio amenizar muchos cumpleaños de narcos, sus novias, sus esposas o sus hijos, con cantantes famosos, incluso de talla internacional y escuchó serenatas con mariachis innumerables que parecían una manifestación en la plaza Garibaldi.

Vio correr ríos de alcohol y droga, toneladas de alimentos exquisitos que muchas veces conocían primero el fondo de una caneca de la basura que la boca de un comensal. Presenció apuestas de millones de pesos a los resultados más inverosímiles del fútbol, el béisbol, los reinados, el automovilismo y cuanta discrepancia se les ocurriera resolver por la vía del azar. Conoció brujos, esotéricos, tarotistas, santeros, magos blancos y negros, hechiceras, gitanas, indígenas con poderes y hasta síquicos famosos de la televisión. A todos estos personajes consultaban los inseguros traquetos, incluso, para saber dónde y con quién se la jugaban sus mujeres. Conoció armas de todos los calibres, marcas, colores y texturas. Conoció a los narcotraficantes más buscados por la DEA y hasta se dio el lujo de hacerlos ir hasta el antejardín de su casa en busca de ella misma o de alguna amiga suya. Vivió una época decadente y efímera de esplendor al debe, aunque para ella fuera la más maravillosa de su vida, el cumplimiento pleno de sus sueños.

Catalina apenas podía creerlo y noche tras noche llenaba de justificaciones su antigua obsesión de ver aumentado el tamaño de sus tetas al notar cómo, de súbito, la vida le estaba cambiando y de qué manera. Tenía ropas por montones, anillos, pulseras, relojes finísimos, vestidos de diseñadores destacados, celulares a diario con el número bloqueado para otros usuarios, agendas digitales, gafas italianas, zapatos y bolsos en pieles exóticas y perfumes de las mejores casas, entre muchos otros lujos.

Se podía decir que lo tenía todo menos dos cosas: sensatez y la visa norteamericana que ahora anhelaba tanto como en tiempos recientes sus tetas de silicona. Y es que ante estas dos cosas el dinero de los traquetos fue insuficiente. Catalina intentó conseguirla por todos los medios a sabiendas de que a cada nueve de sus diez amigas, novias o esposas de traquetos se la habían negado. Por eso, armó una completa estrategia dotada de mentiras, con una gran cantidad de documentos y extractos bancarios inflados para demostrarle al entrevistador de la embajada que ella tenía con qué ir a los Estados Unidos. Sin embargo, no pudo demostrarle al funcionario consular que ella no se quedaría en su país. Catalina estaba dentro del prototipo de mujer que para los gringos se va a quedar en los Estados Unidos. Joven, bonita, soltera, sin hijos, sin título profesional, sin universidad, sin colegio, sin padres con visa, sin recomendaciones políticas, sin un motivo especial para viajar distinto del de no sentir más envidia por las modelitos que sí tenían la visa.

Esa fue una de sus grandes frustraciones. Daba la vida por irse a bailar a las grandes discotecas de Miami, asistir a los "after" más renombrados, hacer compras en los grandes moles de Fort Lauderdale y patinar por los bulevares que bordean las playas de Miami Beach y Boca Ratón, al lado de grandes actores y modelos de la farándula mundial. Eso le habían contado algunas amigas que sí tenían la visa y eso le hacía creer, a cada instante, que le faltaba algo para ser feliz e importante aunque ignorara que, en realidad, para ser feliz e importante le faltaba casi todo.

A pesar de que le negaron la visa por no poder demostrar que regresaría a Colombia, Catalina no mintió cuando le dijo al funcionario de la Embajada que ella tenía dinero suficiente para irse. En realidad tenía mucho dinero. En los restaurantes pedía hasta tres platos con nombres desconocidos, que rechazaba en la medida que descubría que sus singulares sabores no le deleitaban. Se convirtió en una consumidora compulsiva. Cuando estaba de afán, adquiría ropa que al medirse en la casa no le quedaba buena, pero jamás se devolvía a cambiarla; prefería regalarla o botarla.

Compraba cosas tan inútiles como una batidora, a sabiendas de que nunca la iba a usar porque, jamás aprendió a cocinar, o un juego de pinceles, óleos y lienzos que desechó a la media hora de haber sentido ganas de convertirse en una pintora famosa. En sus cajones no cabía un reloj más, una agenda electrónica más, ni un perfume ni un cosmético, un zapato o una tanga más. Lo tenía, todo, por montones. Una crema y un tonificante para cada lugar del cuerpo, varios instrumentos inventados para arreglarse el pelo, las uñas de las manos y de los pies y todos los aparatos que promocionaba la televisión mediante infocomerciales y que, según sus fabricantes, ayudaban a adelgazar, a tonificar los músculos, a esculpir la figura y hasta a crecer, sin necesidad de hacer ejercicios fastidiosos y torturadores. La habitación de Catalina parecía un almacén de cachivaches.

El dinero le alcanzaba, incluso, para comprarle regalos costosos a su mamá, a su hermano, a su novio y a sus amigas. Cuando llegaba a la cuadra de su casa, las mamás de las demás niñas se asomaban para verla bajar de camionetas lujosas y empezaban a tejer todo tipo de comentarios dañinos a sabiendas de que, en su íntimo, ellas querían el mismo futuro para sus hijas.

Doña Hilda salía a recibirla con alborozo mientras Bayron se limitaba a recibirle el bolso que luego se llevaba para el baño sin otra intención que la de saquearlo con cuidado hasta dejarlo sin nada de valor distinto a una cédula falsa que le habían conseguido los novios a su hermana para poderla ingresar a eventos de mayores. La cédula decía que Catalina se llamaba Marcela Ahumada porque ella quiso llevar el apellido de una de las mujeres que por su belleza más envidiaba en su vida, con la intención de que alguien las relacionara con ella aunque fuera por su parentesco.

Albeiro observaba a su ahora elegante y distinguida novia con la mirada miedosa y perdida que lanza un niño pobre sobre una estrella de cine. Imaginaba que ya estaba muy lejos de su alcance y sentía miedo hasta de saludarla. Pero la verdad es que Catalina aún lo amaba y no obstante haberse acostumbrado a vivir sin sus besos estaba dispuesta a lubricar su relación con una nueva jornada nocturna de sexo y amor cada quince o cada veinte días y a la que Albeiro se rendía sin remedio ni condiciones. Siempre caía, aunque pasara a ser el hombre número cuarenta o sesenta de su lista de relaciones sexuales... Y doña Hilda, cada vez sentía más celos de esas visitas quincenales de su hija, por lo regular de martes en la tarde, luego de las cuales se perdía con Albeiro hasta el miércoles en la mañana, cuando Catalina aparecía con afán a despedirse porque se iba para Islas del Rosario o para una finca del Valle del Cauca a pasar un fin de semana que casi siempre se prolongaba hasta el lunes.

Una de esas tardes melancólicas de los miércoles, doña Hilda no resistió más la escena de verla despedir de Albeiro con ráfagas de besos apasionados, abrazos eternos y caricias de bobo y se interpuso en medio de los dos:

–¿Mamita, no se le hace tarde? –le dijo echando candela por todos sus poros. Catalina se puso seria sospechando que eran celos los que estaba sintiendo su mamá y le dijo que no tenía afán.

Doña Hilda se puso a llorar y cruzó la casa a paso largo hasta caer tendida sobre su cama y con la nariz sobre la parte media del colchón. A Catalina la conmovió mucho la escena y aunque trató de irse tras de ella, Albeiro la detuvo con un inteligente argumento. Le dijo que su madre estaba así de sensible porque sentía mucha tristeza al verla partir. Catalina no creyó el cuento, pero se llenó de pesar por su mamá y le hizo caso a Albeiro, marchándose sin verla. En el antejardín le dio un último beso en su boca y se marchó. Beso que vio doña Hilda desde su alcoba, agazapada tras una cortina y que la hizo morderse de rabia, sentir odio por su hija y romper una foto donde Catalina sonreía de niña al lado de Bayron.

Cuando Albeiro llegó a la habitación donde doña Hilda seguía lloraba a cántaros, las cosas no fueron mejores. La otoñal amante del novio de su hija se levantó con su rostro juagado en lágrimas y le gritó que se fuera para siempre porque no lo quería volver a ver más nunca. Albeiro le explicó de mil maneras que todo lo que había pasado no era culpa suya y ni así doña Hilda entró en razón. Le lanzó por la cabeza cuadros, floreros, ceniceros y cuanto objeto pesado encontró por el camino en el trayecto entre su alcoba y la sala. Cuando Albeiro ganó la calle, después de sentir sobre sus espaldas la puerta de la casa, doña Hilda le gritó por la ventana que no volviera más, si no lo hacía con toda su ropa, todas sus pertenencias y todas las intenciones de hacerla su mujer de manera total, sin temer a Catalina ni a los prejuicios, sin temer a la reacción de Bayron y con las intenciones, incluso, de hacerle un nuevo hijo.

CAPÍTULO DIECISÉIS
De yerno a esposo, de cuñado a hijastro, de novio a padrastro
...de reina a virreina

Tres días después, cuando el vicio crónico de poseer a doña Hilda lo venció, Albeiro se apareció en la puerta de su casa con un pequeño trasteo que incluía, además de su ropa, las planchas del taller de screen, una grabadora untada de pintura de todos los colores y una camioneta de juguete que conservaba con especial cariño por ser el único juguete que había recibido cuando niño en una Navidad. Hilda lo recibió sonriente y con los brazos abiertos, aunque con el susto de no haberle contado aún a su hijo Bayron que su nuevo padrastro era su antiguo cuñado.

En medio de su auge sexocomercial, Catalina no se enteró de lo que estaba pasando en su casa. Todas sus energías estaban concentradas en la propuesta que le hiciera Marcial Barrera, uno de sus amantes traquetos, para que participara, por cualquier departamento, en un concurso de modelos literalmente esculturales, que por aquel entonces se celebraba en el país, con la seguridad absoluta de ganar. Con el ánimo de conquistarla porque se había enamorado de ella, Barrera le ofreció un patrocinio sin límite de gastos.

Aunque el concurso de marras gozaba de muy mala fama porque, la reina casi nunca era la más bonita, ni la de mejor cuerpo, ni la mejor preparada, ni la de mejor pasarela, sino la que consiguiera un mayor patrocinio económico, Catalina resolvió participar por el departamento de Risaralda, pero Bonifacio Pertuz, el organizador del evento le dijo que ya tenía inscrita una reina por ese departamento pero que lo podía hacer por el Putumayo, Amazonas o Guainía, departamentos que aún no tenían representación.

Catalina le dijo, sin conocer las trampas de los concursos, que ella no era oriunda de ninguno de esos lugares a lo que Bonifacio respondió con una sonrisa malvada: ¿Acaso a alguien le interesa de qué lugar vienen las reinas?

Catalina aceptó inscribirse por el departamento del Putumayo, al que ni siquiera visitó una vez en su vida, dando rienda suelta, de esta manera, a su precaria e instintiva manera de analizar las cosas y tomar decisiones de manera inmediata.

Por eso Cuando Marcial Barrera le prometió apoyarla con la seguridad de que iba a ganar, Catalina empezó a prepararse con mucha dedicación, aunque no lo necesitara. Quería que el escándalo de su elección, si se presentaba, no la golpeara sin piedad ante los medios, manteniendo, al menos, una cara y una figura digna de una reina, aunque la corona le hubiese sido comprada en un yate, un mes antes del reinado por Barrera, un narco viejo y multimillonario que ya estaba de salida en el negocio y en la vida misma y que estaba enamorado de ella. Para hacer méritos que pudieran disipar cualquier duda sobre su elección, asistió al gimnasio de manera religiosa, abandonó por completo las harinas y el azúcar de sus alimentos y se dedicó a comer con riguroso sacrificio atún con piña al desayuno, el almuerzo y la comida. Con los dineros que le proporcionaba en grandes cantidades Marcial, se hizo la lipoescultura, la liposucción, la carboxiterapia y la yesoterapia. Se mandó a depilar las cejas. Se mandó a tatuar el triángulo que forman los glúteos con el cóccix. Se metió a una cámara bronceadora durante 20 días consecutivos, cuatro horas cada día. Se mandó a teñir el pelo doce veces durante ese tiempo, obedeciendo a consejos de igual número de amigas. Lo cierto es que al concurso llegó con el mismo color de pelo que tenía el día que ordenó su primera tintura de castaño claro a negro.

No valieron de nada todos los esfuerzos en tiempo y dinero que Catalina invirtió en su transformación. Al llegar al concurso donde competiría ante otras doce niñas de similares características físicas y culturales, se encontró con que dos de ellas, las candidatas del Valle y de Antioquia, lucían más espectaculares y se ganaron, de entrada, la simpatía del público. Esto llenó de rabia a Catalina a la que su amante y auspiciador calmaba con sonrisas cínicas y frases como esta:

—Fresca, mamita, que eso ya está ganado, ¿de qué te preocupas?

Pero lo que ignoraba Marcial Barrera era que el novio de la candidata del Valle, cuya imagen se podía ver en vallas gigantes, camisetas, cachuchas, esferos, afiches y todo tipo de "souvenirs" publicitarios, también tenía intenciones de comprarle la corona a su espectacular mujer sin importarle entrar en una guerra de chequeras sin límite, ante lo cual el organizador del concurso sucumbió. Por supuesto ni Catalina ni Barrera se enteraron del grave hecho considerado imperdonable por la mafia.

Lo cierto es que en el momento de la coronación, cuando Catalina ya daba por hecho que la corona era suya, el maestro de ceremonias leyó el veredicto entregado por el pusilánime jurado y nombró como la chica del año a Valentina Roldán del departamento del Valle. Catalina sintió un vacío en su estómago y no supo cómo reaccionar. Se puso seria disimulando con sonrisas falsas su disgusto. El que sí supo cómo reaccionar fue Marcial Barrera quien desenfundó su pistola y empezó a disparar hacia todas partes creando pánico y confusión entre las reinas, los jurados, los organizadores, los periodistas y el público en general. El escándalo fue tan grande, que los dueños del reinado tuvieron que pagarles a unos comunicadores y amenazar a otros para que no difundieran la noticia del bochornoso desenlace del reinado.

Catalina sólo atinó a correr con su rostro envuelto en lágrimas y su corazón desgarrado hasta la habitación del hotel. Hasta allí llegó Marcial Barrera con sus guardaespaldas, haciendo alarde del pánico que les hizo sentir a todos los asistentes a la coronación. Ante los sollozos de Catalina, Barrera sólo atinó a sentenciar con voz tranquila y pausada:

—Tranquila mi vida que esto no se queda así... Llore tranquila que esto no se queda así. Repitió, seguro de lo que pensaba hacer.

El organizador del concurso sabía que estaba metido en problemas y trató de atenuarlos enviándole a Marcial Barrera los 40 millones de pesos que él le pagó por la corona de la señorita Putumayo, con una carta que resumida decía lo mismo: "Lo lamento, no tuve en cuenta un compromiso que ya había adquirido con anterioridad, pero aquí está su dinero. Muchas gracias y en otra ocasión será". Marcial arrugó la carta con desprecio, le regaló el dinero a Catalina para que dejara de llorar aún dos semanas después de haberse coronado virreina y mandó a matar al organizador del concurso. Bonifacio Pertuz, dueño de la franquicia del reinado, apareció muerto el tiempo necesario después, atado de pies y manos y con un tiro en la frente, a la orilla de un camino polvoriento que en sus años vivos lo conducía a su finca de verano. El cadáver, que estaba envuelto en una sábana blanca, portaba un letrero que estaba pegado a un palo que salía de la boca del difunto y que decía: por faltón.

Catalina recibió con algarabía la noticia y se aterró de haberse alegrado, pues sabía que ese era el primer paso que daba antes de perder del todo la conciencia. Marcial Barrera vio la noticia por televisión con una sonrisa que amenazaba con convertirse en carcajada y estampó un beso en las piernas de Catalina que estaba a su lado con el control remoto en sus manos y quien en medio de su confusión moral sólo atinó a exclamar con satisfacción:

—¡Eso le pasó por hijueputa!

—Un regalito más, concluyó él.

Con los cuarenta millones de pesos en su cartera de cuero de marta y haciendo cuentas mentales por todo el camino, Catalina regresó a su casa un viernes en la mañana cuando ni Albeiro ni doña Hilda la esperaban por no ser una fecha tan usual. Llegó transformada y con unas enormes y transparentes gafas sobre su cara, en una camioneta oscura, confortable y recién comprada que Marcial acababa de poner a su disposición. Cuando su madre y su novio escucharon el inconfundible sonido de una pesada puerta de 4X4 al cerrarse, ambos se asomaron por la ventana, él desnudo y ella con una sábana enredando su cuerpo y corrieron en estampida, él hacia el baño y ella hacia la sala donde la noche anterior dejaron la ropa regada por el piso y sobre los muebles, dos horas después de que Bayron anunciara que se iba de la casa porque no se aguantaba que su ex cuñado, ahora convertido en el jefe de la casa, lo mandara a comprar cosas a la tienda.

Catalina golpeó en su puerta muchas veces antes de que le abrieran dando tiempo a que las vecinas se asomaran por las ventanas a verla, tejiendo todo tipo de comentarios.

Cansada de golpear, optó por lanzar una piedra sobre el vidrio, pero su acto coincidió con la apertura de la puerta, por parte de su mamá, que lucía cansada y nerviosa. Desde el saludo Catalina notó que las cosas con su madre habían cambiado. Fue un saludo seco y frío que se limitó a un beso sobre una mejilla escurridiza y a un par de nerviosas frases:

—¡Hola, mamita! ¿Cómo le fue?

Catalina sospechó al instante que algo raro sucedía y entró a su casa llena de desconfianza. Extrañó a Bayron descolgándole el bolso del brazo, pero se alegró de que no estuviera al recordar la suma de dinero que traía dentro. Doña Hilda miraba de reojo cerciorándose que ninguna prenda suya ni de Albeiro hubiera quedado olvidada en el piso o sobre los muebles, tratando de rebuscar palabras que maquillaran su inseguridad, pero que solo contribuían a aumentar la duda que Catalina estaba sintiendo. Por eso la hija desconfiada decidió tomar el toro por los cachos y le preguntó sobre el por qué de su nerviosismo. Doña Hilda a punto de infartar le respondió con otra pregunta:

—¿Sí sabe que por ahí está el Albeiro?—

Los arrestos de su inocencia le sirvieron a Catalina para alegrarse por la inesperada presencia de su novio en la casa. Por eso salió a buscarlo con anhelo, sin detenerse a pensar por qué estaba en la casa. Mientras caminaba, pasos largos, hacia su habitación donde ella creía que estaba, doña Hilda le aclaró que Albeiro estaba en el baño. Desde ese sitio donde él se encontraba lavándose el pene y poniéndose los pantaloncillos al revés, Albeiro la saludó en voz alta, aunque de manera fría, pero ni así Catalina se percató de que algo muy importante estaba gestándose.

Cuando Albeiro salió del baño, doña Hilda se encerró en la cocina para no observar el saludo que Catalina acostumbraba a darle y que, por lo regular, incluía un beso inocente, una recostada en su pecho y, a veces, un par de vueltas en pleno abrazo. Pero de nada se perdió la celosa concubina y suegra de Albeiro esta vez, pues su marido y yerno se mostró más frío que nunca y esta frialdad sí hizo mella en el ánimo de Catalina quien nunca había sentido en su alma el sabor de un desplante del que ella consideraba aún su novio.

Pensó, por primera vez y en serio, que algo raro estaba pasando en su casa y lo comprobó unos minutos más tarde cuando encontró las pertenencias de Albeiro regadas por toda la casa: Las planchas de screen en el patio, su grabadora en la habitación de su mamá, su ropa en el armario de su mamá, y algunas prendas recién lavadas en las cuerdas de la ropa que colgaban de la parte alta de la cocina. Albeiro y doña Hilda no sabían qué hacer, qué decir ni dónde meterse. Estaban muy asustados y optaron por inventar una mentira. Que Albeiro se tuvo que venir de su casa porque el aguacero de la semana pasada le inundó el patio donde trabajaba y que doña Hilda no tuvo más remedio que aceptarlo en la suya, teniendo en cuenta que era el novio de su hija. Cuando Catalina preguntó por Bayron le dijeron que se había ido de la casa y que no sabían donde estaba. Lo cierto fue que ella tuvo que creer todo lo que escuchó sin darse cuenta que estaba empezando a pagar los karmas que tenía acumulados a punto de engaños a su novio, que no eran pocos.

Luego de dejarle 30 de los 40 millones a doña Hilda y 5 de los 10 que le quedaban a Albeiro, Catalina regresó a sus andanzas. Aunque Marcial la estaba esperando con desespero, buscó a Yésica para que le consiguiera otro programa distinto y para que la excusara ante el celoso hombre que se ratificaba como el único miembro de la mafia que la había tomado en serio, estampando en el ambiente un rótulo de noviazgo a su relación.

Yésica cumplió los dos cometidos y se llevó a Catalina para donde los hijos de unos traquetos de Tulúa donde pasaron el fin de semana. En el fondo querían estar con jóvenes de su edad, cansadas tal vez de lidiar con hombres gordos viejos, desagradables, de mal aliento y barrigones como Cardona, Morón y el mismo Marcial Barrera, quien estaba a punto de cumplir los 65 años cuando decidió pedirle a Catalina que se casaran.

Fue el martes a su regreso de Tulúa. Pensando en que el dinero y los lujos que empezaba a darle no eran suficientes para retenerla, Marcial Barrera recurrió al recurso desesperado de proponerle matrimonio a su amada, sin importarle un bledo lo que dijeran de él sus amigos, sus colegas, sus cinco ex esposas y sus nueve hijos. Estaba dispuesto a morir al lado de Catalina, ignorando por completo que a ella le producía vómito acostarse con él y que, entre eso y darle un beso, prefería lo primero. Por eso la propuesta la sorprendió al máximo y más que sorprenderla la asustó porque en el fondo sabía que no podía despreciarlo aunque le pareciera lo más asqueroso que le hubiera podido pasar en sus quince años de vida.

Aleccionada por Yésica quien le recordó la edad de Marcial, los peligros que corría en el mundo en que actuaba y la cantidad de dinero que iba a dejar si se moría, incluso entregado por ellas mismas a la DEA, Catalina le dio el sí a su novio a la mañana siguiente luego de abrir de par en par y en medio de carcajadas una camioneta azul y blindada, que Marcial le parqueó frente a la puerta del edificio donde quedaba el apartamento que Ismael Sarmiento les había prestado con el respectivo y velado interés de poseerla cada vez que coincidieran en él. Incluso le dijo a Catalina cuando observaba extasiada la camioneta regalada por Marcial, que no se la recibiera y que no se casara con ese viejo sacrificando de paso su juventud, y que a cambio él le regalaba ese apartamento y una camioneta mejor. Catalina le dijo que muchas gracias, que la propuesta no estaba del todo mal pero que a su lado no iba a ser más que una amante, "la mocita de turno", mientras que al lado de Marcial iba a ser una esposa, la señora de la casa. Por eso le dio el Sí a Marcial.

El cuasi anciano se sintió realizado con la respuesta y empezó los preparativos. Empezó por conseguir un cura que la casara a esa edad y no lo encontró, hasta que se comprometió con una generosa donación para una parroquia en construcción y el padre le dio el sí. Superado el primer escollo, organizó un equipo de gente para que le organizaran la fiesta. Quería botar la casa por la ventana por lo que elaboró una lista de mil quinientos invitados entre familiares, curas y amigos civiles, militares y políticos. Contrató 300 meseros y mandó a comprar 1.500 botellas de whisky, 387 botellas de vino, 90 botellas de champaña, 170 pollos, 6 vacas, 9 marranos, dos reconocidas orquestas, dos tríos de música de cuerda, dos cantantes de rancheras muy famosos, tres conjuntos de mariachis y se trajo de Bogotá una unidad móvil de televisión para filmar la fiesta. Al percatarse del bombo con el que Marcial estaba organizando la fiesta y pensando que esta llegaría a oídos de Albeiro dada la trascendencia que la boda tendría en los medios, Catalina le pidió a Marcial que se casaran en una ceremonia discreta. Marcial estalló en ira recordándole que los gastos ya llegaban a 2 millones de dólares, pero al momento y ante el ultimátum de su prometida, reculó. Catalina le dijo que se casaban sin invitados y en el patio de la casa o no se casaba.

Por eso, la boda de Catalina con Marcial Barrera no fue el acontecimiento del año en ninguna parte. Tan poco significó a todos los niveles la boda que el interés de Catalina porque su familia no se enterara, se cumplió. Por eso siguió yendo a su casa de manera clandestina, feliz de que Albeiro no supiera que estaba casada, aunque preocupada por el paradero de Bayron de quien ni su mamá ni nadie daba noticia alguna.

Vino a saber de él un mes después, cuando un diario de crónica roja lo mostró ensangrentado, enredado en una moto y con la cabeza en la parte baja de la primera página, con un arma en la mano y un titular que anunciaba la muerte de un sicario que intentó asesinar a un juez de la República con el que todos se solidarizaron sin saber que no era digno de una muerte así, pero tampoco de una vida llena de honores. Se llamaba Virgilio Daza. Yo lo conocí en el año 1995 cuando interpuse una demanda contra el Estado que se falló a mi favor a cambio del 40% del monto de la misma. De todas maneras, Bayron estaba muerto y en el cielo, el juez estaba muerto y quemándose en el infierno y Catalina estaba viva, pero con el alma enferma.

Con el permiso de su cada vez más celoso, posesivo, absorbente y machista esposo, Catalina asistió al entierro de su hermano y agradeció a su novio el haberse hecho cargo de su mamá en momentos tan difíciles. Llegó a pensar incluso y se lo dijo a Yésica, que gracias a Dios, Albeiro estaba viviendo en su casa sin imaginar que eso, justamente, había impulsado a Bayron a cometer la locura de meterse a la banda de Antonio, con el que volteó hasta la tarde de su muerte, cuando por 10 millones de pesos aceptó "darle piso" al doctor Virgilio Daza.

Pero la verdadera tragedia estaba por llegar. Enfermo y obsesionado por evitar que a Catalina se le acercara alguien diferente a él, Marcial Barrera contrató un par detectives para que la vigilaran durante las 24 horas. En el entierro de su hermano estuvieron los detectives con cámara en mano y guardando el luto correspondiente. Cuando los hombres de Marcial Barrera le entregaron más de 108 fotografías de Catalina abrazada a Albeiro, algunas veces besándolo y casi todo el tiempo acariciándolo, Marcial preinfartó y tuvo que ser trasladado de urgencias a una clínica de Bogotá. Catalina no lo supo y él tampoco le quiso decir, por vanidad, ya que ella podía pensar que estaba con un viejo, aunque ya lo supiera y tampoco quiso decirle de su preinfarto porque no quería que ella se enterara del motivo.

El monstruo que habitaba dentro de Marcial Barrera despertó tres días después, cuando fue dado de alta, luego de lo cual empezó a tomar medidas desesperadas. La primera de ellas, mandar a asesinar a Albeiro. A Catalina la amaba tanto que era incapaz de tocarla para hacerle daño. Por eso no le dijo nada y prefirió actuar a sus espaldas contratando un par de sicarios para que siguieran al padrastro de Catalina aunque él siguiera convencido de que era su amante.

A Albeiro lo salvó un beso de doña Hilda. Iba a ser abaleado una mañana cuando salía de su nueva casa con su nueva mujer a tomar su nuevo taxi. Cuando la mira de la pistola de uno de los sicarios estaba fija en su cabeza y sus dedos estaban a punto de halar el gatillo, doña Hilda le dio un beso apasionado para despedirlo y los sicarios se detuvieron, se asombraron al ver la escena y se cuestionaron sobre las dudas de su patrón. Por eso aplazaron la ejecución y corrieron a contarle a Marcial Barrera, con pruebas fotográficas en mano, que estaba equivocado, que Albeiro no era el novio de la señora Catalina sino su cariñoso padrastro.

Marcial Barrera empezó a dudar de lo que decían las fotos y buscó la manera de sacarle a su esposa la verdad que quería escuchar. La abordó una de las muchas noches en que ella regresaba cansada del gimnasio y le empezó a hacer todo tipo de preguntas. Que con quién vivía su mamá, que dónde, que la quería conocer, que cuando iban, que si ella vivía con alguien, que por qué no la invitaba a la casa. Catalina le dijo que estaba brava con ella por haber dejado perder a su hermano Bayron y que por eso no la quería ver. Marcial insistió y le pidió que la perdonara porque la pobre debía estar sufriendo mucho con la muerte de su hijo. Catalina, que ya estaba cansada de escucharlo le dijo que bueno, que iba a ver cómo la invitaba y aprovechó la ocasión para pedirle permiso de ir a Pereira a buscarla, aunque lo que quería, en el fondo, era verse con Albeiro para que la hiciera sentir mujer una vez más, ya que al lado de su esposo se sentía apenas como una prostituta con su cliente: insatisfecha, pero con plata.

Al llegar a Pereira sin avisar, no encontró ni a su mamá ni a Albeiro en su casa. Por eso cruzó la calle y se reunió con Yésica y le entregó un dinero para que hablara con Paola, Ximena y Vanessa y les propusiera montar un negocio que les permitiera dejar de putear. Aunque Marcial Barrera le regaló 10 millones de pesos para su viaje, Catalina solo había gastado tres. Por eso su pequeña esposa se acordó de sus amigas de andanzas y les quiso ayudar a cambiar su suerte olvidando por completo que cuando no tenía tetas sus amigas no pensaron en ella. Yésica le agradeció con el alma por el dinero y se fue a buscarlas para contarles la buena nueva. Todas estaban dormidas y trasnochadas cuando fueron llamadas por sus mamás para que salieran al antejardín porque las necesitaban sus amigas.

Mientras aparecían Vanessa, Paola y Ximena, Yésica, que ya sabía, por boca de su mamá, de la relación de Albeiro con doña Hilda, aprovechó el momento para hacerle preguntas sobre el hecho a Catalina. Quería sondear con sutileza el asunto para no crearle un trauma en caso de que ella no supiera lo que estaba pasando. Le preguntó que cómo iban con Albeiro, que si todavía se hablaban, que si él sabía que ella estaba casada con Marcial Barrera y que si ella sabía que él vivía en su casa.

Las respuestas de Catalina le hicieron saber a Yésica que ella no estaba enterada de la relación de Albeiro con su mamá y ya se disponía a contárselo cuando aparecieron las tres amigas. Lucían tan acabadas, lánguidas, marchitas y transformadas que apenas las reconocieron porque salieron vestidas con las pijamas que siempre lucían en casa. La alegría de las tres recién levantadas fue tremenda como tremenda fue la tristeza que Catalina y Yésica sintieron al verlas. Parecían flores secas, verduras ajadas, campos desiertos, agua turbia, cadáveres con tres días de sepultura. Las malas energías de sus docenas de clientes las habían transformado en seres dignos de lástima. Catalina y Yésica disimularon el impacto que les produjo verlas así y les comentaron la buena noticia del dinero que les pensaban regalar para que montaran un negocio. Las preguntas de las tres fueron tres y muy unánimes:

—¿Qué negocio? ¿cuánto nos vamos a ganar? Y, ¿qué tanto tenemos que trabajar?

Hicieron varias propuestas: que un restaurante, una heladería, un local para alquilar videos, un almacén de ropa o una frutería. No se decidieron por alguno. Luego sopesaron los pros y los contras del negocio, calcularon el esfuerzo que tenían que hacer y lo compararon con el esfuerzo de acostarse con un borracho al amanecer y llegaron a una conclusión inaudita:

—No, gracias, hermana. Ganamos más donde estamos y tenemos que trabajar menos. No tenemos que pagar impuestos, no tenemos que lidiar con empleados y proveedores y no tenemos que chuparle grueso a ningún funcionario de la Alcaldía para que nos dé los permisos y las licencias para montar el negocio.

Catalina se llenó de rabia y Yésica de asombro. No podían creer que sus amigas prefirieran seguir de prostitutas por el solo hecho de ganar un poco más de dinero con un poco de menos esfuerzo. Pero así es la vida y ese día terminó para siempre la relación de las cinco mujeres que se enredaron en una incoherente disyuntiva, ya que unas se creían más que otras a pesar de que todas cinco hacían lo mismo, aunque con diferente clientela.

En esas se detuvo el taxi de Albeiro frente a la casa de doña Hilda y Yésica la previno sobre el hecho. Catalina, que no sabía lo de la compra del taxi, pensó, al ver a su mamá bajándose del carro, que ella había llegado con algún mercado a la casa o algo así.

Pero Yésica la haló para que no saliera corriendo a saludarla y la escondió un poco, detrás del muro del antejardín de su casa para que viera con sus propios ojos lo que ella pensaba contarle.

El novio de Catalina bajó del taxi y le dio alcance a doña Hilda que ya estaba a punto de meter la llave en la cerradura de la puerta de la casa.

Mientras lo hacía, Albeiro le dio un beso en la boca y el mundo sonó tan fuerte en los oídos de Catalina, que todo enmudeció con sordidez dentro de su cabeza. Yésica no sabía dónde meterse y solo pronunció unas pocas palabras:

—¡Eso era lo que le quería contar, parce!

Después del primer impacto Catalina reaccionó y salió hacia su casa a gran velocidad, atravesando la calle a paso largo y con Yésica detrás pidiéndole que se controlara y que no la fuera "a cagar". Pero Catalina no la oyó ni se oyó así misma a pesar de que su precaria conciencia ya empezaba a marcarle límites a su ignorancia. Tenía tanta rabia que estaba dispuesta a todo. Cuando golpeó en la puerta, Albeiro y doña Hilda que estaban acomodando el mercado en la nevera se asustaron al escuchar golpes fuertes y más frecuentes que nunca, y corrieron a mirar quién era. Cuando vieron a Catalina por la ventana, con cara de saber algo y ganas de matarlos, doña Hilda le pidió a Albeiro que abandonara la casa saltando la tapia para evitar problemas, pero Albeiro se llenó de valentía y le propuso que la enfrentaran. No muy convencida, temiendo la reacción de Catalina, doña Hilda aceptó la suicida propuesta y juntos salieron a abrirle la puerta.

No pasó mucho tiempo antes de que tuvieran a Catalina enfrente mirándolos con odio, abundantes lágrimas en los ojos y sus brazos agarrados con fuerza por Yésica. Mientras forcejeaba para zafarse con la reiterada promesa de quererlos matar, Albeiro le dijo que lo sentía mucho, pero que no sabía lo que le estaba pasando, ni en qué momento sucedió todo, pero la culpó de haberlo abandonado. Por su parte, doña Hilda le pidió que la perdonara con el cuento de que el culpable de todo lo que pasaba en el mundo, malo o bueno era Dios y que como decía una canción el universo y todo lo que se movía dentro de él era perfecto.

Catalogando de cínicas y absurdas las razones por las que su novio y su mamá le habían sido desleales, Catalina se zafó con furia y se lanzó de nuevo sobre Albeiro, esta vez, con una fuerza tan descomunal que nadie pudo controlarla. Le pegó y lo mechoneó tanto y con tantos deseos que doña Hilda se compadeció de él y se esforzó al máximo para arrebatárselo a su agresora. Catalina le advirtió a su mamá que la soltara porque ella no respondía y doña Hilda respondió a su falta de respeto con una bofetada que le terminó de perforar el corazón a la atribulada niña. Era la primera vez que doña Hilda le pegaba en la vida y ella se enfureció más al sospechar que lo hubiera hecho en venganza por la golpiza que ella le había propinado a Albeiro. Con sus desgarradores gritos y su abundante emanación de lágrimas la calma retornó al lugar.

Albeiro y doña Hilda se miraban con sentimiento de culpa mientras Yésica hacía todos los esfuerzos a su alcance para calmar a su amiga que no dejaba de compadecerse de sí misma lanzando frases que taladraban los oídos de Albeiro y también los de su madre. Que ella trabajando en Bogotá para darles de comer y ellos pagándole de esa forma, decía. Que ella nunca se pudo imaginar que el hombre a quien entregó su virginidad fuera capaz de hacerle algo así. Que con esa mamá no tenía necesidad de enemigas. Que se sentía la mujer más desdichada del mundo y, en un arrebato de desquite premeditado, los miró con odio, se secó las lágrimas con el antebrazo y extendió su mano izquierda con firmeza exigiendo que le entregaran las llaves del taxi.

Albeiro buscó aprobación en las miradas de doña Hilda que terminó asintiendo con la cabeza sin más remedio. Catalina las arrebató con grosería de sus manos, salió a la calle, abrió el carro, se montó en él, le oprimió el embrague con la primera puesta mientras introducía la llave, lo prendió y se fue corcoveando hasta la esquina, donde terminaba la calle plana y se detuvo en seco. Lo puso en neutro, se bajó y lo empujó hacia el precipicio que era una calle empinada que terminaba en una avenida de la ciudad dos cuadras más abajo.

Albeiro y doña Hilda corrieron para evitar la debacle, pero no alcanzaron a llegar para detener el taxi que tomaba impulso incontenible con el paso de los metros. Sin embargo, siguieron cuesta abajo tratando de alcanzarlo pero, por cada paso que ellos daban, el carro avanzaba dos metros, de modo tal que cuando llegaron a la primera esquina, el taxi terminó la cuesta y se atravesó en toda la avenida, donde un bus de servicio público que pasaba en ese momento, por fortuna con sólo cinco pasajeros dentro, lo embistió con violencia, haciéndole dar un par de volantines antes de detenerse aparatosamente contra un poste del alumbrado que alcanzó a doblarse lo suficiente para dejar sin luz eléctrica a medio barrio.

El taxi quedó irreconocible, vuelto chatarra, mientras el conductor de la buseta y los cinco pasajeros, que resultaron ilesos, corrían a socorrer al supuesto conductor del taxi que, según ellos y las personas que habían visto el accidente, debió morir instantáneamente.

En medio de la penumbra y las luces que proyectaban algunas linternas, Albeiro y doña Hilda llegaron a la esquina de la avenida a presenciar la triste escena que los iba a dejar sin comida durante un buen tiempo, mientras el conductor y los pasajeros se sorprendían al ver un taxi en ese estado de destrucción, con un poste de cemento incrustado en el techo, pero sin sangre, ni sesos ni órganos regados ni el conductor con el timón incrustado en el tórax. Incluso, algún pasajero en medio del susto y del asombro llegó a opinar con exageración: "¡El conductor se desintegró del totazo tan verraco!".

En esas, Albeiro y doña Hilda, que estaban abrazados tristes y llenos de incertidumbre, escucharon los gritos de Catalina que se encontraba parada una cuadra arriba de la avenida donde tuvo lugar el accidente:

−¡Eso les pasa por no respetar, malparidos!

Luego se fue corriendo para nunca más volver. Doña Hilda supo que la había perdido para siempre, no tanto por el trágico final del taxi sino por haberle dicho esa palabra que es la última que se le dice a una madre cuando un hijo no la quiere volver a ver nunca más en la vida.

CAPÍTULO DIECISIETE
El regreso a la inocencia

Con el alma destrozada y pensando sin objetividad en las causas de su debacle, Catalina regresó a Bogotá, como siempre, en compañía de Yésica. Durante el vuelo pensaron, con cabeza fría, en la manera de darle un vuelco a sus vidas ante el anuncio de Catalina de poner fin a la farsa con Marcial. Para lograr la independencia económica que requerían, Catalina le propuso a su amiga delatar a "El Titi" y a Barrera a cambio de las jugosas recompensas que por ellos entregaba el gobierno. Pensaron en las consecuencias, en los riesgos, en las historias de delatores que terminaron muertos y delatados a su vez por generales de la Policía y políticos al servicio del narcotráfico que tienen acceso a la identidad de los informantes. Pensaron en lo que harían con el millón de dólares de la recompensa y con la fortuna que Catalina heredaría de Marcial Barrera, aunque sabían que sus cinco ex esposas y sus nueve hijos iban a caer como chulos sobre la herencia que dejara. Aun así, decidieron asumir el riesgo, para salir de una vez por todas de la pobreza y se citaron al día siguiente para ir a hacer la llamada a un número que la televisión anunciaba en mensajes institucionales que prometían un millón de dólares por "El Titi" y absoluta discreción.

Al llegar a Bogotá, Marcial Barrera le tenía a su niña esposa la alcoba entapetada con pétalos de rosas que teñían de rojo toda la habitación. Sólo contrastaba con el color púrpura de las flores, un oso de peluche del tamaño natural de un siberiano, sólo que este era un oso panda. Al verlo se sintió niña, por primera vez en muchos años y corrió a abrazarlo con cariño como si se tratara de un regreso a su infancia a su inocencia, a todo aquello de lo que se privó y de lo que se perdió por ponerse a jugar a la mujer adulta, a tan corta edad. Sus senos inmensos no le permitieron estrechar el inmenso animal de peluche como ella quería, justamente porque estaba diseñado para ser abrazado por una niña. Aun así, lo rodeo con sus brazos, cerró los ojos y le dijo algo inesperado para una persona que ya tenía a su haber un pequeño prontuario delictivo por haber mandado a matar a un hombre, por dejar prácticamente sin pene a otro y desbaratar los testículos a punta de golpes a otros dos, una niña que se prostituyó por envidia y ambición acostándose con decenas de hombres y que, además, había lanzado un taxi por una calle empinada sin importarle haber matado a quienes se hubieran cruzado por su camino:

—¿Quién es uno lindo? —El animal, desde luego no escuchó nada y siguió sonriendo, obedeciendo las eternas órdenes dadas por su diseñador.

Catalina se enterneció tanto con el enorme animal que le obsequió su odiado esposo, que se puso a pensar, toda la noche, en lo injusto que resultaba entregar al hombre que le acababa de devolver la inocencia que ya hacía mucho tiempo tenía perdida.

Al día siguiente, cuando Marcial Barrera regresó, encontró a Catalina muy cariñosa con él. Se sorprendió tanto al verla tan atenta y sonriente que, por su experiencia de hombre desleal, pensó que se comportaba de esa manera inusual por algún cargo de conciencia que tenía por haberle sido infiel durante su viaje. La verdad es que le importó muy poco que así fuera porque, incluso, ya tenía pensado hacer esa dolorosa y necesaria concesión para retenerla. Iba a decirle que la prefería compartida a estar solo tal y como lo pregonaba uno de sus cantantes favoritos en una de sus canciones. Le quería proponer que tuviera sus aventuras a cambio de que jamás lo abandonara.

Por eso se sintió tan contento esa mañana al verla feliz a su lado, agradeciéndole por las flores y por el oso y por eso tomó una determinación que, sin saberlo, lo salvó de ir a parar a una cárcel de La Florida al lado de Cardona, de Carlos Ledher y de Noriega, el ex presidente panameño. Le dijo que se alistara porque le iba a transferir la propiedad de sus mejores bienes, a fin de salvarla de las espuelas de sus ex esposas en caso de que a él le llagara a pasar algo. Catalina recibió con alborozo el gesto de Marcial Barrera y decidió, de una vez por todas, no delatarlo.

Cuando se encontró con Yésica, le contó lo sucedido y ambas estuvieron de acuerdo en dejarlo en paz porque era mejor negocio obtener la mitad de la fortuna de Barrera por las buenas a obtener una pequeña tajada por las malas, que era lo que le iba a quedar después de un juicio de sucesión contra nueve hijos, cinco ex esposas, una mamá y seis hermanos.

Por eso se fueron a delatar sólo a "El Titi". Por ganarse la plata, por acabar con las ilusiones de Marcela Ahumada, a quien odiaban por ser tan bella y tan de buenas en la vida, y por haberle hecho tantos desaires seguidos a Catalina cuando no tenía las tetas y también después de tenerlas.

Llamaron a la línea de absoluta discreción, dieron nombres falsos y las pusieron en contacto con un oficial que juro mantener sus nombres y su denuncia bajo absoluta reserva. Cuadraron una cita y la cumplieron tanto ellas como el oficial. Con cámaras en cada esquina, y lleno de micrófonos, el capitán de la Policía se apareció en el restaurante donde ellas lo citaron a escuchar lo que sus informantes sabían. Cinco minutos más tarde, el capitán Salgado tuvo la certeza de estar sentado al frente de las personas, diferentes a los narcos, que más conocían sobre ese universo en el país. A pesar de su experiencia estaba asombrado de los relatos que le estaban haciendo sus informantes. Ante cada historia de Yésica permanecía atónito y a la espera de concretar una dirección, un teléfono o algo que le permitiera organizar un operativo exitoso que le significara su ascenso a mayor.

Ellas le hablaron de todo lo que sabían. De los lugares que frecuentaban los traquetos, de sus gustos, de su amor por sus familias, de lo bacanos que eran, de lo inteligentes que eran, de lo lindos que se comportaban con ellas, de lo amplios que eran, de lo caballerosos que eran, de lo sensibles que eran con el tema de los pobres, en fin, se desbordaron en elogios hacia ellos, por lo que el capitán llegó a pensar que ellas se estaban arrepintiendo de delatarlos. Pero no era así. Por fin apareció la denuncia concreta y el oficial salió del restaurante con la dirección de "El Titi" y medio ascenso en el bolsillo. Sobre el dinero, les dijo que apenas se concretara la captura, él mismo se iba a encargar de gestionarlo para entregárselo a ellas.

Como si presintiera algo, "El Titi" las llamó al día siguiente, cuando ya la policía secreta tenía rodeado el barrio, estudiando la forma de capturarlo, sin dejarle una sola posibilidad de fuga.

Su teléfono ya estaba interceptado y el mismo Capitán escuchó la llamada que le hizo a Yésica diciéndole que acababa de ver a Catalina en una revista de farándula donde daban cuenta de su segundo lugar obtenido en el reinado "Chica Linda" al tiempo que se declaró sorprendido por lo bella que se veía en la publicación.

Yésica le dijo que desafortunadamente él era el único que no se había dado cuenta de eso y lamentó que ella no estuviera libre el fin de semana siguiente que era la fecha para la cual "El Titi" la necesitaba.

Yésica le contó que Catalina se iba para México con un duro de ese país y "El Titi" le preguntó que por cuánto. Yésica le dijo que por 10 mil dólares y "El Titi", el mismo que la despreció cuatro o cinco veces antes por 200 mil, le dijo que no la mandara por allá tan lejos y se la dejara aquí por 15 mil. "El Titi" ignoraba que Catalina se ganaba ese mismo dinero con tan solo hacerle una caricia a su esposo, pero estaba seguro de poder tentarla y, en efecto, Catalina sucumbió.

No tanto por la suma ofrecida sino por el gusto que siempre profesaba por el hombre que la retó a llegar a donde ese día ella creía estar.

Cuando Yésica la puso al tanto del ofrecimiento de "El Titi", Catalina sonrió satisfecha por la alta cotización que alcanzaba entre los traquetos y le mandó a decir que sí, que listo, que dónde y que cuando. "El Titi" recibió la noticia con alegría y la mandó a citar el fin de semana en uno de sus apartamentos de Bogotá. El capitán, que estaba escuchando la conversación preparó el operativo para capturarlo en ese lugar pero pronto se arrepintió de hacerlo, porque ponía en evidencia a su informante. Por eso dejó que "El Titi" cumpliera su cita para después darle el golpe de gracia.

Catalina llegó hasta el apartamento de su anhelado cliente un viernes cuando la noche apenas empezaba. "El Titi" se sorprendió al verla tan bella, tan elegante, tan protuberante, tan altiva y sonrió pensando que había sido un bobo por no haberla contratado cuando aún costaba 500 mil pesos.

Ahora tenía que pagar 80 veces ese valor, que aunque no hacía mella en sus finanzas sí lesionaba su ego. Pero nunca pensó en devolverla, por el contrario la atendió como pocas veces lo hacía con niñas de su calaña y se la llevó a vivir tres días en una casa de mármol que tenía en un barrio de Girardot, municipio cercano a la capital, que nada tenía que envidiarle a Beverly Hills ni a Montecarlo ni a Ibiza ni a los mejores condominios de La Florida.

El condominio estaba infestado de mansiones con estilos árabes, mediterráneos, americanos, eclécticos, modernos, antiguos y de un sinnúmero de tendencias más, donde los factores arquitectónicos y decorativos predominantes eran el color blanco de las fachadas, el mármol, los ventanales inmensos y azules, la grama de los antejardines usada en los campos de golf y la forja artística. En ese barrio existían no menos de 600 casas lujosas, algunas hermosas, otras sobrias y elegantes y la mayoría de mal gusto, que no dejaban de costar entre

400 mil y tres millones de dólares. Sus propietarios, según el estilo de la casa, eran narcos, políticos corruptos, oficiales descarriados y también personas buenas y trabajadoras que ya estaban pensando en marcharse a otro lugar cansados de escuchar motos de alto cilindraje a las tres de la mañana o tiros al aire durante la celebración del cumpleaños de la hija, la esposa o la querida de alguno de estos señores.

La casa de "El Titi", hasta donde llegó él con Catalina y una docena de oficiales de inteligencia detrás, era una de las mejores. El frente estaba dominado por cuatro columnas griegas que soportaban el porche de la entrada. Era de color blanco y sus ante jardines estaban repletos de florcitas enanas de todos los colores y aromas. Los cristales de las ventanas que servían de fachada eran espejos azules en los que el sol se veía inofensivo. La puerta estaba diseñada con vitrales biselados y de tonos transparentes y esmerilados que hacían dudar del mal gusto de su propietario. La parte trasera de la casa tenía un muelle con pérgolas enredadas por plantas arrastraderas que le daban un toque romántico y renacentista. Junto al muelle se dejaban mecer por las insignificantes olas del lago un pequeño yate y dos motonaves de alta velocidad.

Por dentro la casa tenía todo lo que se puede tener cuando uno es dueño de una fortuna que supera con creces las exportaciones anuales de países pobres como Bolivia o de países pequeños como Paraguay o Uruguay. Aire acondicionado central, piscina decorada a mano con animales marinos, esculturas en piedra y bronce, pinturas costosas de artistas famosos, cristales de roca, vajillas de plata, lámparas de baccarat hasta en los baños que, a propósito podían llegar a tener el tamaño de un apartamento y grifos enchapados en oro, pisos de mármol y granito, una cava en el sótano con botellas de los mejores vinos y de las mejores cosechas chilenas y francesas y hasta una colección de armas antiguas. El basurero de la casa donde yacían abandonados muchos artefactos a medio usar o medio averiados podría llegar a costar más que el mobiliario de una casa de clase media. En la cocina había tres neveras gigantes de dos puertas cada una, alineadas contra una misma pared, repletas de alimentos importados, manjares con la fecha de consumo vencida y toda clase de carnes añejas y bebidas congeladas. La casa tenía un jacuzzy en cada habitación y un gimnasio dotado de las mejores máquinas, muchas de ellas a punto de oxidarse por la falta de uso.

Catalina aceptó ir por tres motivos diferentes. El primero, demostrarle a "El Titi" que no era el patito feo, la niña boba que él tenía en mente y que rechazaba cuantas veces le daba la gana con toda la prepotencia del caso. El segundo, porque todavía le gustaba y quería darse el gusto de arrebatarle su amor a Marcela Ahumada, aunque fuera por tres días y el tercero, porque se quería vengar de él y la única manera de hacerlo no era sólo entregándolo a la Policía, como ya lo tenía plancado, sino también haciéndole echar a perder su relación con su novia. Por eso, cada vez que "El Titi" le hacía el amor, en la zona húmeda, en el gimnasio, en la piscina, en los baños, en las alcobas, en el yate, en el jardín, en la sala de juegos, en el estudio y hasta en la cocina, ella dejaba una marca, una huella, un corazón esculpido sobre las paredes con sus uñas o una prenda suya, con el fin de llamar a Marcela Ahumada y contárselo todo apenas "El Titi" fuera detenido y estuviera volando rumbo a los Estados Unidos.

"El Titi" fue detenido en un apartamento del barrio Los Rosales de Bogotá, dos días después de haber llegado de su viaje a tierra caliente con Catalina. Todo un contingente de la Fiscalía con el apoyo de la Policía y el Ejército llegó hasta el edificio en la madrugada y se tomó por asalto el lugar. Cuando "El Titi" dormía abrazado a su novia, como siempre lo hacía, una explosión derrumbó su puerta y 30 hombres invadieron su apartamento en fracciones de segundo. En interiores y con su pistola en la mano, "El Titi" trató defenderse, pero ya era tarde. Quince hombres con cascos y chalecos antibalas les estaban apuntando a su cabeza y a la de su novia con fusiles de asalto y armas automáticas.

Viendo por televisión a "El Titi", Catalina sintió por primera vez una leve rasquiña a la altura del pezón izquierdo. Fue la noche en que Aurelio Jaramillo fue sacado de Colombia en un avión de la DEA en calidad de extraditado y cuya imagen de hombre amargado, con las manos y los pies esposados y la mirada perdida, fue transmitida en directo por un noticiero de la noche. Catalina creyó que la rasquiña se debía a la sensación de culpa y tristeza que le producían las imágenes de "El Titi" subiéndose al avión de matrícula norteamericana, pero estaba equivocada. De todas maneras, disimuló su estado depresivo ya que Marcial sabía de su pasado junto a "El Titi", y se limitó a cambiar de canal como si la noticia no le hubiera interesado. Marcial comentó que "El Titi" la había embarrado al meterse con la gente de México porque esos tipos eran muy ambiciosos y que ellos mismos se encargaban de sapearlo "a uno" cuando veían que el negocio andaba sobre ruedas y los colombianos ya no éramos necesarios.

Por su parte, Morón, que ya estaba de nuevo en Colombia, confirmó, con la captura de "El Titi", que en su mundo las lealtades no existían y temió que al igual que a su socio, alguien lo entregara a él por un puñado de dólares, que no era precisamente el puño de un hombre normal sino más bien el puño de un elefante, ya que por su cabeza el gobierno de los Estados Unidos estaba pagando la estrambótica recompensa de cinco millones de dólares. Por eso puso a funcionar su basta red de inteligencia, sus contactos y su chequera y ofreció sobornos que doblaban la recompensa, en todas las entidades del estado encargadas del tema de las delaciones para el que le contara quién o quienes delataron a "El Titi".

Cuando la oferta llegó a oídos del capitán Salgado, el oficial no se pudo sustraer al ejercicio mental de pensar en lo que haría un hombre como él con dos millones de dólares en su bolsillo, pero pudieron más sus deseos de continuar su carrera militar y sus promesas a la patria que su ambición. Por eso se comunicó con Yésica y con Catalina y las puso al tanto de la situación para que no se acercaran por esos días a cobrar la recompensa.

CAPÍTULO DIECIOCHO
Sobredosis de bala y silicona

Al día siguiente, mientras comentaba la captura de "El Titi" con Yésica, Catalina sintió que la rasquiña de sus senos estaba alcanzando proporciones preocupantes. La alergia que se le metía dentro de los senos por entre los pezones se empezó a tornar insoportable. Aunque resultara delicioso rascarse con todas las uñas de sus manos, Yésica, que también las tenía de silicona, le dijo que eso no era normal y que debería ir donde Mauricio Contento a que la viera. Catalina se rehusó a hacerlo pensando que se trataba de alguna alergia producida por un alimento, pero al cabo de una semana, pocos días después de haber hablado con el Capitán de la Policía sobre la recompensa, la alergia se tornó insoportable y Catalina tuvo que irse de urgencias a la clínica de Mauricio Contento acompañada por su inseparable amiga.

–El doctor salió de viaje, vuelve en diez días, les dijo la secretaria

–Y fue de Yésica la iniciativa de ir a otra clínica con urgencia y más ahora que la plata era lo único que no le preocupaba a su amiga.

Cada vez que salía de la casa, así fuera a la esquina, a un centro comercial o a hacer una vuelta de 15 minutos, Marcial Barrera le regalaba dos, cinco, diez o quince millones de pesos, según su estado de ánimo y lo bien que se estuviera portando Catalina con él. En las mañanas le regalaba 20 millones si la noche

anterior le había hecho el amor y 10 si le había proporcionado placer con sus caricias. Cuando lo besaba antes de dormirse o al despertar le regalaba cinco millones y si se acostaba a dormir enfadada y le daba la espalda la noche entera, Marcial no le regalaba nada. De modo pues, que la relación se convirtió en un asqueroso negocio de prostitución del cual ambos estaban conscientes.

Cuando llegaron a la Clínica Estética del doctor Ramiro Molina, Catalina pidió angustiada una cita y con urgencia fue atendida por el propio dueño de la clínica cuyo diagnóstico fue sólo uno: "Hay que sacar los implantes para ver qué está funcionando mal". Catalina se llenó de miedos ante la inminencia de una nueva cirugía, pero el doctor Molina fue muy serio y contundente en su análisis: "Si no te sacas los implantes, que al parecer están infectados, puedes correr el riesgo de morir".

Sin pensarlo mucho y empujada por Yésica, Catalina aceptó operarse de nuevo y el médico la citó con urgencia dos días después. Durante ese tiempo que transcurrió lento y congestionado, no tuvo vida pensando en la muerte y en lo triste que resultaría abandonar este mundo ahora que lo tenía casi todo.

Hasta tuvo tiempo de pensar en la tristeza que le iba a producir a su gigante oso al que ya amaba e incluso había bautizado con el nombre de Benny.

Cuando se enteró del problema. Marcial Barrera le ofreció todo su respaldo económico y moral, queriendo hacer de esa una oportunidad única para estrechar aún más los lazos sentimentales con su pequeña esposa, a quien en varias ocasiones, especialmente en los hoteles, hizo pasar por hija. Porque a un hombre como él no le daba vergüenza decir que era narco, ni asesino ni tramposo, pero sí le daba vergüenza decir que su esposa tenía quince años, cuarenta y cinco menos que él. Le dijo que no se preocupara por nada y que con dinero todo se solucionaba.

Mientras llegaba la fecha de la nueva intervención, se reunieron de nuevo con el capitán Salgado y éste les oficializó el rumor:

—Están dando dos millones de dólares al que diga quién delató a Aurelio Jaramillo. ¡Están dando 2 millones de dólares por sus cabezas!

Ellas se asustaron mucho porque sabían de dónde provenía la oferta y también porque sabían de lo que eran capaces Morón, sus socios y lugartenientes. Por eso le pidieron al capitán que les ofreciera un plan para salir del país, aunque fuera por un tiempo, pero este les dijo que hacer esa gestión significaba ponerlas al descubierto y que, en ese caso, era mejor que esperaran a que amainara la amenaza, teniendo en cuenta que él era el único hombre de todas las fuerzas del Estado que las conocía y que por él no deberían temer. Ellas le creyeron y se marcharon tranquilas y arrepentidas de haber delatado a "El Titi", pero no de haber dejado tantas evidencias de su infidelidad en su casa del Peñón en Girardot, porque Marcela Ahumada ya las había recogido y estaba tan sentida que no quería ir a los Estados Unidos a visitarlo.

Además, no tenía visa ni quería "boletearse" solicitándola si durante la entrevista con el cónsul tenía que decir que la necesitaba para visitar a su novio que estaba preso y condenado a más de dos cadenas perpetuas en una cárcel de La Florida por el envío de 80 toneladas de cocaína entre los años 1995 y 2005.

En efecto, en un juicio acelerado, con algunas pruebas verdaderas y otras fabricadas, "El Titi" fue condenado a dos cadenas perpetuas más 80 años de prisión. Pero un Fiscal de la Florida, muy consciente él, le ofreció rebajarle una cadena perpetua si entregaba a Morón. "El Titi", que no es tan pendejo como los gringos a la hora de hacer estas cuentas, supo que, de todas formas, moriría en su celda de dos por un metro de ancho y prefirió mandar a comer mierda al Fiscal que le hizo la oferta. El fiscal no entendió sus groserías y le ofreció entonces rebajarle la segunda cadena perpetua dejando en firme, la condena de 80 años nada más. "El Titi" lo mandó a comer mierda de nuevo y le dijo que dejara de "huevoniarlo" porque él no era un niño, que le rebajara la pena a cinco años y ahí sí delataba a sus amigos y que si no, que "se abriera" porque no quería volverlo a ver jamás en su puta vida. El gringo, sin entender nada sonrió y miró a su intérprete quien asustado prefirió pedirle que salieran del lugar.

La mañana en que Catalina arribaba a la clínica en compañía de Yésica para someterse a su segunda intervención quirúrgica, el capitán Salgado fue asesinado. Su cadáver apareció desnudo y con señales de tortura en un caño de la avenida treinta, cerca al Estadio El Campín de Bogotá. Sus asesinos lo secuestraron dos cuadras antes de llegar a su casa donde lo esperaban a esa hora su esposa y sus dos hijitas de 2 y 4 años de edad.

Pero Martín Salgado nunca llegó. Ocho hombres fuertemente armados y a bordo de dos camionetas 4X4, le cerraron el paso, lo bajaron de su carro a la fuerza y se lo llevaron hasta una casa abandonada a las afueras de la ciudad. Allí lo tuvieron toda la noche a punta de corrientazos, gritos, amenazas de muerte contra sus dos hijas y su esposa, golpes en la cara, oportunidades de morir en el juego de la ruleta rusa y hasta machucones con pesados martillos en las uñas de sus pies y de sus manos y todo por no decir el nombre de la persona que delató a "El Titi". Y no lo dijo. Prefirió morir como todo un mártir, como todo un oficial de honor, antes que delatar a las mujeres que confiaron en él y que le habían hecho merecer las felicitaciones del Comandante de la Policía, del Ministro defensa, del Comandante de las Fuerzas Armadas y hasta del mismo Presidente, quien le envió una carta que, entre otras cosas, decía que hombres como él, con su integridad, su entrega, su honorabilidad y su efectividad eran los hombres que estaba necesitando la patria para superar su atraso moral y su violencia endémica. La carta no era un modelo estándar sacado de la computadora. Estaba redactada y firmada por el propio Presidente de la República después de enterarse que Aurelio Jaramillo, alias "El Titi", le ofreció al capitán Salgado, cinco millones de dólares en efectivo por dejarlo escapar. El capitán no aceptó la oferta y empezó a cavar su tumba, en un país donde las alternativas para los miembros de las fuerzas armadas, los jueces y los periodistas eran sólo dos: enriquecerse o morir.

Salgado prefirió morir y su cuerpo estaba siendo bañado, como carne en canal, con el chorro que emanaba una manguera, para que los Fiscales que estaban recogiendo su cadáver pudieran contar los orificios de bala que tenía distribuidos en toda su humanidad en medio del agua rosada que rodaba hacia la alcantarilla y que no eran menos de 28.

Cuando Catalina despertó de la operación, porque pidió que la durmieran totalmente, descubrió que el doctor Molina tenía cara de acontecimiento. Supo que algo malo estaba pasando y se preocupó. De acuerdo con su forma de ser, tomó el toro por los cachos y casi sin alientos preguntó lo que sucedía. El doctor Molina le contestó con otra pregunta:

—¿Quién te operó la primera vez?

—¡El doctor Mauricio Contento! —Respondió Catalina extrañada por la pregunta y preguntó de nuevo el por qué. El doctor Molina se sentó a su lado para darle más confianza y con tono paternal empezó a explicarle que estaba en problemas. Mientras Catalina abría los ojos más de lo acostumbrado le fue diciendo que ese doctor Contento era un cirujano sin título, con reputación de aprovechado, inescrupuloso, deshonesto y mujeriego. Que cómo se había ido a meter en esa clínica habiendo tantos otros lugares serios para hacer ese tipo de cirugías. Que ahí estaba pintado Mauricio Contento y que ella debería demandarlo. Cuando Catalina le preguntó absorta sobre el por qué de tanta cantaleta contra el doctor Contento, el médico no le respondió y sólo se limitó a mostrarle el par de implantes que ella tenía puestos en sus senos. Catalina se asombró y se asustó. Se trató de incorporar sobre su cama para comprobar que lo visto era cierto y maldijo al doctor Contento en medio del más grande estupor:

—¡Ese es mucho hijueputa! —Replicó con mucha rabia y miró al doctor Molina para que le explicara por qué uno de los implantes era azul, corrugado y de un tamaño distinto al otro que era amarillo, liso y pesaba menos.

El doctor Molina volvió a responder con una pregunta. Le dijo que él no era amigo de meterse en la vida privada de las personas, pero que, en este caso, sí le tocaba saber si ella se había acostado con él a cambio de la operación. Catalina respondió con un silencio tímido y el doctor Molina comprendió, de inmediato, el por qué de tan repugnante cirugía con implantes de segunda. Catalina se aterró de nuevo. El médico le dijo que los iba a enviar a patología, pero que estaba seguro que esas prótesis eran usadas y que ese sería el origen de la infección.

Es más, le dijo mirando a los ojos con total profesionalismo, yo a usted jamás la hubiera operado con la edad que tiene.

A la mañana siguiente Catalina se enteró con absoluto asombro de la muerte del capitán Salgado y Yésica, con el mismo y absoluto asombro del mal que le había causado Mauricio Contento a su amiga. Las dos se lamentaron por el par de hechos negativos y se dedicaron a comentarlos durante toda la mañana. La una le dijo a la otra que embarrada por el capitán, que se veía buena gente y que nada de raro tenía que la gente de Morón estuviera detrás del crimen. La otra le dijo a la una que Mauricio Contento era lo peor, que tenía que hacerle pagar su cochinada y que las tetas estaban en investigación para conocer su origen.

El resultado de Patología llegó al día siguiente cuando Catalina estaba a punto de abandonar la clínica. De nuevo el doctor Molina las reunió y les entregó el resultado:

—Cada implante tiene rastros distintos de ADN y uno de ellos estaba infectado, estamos averiguando el tipo de infección. Significaba que dos mujeres distintas habían tenido en su pecho, con anterioridad, las prótesis que el doctor Contento le metió a Catalina en su busto.

Catalina llegó a su casa destrozada por la noticia y se deprimió aún más cuando se observó el cuerpo en el espejo y detalló que el par de montañas que tanta dicha y riqueza le depararon en su reciente pasado acababan de desaparecer como por encanto. Para Marcial Barrera verla llorando fue como si le chuzaran el alma con un picahielos y se dedicó toda el día a averiguar la causa por la qué su pequeña y amada esposa lloraba con tanto sentimiento sin comer ni beber y mirando siempre a la nada con desdicha. Catalina le ocultó la verdad para no tener que revelarle su transacción sexual con Mauricio Contento, pero ante la presión de Marcial y ante la posibilidad de que él le ayudara a vengar la burla de la que había sido objeto, le contó la verdad.

A la mañana siguiente Marcial llamó a su hombre de confianza, un hombre de color al que apodaban "Pelambre" y le entregó instrucciones y plazos precisos para eliminar a Mauricio Contento. Le dijo dónde trabajaba, cómo era, cuanto medía, en qué carro andaba, cómo vestía, cómo se llamaba y cuánto pagaba por matarlo. "Pelambre" se fue a buscar en los barrios pobres de la ciudad a dos muchachos que estuvieran dispuestos a eliminar a Contento por 10 millones de pesos y los contrató por 15 ya que todos los sicarios que él conocía coincidieron en afirmar que la tarifa por muerto había sufrido un alza considerable gracias a lo efectiva que se estaba volviendo la Policía contra ellos. Que si eran dos o tres clientes al mismo tiempo le podían hacer una rebaja y que si se trataba de una docena en adelante, le podía dar precio de mayorista por muerto. Luego de recibir autorización telefónica y en clave de Marcial, "Pelambre" cuadró la "vuelta" por "15 palos" y se fue a esperar la noticia de la muerte de Mauricio Contento frente a su televisor.

Ni la radio ni la prensa ni la televisión dieron cuenta de un médico cirujano estético de apellido Contento que hubiera sido asesinado por sicarios desde una moto en momentos en los que se disponía a subir a su auto. Al menos no ese día. Cuando los hombres de Pelambre se fueron a buscarlo para hacerle el atentado, Mauricio Contento ya estaba muerto hacía una semana y su cuerpo se descomponía lentamente en una zanja, al lado de una carretera. Para su familia y para los empleados de la clínica, Mauricio Contento estaba viajando. Y aunque empezaban a extrañarse por su falta de comunicación, todos ignoraban que, de camino al aeropuerto había sido secuestrado por un grupo que cumplía órdenes de Fermín, un narco de la costa Atlántica, a cuya novia le dañó la vida con una cirugía mal practicada.

La operó con afán, debido a que tenía una cita con una de sus tantas mujeres y le dejó dentro de su seno izquierdo una gasa y un hilo que se pudrieron con el tiempo dentro de la masa fibromuscular del pecho de la mujer, lo que le produjo gangrena a su paciente, la novia de Fermín. Ella, que sí pagó y de contado los cinco millones y medio de pesos de la operación, pensó en demandarlo por los perjuicios morales que le estaba ocasionando la amputación o mastectomía de su seno, pero Fermín, que estaba asumiendo los perjuicios morales de su novia y los perjuicios propios de su lujuria, la convenció de que dejaran las cosas así. Nunca le dijo que lo mataría, pero lo hizo. En silencio y sin pensarlo. Y fueron sus hombres quienes lo interceptaron camino al aeropuerto y lo trasladaron hasta una carretera de la vía que de Bogotá conduce a Villavicencio donde le pegaron tres tiros y donde permanecía hasta ese momento sin que nadie supiera, salvo un perro y una docena de gallinazos que todas las mañanas iban por su ración diaria de carne putrefacta. Por eso, los sicarios pagados por Marcial y contratados por "Pelambre" nunca lo encontraron.

Muy afectada por su nueva falta de senos, a los que ya estaba acostumbrada, por bienestar, por estética, por autoestima y por negocio, Catalina empezó a visitar clínicas para ver dónde le volvían a poner las tetas de silicona, pero en ninguna se comprometieron a hacerlo antes de que pasaran seis meses . Por su edad y por el antecedente que acababa de registrar. Era una operación complicada y arriesgada.

Nadie se quería comprometer, pero hubo una clínica donde, por el doble del dinero, aceptaron operarla. Era la clínica de Alejandro Espitia, un médico cirujano que estaba arrancando hasta ahora en el lucrativo negocio. El Dr. Espitia ya le había dicho a Catalina en un par de ocasiones que no la operaba, porque la anterior operación estaba muy reciente, pero una mañana, en medio de su desespero, Catalina se apareció decidida en su consultorio y le puso sobre su escritorio un cheque por diez millones de pesos.

El doctor Espitia que estaba pasando por un mal momento económico debido a las altas sumas de dinero que adeudaba gracias al montaje de la clínica, se sintió tentado a aceptar la oferta, pero disipó sus dudas cuando escuchó, de labios de su terco cliente, un segundo y más poderoso argumento:

–Usted me opera, yo le pago el doble por la operación y como estamos entre gente adulta, si se quiere acostar conmigo, me comprometo a estrenarlas con usted.

Dos motivos irrecusables para un hombre ambicioso y lujurioso como Alejandro Espitia. Una semana más tarde, y después de pedirle que le subiera una talla más, Catalina fue operada de nuevo. De talla 38 quiso pasar a la cuarenta y perdió. El post-operatorio fue toda una tortura y no duró dos semanas, como comúnmente tarda, sino cuatro. Como siempre, Yésica se mantuvo firme durante ese tiempo a su lado pero, en ese tiempo el lado oscuro de su humanidad empezó a aflorar.

CAPÍTULO DIECINUEVE
El colapso de la silicona, el colapso de la amistad

Yésica nunca resistió el surgimiento de Catalina. No soportó que, siendo la que menores posibilidades tenía de salir adelante, fuera la que mejor estuviera viviendo. Sintió envidia de que fuera la única que se hubiera casado. Nunca aguantó que su esposo le regalara dinero a manos llenas. Nunca le perdonó que se hubiera dado el lujo de delatar a "El Titi". Nunca ponderó su buen gusto, porque de todas las cinco amigas de la cuadra, Catalina era la que mejor escogía su vestuario, su calzado, sus accesorios y sus peinados. Para ellas, Catalina era el ejemplo a mirar al momento de comprar algo.

Yésica nunca soportó que ella tuviera mejor cuerpo y que las cosas le lucieran más, que fuera más hembra y que los hombres se derritieran más por ella que por ninguna otra. Yésica tenía que comprar los mismos pantalones que compraba Catalina y muchas veces lo hizo sin que su amiga se diera cuenta. La acompañaba a hacer compras y se fijaba bien en los modelos, las marcas y los locales donde ella compraba. Luego la dejaba en su casa y se devolvía afanada al mismo lugar a repetir la compra que había hecho ella. Su envidia era del mismo tamaño de sus dotes actorales. Por eso, Catalina jamás notó que Yésica la envidiara tanto y la odiara a muerte.

Yésica aguantó en silencio la envidia que la carcomía por dentro y se dedicó a esperar el momento exacto para empezar a destruirla. Y ese momento estaba a punto de llegar. Luego de su tercera cirugía, Catalina empezó a sufrir más de lo debido. Primero, porque su segunda intervención, la que le hizo el doctor Molina para extraerle la basura que Mauricio Contento le metió en el pecho, estaba muy reciente y segundo porque el aumento de talla le estaba trayendo muchos problemas colaterales.

La columna ya empezaba a doblársele, su espalda no soportaba tanto peso y, en las noches, sentía mucho frío en el pecho por el material de las prótesis. Además, su piel empezaba a tensionarse de manera absurda ante el ataque de dos prótesis que sumadas podían pesar un kilo. Pero lo peor estaba por venir.

Catalina empezó a notar que la piel de sus senos estaba empezando a surcarse, como cuando una tela está a punto de romperse. No sabía lo que estaba pasando y no lo quiso comentar con nadie para que no la llenaran de pesimismo. Lo cierto es que la piel que quedaba en el centro de sus dos senos se estaba tensionando tanto que empezó a padecer de dolores agudos que la hacían retorcer, mientras Yésica seguía adelante con su macabro plan de cobrarle lo que ella consideraba "su buena suerte".

Aprovechando que Catalina se estaba valiendo del post operatorio como pretexto para dormir sola, Yésica se le metió una noche a Marcial Barrera en su habitación. Fue la noche que los noticieros de televisión dieron cuenta de la muerte de Mauricio Contento. Su cadáver fue encontrado en el kilómetro 27 de la vía a Villavicencio y ya presentaba un considerable deterioro y un estado de putrefacción lamentable. Las imágenes fueron tan horrorosas que Catalina se arrepintió de odiarlo y apagó el televisor.

Entre tanto Yésica seguía tratando de seducir a Marcial Barrera sin que se le notara la intención. Comentó con tono de pesar que era una lástima que la recuperación de Catalina estuviera resultando tan larga. Le dijo que a ella le parecía que Catalina era una mujer muy afortunada por haberse encontrado a una persona tan linda como él. Marcial sonreía sin pensar mal aún, mientras Yésica arreciaba sus ataques. Le dijo que cómo hacía para aguantar tanta abstinencia haciendo que la conversación tomara otro tono y otro rumbo: qué muy pocos hombres, como él aguantaban tanto tiempo sin estar con su esposa, que lo felicitaba por ser tan fiel y que si le podía hacer el favor de dejarla bañar en su ducha porque se sentía mojada de tanto hacer ejercicios en el gimnasio y le daba pena subirse a un taxi oliendo a sudor. Marcial Barrera, que ya sabía para dónde iban las cosas, accedió.

Yésica se la jugó a fondo para conquistarlo, sin saber que sólo hubiera bastado con ponerle la mano en la pelvis, y le pidió prestada una toalla. Marcial se la entregó mirándola a los ojos y tratando de contener el demonio de la lujuria que amenazaba con poseerlo. La cara y el cabello de la niña se quedaron mirándolo de pies a cabeza mientras su cuerpo caminaba hacia la puerta del baño arrastrando una esquina de la toalla por el piso.

Cuando sonó la ducha, Marcial Barrera ya estaba a punto de infartar por la angustia de saberla desnuda bajo su regadera y entró en desespero. Se paseó de un lado a otro sin saber qué pretexto sacar para entrar, se paró varias veces en la puerta con la manija en la mano, pero no se atrevió a seguir. Sólo hasta que Yésica le pidió que la ayudara balanceándole la temperatura del agua que le estaba saliendo muy caliente, Marcial Barrera entró al baño y se entregó al placer con una niña de la misma edad de su esposa que, aunque menos voluptuosa, sí era más candente y experimentada.

La noche fue larga y suficiente para comprobarlo. Yésica se fajó una de sus mejores faenas sexuales porque sabía que si no lo enamoraba en ese momento, Catalina estaba a punto de terminar su recuperación y ella no volvería a tener otra oportunidad de hacerlo. Le hizo de todo al pobre Marcial que ya rayaba en los sesenta y cinco años. Le hizo recordar a sus mejores putas, a sus mejores esposas, a sus mejores amantes. La calidad del sexo que le ofreció Yésica fue tanta que no tuvo necesidad de ingerir su pastilla de viagra como sí tenía que hacerlo para estar con Catalina. Es más, volvió a tener, como hacía treinta años no lo hacía, tres eyaculaciones en una misma noche. Estuvo a punto de tener la cuarta, pero el sol los interrumpió y el miedo que le dio de ser sorprendido por su esposa lo desconcentró y lo sacó del juego. De todas maneras, registró en su memoria esa, como una de sus noches más memorables de los últimos tiempos. Desde luego, vinieron otro par de noches increíbles y maravillosas para él que le fueron suficientes para rejuvenecer, sentirse útil sexualmente y para encoñarse de Yésica.

Por eso empezó a mirar con otros ojos a su esposa y Yésica empezó a disfrutar de todos los lujos y las comodidades que tenía su amiga. En completo silencio y con la complicidad de su eterno y fiel subalterno, Marcial le compró un apartamento y un carro, la mandó con sus hombres a que desocuparan un par de almacenes de ropa y la puso a lucir las joyas más lindas y finas que pudo encontrar en un par de viajes que hizo a Los Ángeles. Yésica le contó a Catalina que, por fin se había conseguido un noviecito que la sacara de "la inmunda" y no le mintió. Antes de hacer un tercer viaje, Marcial le pidió a Yésica que se casaran, asegurándole que a su regreso de España le iba a decir a su esposa que se separaran.

Marcial viajó a España y se llevó a Yésica. Catalina se quedó convencida que su amiga del alma estaba en Cartagena y jamás armó conjetura alguna sobre el por qué de los viajes simultáneos de ella y de su esposo. Creía con firmeza que ella era la única mujer de su edad, capaz de soportar a un viejo tan desagradable como Marcial tan solo por la plata. Durante su estadía en Galicia, Marcial y Yésica reafirmaron su mutua atracción, la de él por la manera inverosímil en que ella hacía el amor y la de ella por la manera escandalosa como repartía dinero ese señor.

Ya curada de las heridas de su tercera operación, Catalina, que gozaba cuando su esposo se ausentaba, aprovechó el tiempo recorriendo centros comerciales y comprando, por docenas, brasieres talla 40 de los cuales no tenía uno solo. Los compró de todos los colores y tonos, con arandelas, sin arandelas, con encajes sin encajes, lisos, transparentes, corrugados, estampados y hasta de malla. Hubo uno que nunca buscó y que, por ende, no encontró porque no existía. Era el brasier talla 80 de una sola copa que dentro de poco se vería en la necesidad de usar. Ella no lo sabía pero la piel de su esternón, la piel que divide los senos, la que sirve de valle central al par de montañas estrambóticas que ahora tenía, estaba a punto de colapsar.

Sí estaba sufriendo de ardor en esa zona, pero pensó que se trataba de los síntomas propios de su reciente operación. Una vez más, estaba equivocada. En la noche, mientras Yésica y su esposo disfrutaban de una nueva velada, esta vez a bordo de un yate alrededor de las Islas Canarias, Catalina empezó a sentir que la piel se le desgarraba. Sus senos se fueron juntando con parsimonia mientras aparecían estrías espantosas que anunciaban el paulatino desprendimiento del cuero del esternón. Atónita por lo que estaba viendo, salió de su habitación pidiendo ayuda a gritos.

"Pelambre", que estaba a su disposición las 24 horas por órdenes de Marcial, la llevó de urgencias a la clínica del doctor Espitia, donde fue operada, pero allí sólo encontraron un buldózer y una retroexcavadora que estaba tumbando la casa para, según una valla que adornaba la entrada, construir un edificio de siete pisos con apartamentos dúplex de 134, 176 y 250 metros cuadrados.

De inmediato se fueron a la clínica del doctor Molina y allí fue internada de urgencias. Como el doctor Molina no estaba y Catalina exigía a gritos su presencia, la recepcionista se vio en la obligación de llamarlo, a esa hora de la noche, aún a sabiendas de que a él le disgustaban enormemente este tipo de llamadas. Una hora más tarde, el doctor Ramiro Molina apareció en urgencias y encontró a Catalina retorciéndose del dolor. Le hizo quitar la blusa y el brasier con la ayuda de un par de enfermeras y se quedó estupefacto al apreciar la dantesca escena con carácter de cataclismo natural en la que se apreciaban su senos agrupados en uno solo por lo que Catalina pasó de tener dos tetas pequeñas talla 32, luego dos grandes talla 38, después dos inmensas talla 40 a tener, ahora, una sola, enorme, superlativa, gigante, talla 80.

La piel de su esternón con todo y fibra muscular, se desprendió por el peso irresponsable de sus prótesis y las dos tetas se le unieron para conformar ahora una inmensa meseta, sin valle erótico dónde poner las uvas, ni lugar por dónde dividir la copa de los 48 brasieres talla 40 que con tanto morbo y orgullo compró una tarde mientras pensaba, con picardía, en la cara que iban a poner todos sus clientes al verla desnuda.

De nuevo vinieron las preguntas, las respuestas y los comentarios mordaces: que quién la operó tan mal. Que un doctor Alejandro Espitia. Que ese era mucho bárbaro, que cómo la iba a operar tan pronto y que cómo le iba a poner esa talla si su piel no daba para tanto, que lo demandara. Que no porque la clínica ya no existe. Que usted no aprende la lección y que ahora tendré que operarla de nuevo para sacarle las prótesis talla 40 y que si quiere volver a tener tetas de silicona, debe esperar, por lo menos un par de años, hasta tanto el tejido no se regenere y la piel no vuelva a adherirse al sistema óseo porque esa, era la zona con menos masa muscular de todo el cuerpo.

Catalina entró en pánico. No por la nueva operación a la que debería ser sometida sino por la recomendación con carácter obligante del doctor Molina de permanecer dos años sin tetas, luego de los cuales, cuando mucho podía aspirar a tener unas prótesis talla 36. Catalina sintió que ese era el final de su vanidad. Que ese golpe era tan duro que no lo iba a poder resistir. Entró de nuevo en depresión y se puso a llorar una semana seguida, mientras "Pelambre" luchaba para que se alimentara y mientras su esposo se paseaba por toda Europa con su nueva y costosa diversión.

Cuando Marcial y Yésica aterrizaron en Bogotá, el doctor Molina estaba listo a operar a Catalina por cuarta vez. Ella estaba absolutamente sola, con mucho dinero para respaldar cualquier eventualidad, pero sin una mano amiga, sin un familiar, sin su detestable esposo, sin su inseparable amiga a quien se había cansado de marcarle al teléfono. Por eso y mientras la anestesia le surtía efecto, recordó su pasado. Recordó a su hermano esculcándole el bolso, recordó a su mamá besando a Albeiro, recordó el taxi rodando cuesta abajo hasta estrellarse con la buseta, recordó su primera vez con

"Caballo", la fiesta de cumpleaños que le hicieron en su casa su mamá y su novio cuando ellos no tenían un romance aún. Recordó la escuela, recordó de nuevo la mano pervertida de su padrastro subiéndole el uniforme, recordó el reinado donde ocupó el segundo puesto. Recordó a sus muertos, a "Caballo", a Bonifacio Pertuz, al capitán Salgado y a Mauricio Contento y no supo por qué carajos, si por inercia, si por su forma de ser o su insaciable sed de venganza, pero incluyó en esa lista a Alejandro Espitia el causante de su última desgracia con quien se acostó, medio convaleciente aún, durante una cita de chequeo cuando Marcial estaba en California arreglando cuentas con unos mexicanos que no le querían pagar un dinero.

Catalina recordó, recordó y recordó, casi todo, porque la anestesia se resistía a dormirla. En un momento aciago en el límite entre el sueño y la lucidez que algunos llaman el umbral, Catalina abrió los ojos y vio al doctor Molina con un tapabocas mientras la miraba y se disponía a desprenderle por completo los pezones para extraer las prótesis asesinas. No recordó si estaba dormida, pero gritó. Gritó muy fuerte para que él supiera que estaba despierta y que el cuchillazo le iba a doler. Pero sí estaba dormida, el doctor Molina no escuchó su grito y oprimió su dedo índice contra el bisturí para empezar a romper la   aureola del pezón izquierdo por donde pensaba sacar ambas prótesis dado que ya nada las separaba.

Cuando Marcial llegó a su casa, "Pelambre" lo puso al tanto de la situación y este, en vez de preocuparse, sólo se ocupó de lanzar una frase lapidaria que de haber escuchado Catalina, con seguridad la hubiera empujado, sin remedio al abismo del suicidio:

—¡Esa china hijueputa sí jode con esas tetas! —Siguió caminando al tiempo que le ordenaba a su fiel escolta.

—Que me le alisten todas las cosas que la voy a sacar de la casa. Desde mañana la señora Yésica viene a ocupar su puesto y aproveche para llevarle las cosas a la clínica de una vez por todas, por que no la quiero volver a ver más nunca en esta casa.

Estaba ardido y lo de no quererla ver más nunca era verdad. Durante su viaje a España, Yésica le contó que Catalina estuvo a punto de entregarlo a la DEA y que se vomitaba de asco cuando lo besaba por lo que prefería besarle el pene que la boca. Ese comentario, que además era cierto, por supuesto hirió su orgullo, que era el mismo de todo hombre que se resiste a ser catalogado como de la tercera edad.

Lo de señora también era verdad. No fue una frase irónica, ni relativa, ni lógica, ni una suposición. Marcial Barrera se casó con Yésica en España, en una provincia llamada Huelva, donde un cura que no reparaba en el origen del dinero porque decía que Jesús jamás se fijo en el origen de los peces, los había casado a cambio de que Marcial le regalara dinero para ampliar aún más la torre de su iglesia, que el cura, de apellido Valenzuela, pensaba hacer llegar hasta el cielo, no tanto porque estuviera loco, como en verdad lo estaba, sino porque de esa manera podía seguir captando dinero de particulares, fundaciones y entidades de beneficencia por los siglos de los siglos. La verdad era que la torre ya medía 128 metros y el generoso de Marcial se comprometió a añadirle 20 metros más a cambio de la bendición.

"Pelambre" cumplió la orden con algo de dolor en el fondo de su corazón. Muy en el fondo, porque la vida sólo le había enseñado a ganarse el sustento matando y eran ya muy pocos los sentimientos nobles que albergaba dentro de sí.

El caso es que, dos días después, cuando se aprestaba a abandonar la clínica de nuevo, Catalina se encontró con "Pelambre" quien la puso al tanto de la situación:

—El Patrón tuvo que irse porque lo están persiguiendo y le dejó dicho que se defienda como pueda y que no puede volver a la casa porque estupefacientes está a punto de entrar en ella.

Desde luego, "Pelambre" le estaba diciendo mentiras piadosas, por compasión, para no hacerla morir de tristeza si se enteraba de la verdad que no era otra que, en sus palabras, se resumía en dos frases aburridísimas: "Nadie sabe para quién trabaja" y "su amiga la ha bajado del bus".

Sin tetas durante dos años porque su piel y sus pezones no resistían una cirugía más; sin fortuna porque Marcial Barrera no le dejó sino el poco dinero que ella llevó a la clínica y que sólo le alcanzó para pagar su cuarta operación; sin esposo porque Marcial Barrera se aburrió de su frialdad, su infidelidad y su cinismo; sin amigos porque Yésica seguía sin contestarle el teléfono; sin familia porque su mamá se acababa de convertir en la concubina de su novio de toda la vida, Catalina sintió que estaba sepultada bajo el mundo. Sólo le quedaba su basta experiencia con los hombres, una bien ganada reputación de puta prepago y un nuevo y doloroso postoperatorio pendiente. Pensó que ni siquiera debía tomarse la molestia de quitarse la vida porque ya estaba muerta. Sentía que todo la asfixiaba, que todo estaba oscuro, que quienes la miraban eran monstruos inmensos con deseos de tragársela.

Empezó a temerle al viento, al agua, a los ojos de la gente. Empezó a claudicar.

En medio de su horripilante crisis existencial, "Pelambre" la acompañó hasta el aeropuerto y, por instrucciones de Marcial Barrera, le compró un tiquete de regreso a Pereira. No era lo que quería pero no tenía alternativas. Volver a su casa en su lamentable estado anímico, en medio de su derrota y sabiendo que iba a encontrarse con un padrastro que antes fue su novio, la terminaría de matar. "Pelambre" se despidió de Catalina con profundo pesar. Alcanzó a enamorarse de ella, pero no se tomó la molestia de decírselo porque sabía que sus palabras no iban a surtir efecto diferente que el de la burla. Sin embargo, le dejó su teléfono para que lo llamara cuando lo necesitara.

–Te llamaría ya mismo, "Pelambre". Le dijo Catalina con los ojos aguados y a punto de partir mientras grababa su número y su nombre en el celular.

A "Pelambre" también se le aguaron sus ojos blancos y el abrazo fue inevitable. Él jamás había estrechado entre sus brazos a una mujer blanca. La sintió tan frágil, tan delicada, tan imposible que, de inmediato, la soltó con algo de brusquedad y la despachó con inseguridad pensando que si se quedaba otro segundo, se iba a terminar haciendo daño:

–La va a dejar el avión, mi señora.

Catalina se despidió de él en silencio y sin quitarle la mirada de encima hasta que se giró con su maleta de ruedas para ingresar luego al muelle nacional, donde solo los pasajeros tienen acceso. A través de los cristales se miraron otro par de veces hasta que desaparecieron cada uno con sus pesares.

CAPÍTULO VEINTE
El regreso a casa, el regreso a la vida

En el aeropuerto de Pereira, como era de esperarse, nadie la estaba esperando. Alcanzó a reconocer a algunos amigos que regresaban en el vuelo 911, que siempre transportaba entre 8 y 12 mulas del narcotráfico, pero se ocultó para que no la fueran a saludar. La mayoría de los pasajeros lucían contentos, y no era para menos: regresaban a casa con cinco o diez mil dólares que no tenían en el bolsillo hacía una semana. Sólo una mujer pasó sin sonreír ni celebró su llegada con sus familiares y amigos. Por el contrario, desde la distancia, Catalina observó que el saludo entre ellos fue triste y traumático. Se rascaban la cabeza con angustia, disentían con pesar y aburrimiento y hasta lloraban con profundo dolor, caminando con rasquiña de un lugar a otro. Catalina se acercó un poco para conocer la razón de la aparente tragedia a ver si con ese consuelo de tontos podía levantar un poco su ánimo y lo logro. La amiga de la pasajera triste había sido capturada en Miami con un kilo de cocaína pura entre su estómago y era su hermana.

Catalina pensó que esa era una tragedia peor que la suya y avanzó hasta la salida del aeropuerto donde tomó un taxi con rumbo a su casa. Al llegar a la cuadra sintió miedo. Un frío helado recorrió su cuerpo y se extrañó al ver la puerta de su casa abierta y más aún, que de ella estuviera saliendo música a gran volumen. Descartó la posibilidad de una fiesta porque no vio gente y se bajó luego de pagar 10 mil pesos por la carrera. Como pudo, se dio maña de subir la maleta hasta el andén, para luego ponerla a rodar hacia la puerta de su residencia. Al llegar, encontró un letrero en la puerta que decía: "Se venden helados", más abajo observó otro que decía: "Estampamos camisetas para equipos de microfútbol". Catalina apreció con simpatía los letreritos que significaban rebusque, ganas de salir adelante, ganas de reemplazar el taxi acabado contra una buseta y un poste. Por eso sonrió y entró directo hacia el patio donde escuchó la voz de Albeiro cantando al ritmo y los compases de la música rock que salía de su grabadora.

Al llegar al patio, lo encontró concentrado sobre una plancha de screen, estampando el número cuatro sobre una camiseta de microfútbol de color blanco y rojo como la del River Play. Lo observó por largo rato sin que él lo notara, hasta que Albeiro sacó la camiseta debajo de la plancha de marcos de madera y bastidor en organza y levantó la mirada para ubicar el tendedero donde la iba a poner a secar, pero se encontró de sopetón con la mirada tierna y compasiva de su ex novia e hijastra. Se quedó mirándola con espanto. Catalina le sonrío y Albeiro continuó mudo. Ella se acercó a la grabadora sin quitarle la mirada y la apagó para luego saludarlo a secas, con un simple hola, aunque su corazón estuviera latiendo a miles de revoluciones por minuto. Albeiro seguía extasiado mirándole el pecho otra vez plano, su rostro demacrado y su aspecto abandonado y sólo atinó a preguntarle con sutileza lo qué le estaba pasando. Ella contestó, como siempre solía hacerlo, con otra pregunta:

—¿Dónde está mi mamá?

Albeiro miró hacia dentro de la casa por encima del hombro de Catalina y se llenó de nervios.

—Está por ahí, le dijo, y colgó, por fin, la camiseta para luego acercarse a ella limpiándose las manos como un maniático perfeccionista.

—¿Quiere tomar algo?

—No, gracias, solo vine a saludarlos…

—Voy a buscar a Hilda, le dijo y salió gritando por toda la casa su nombre con una familiaridad que le alcanzó a chocar a Catalina:

—¡Amor!

Ya dentro de la casa, Albeiro le dijo muy asustado que a lo mejor estaba en la tienda y no pasaron cinco segundos antes de que doña Hilda apareciera en la puerta. Catalina se quedó pasmada al verla y ella sintió alegría y vergüenza al mismo tiempo. Doña Hilda estaba embarazada. El feto tenía cuatro meses de gestación y ya estaba obligando a su mamá a ponerse vestidos de maternidad, uno de los cuales, el rojo, el que llevaba puesto ese día, había sido estampado por Albeiro con un letrero a la altura de la cintura que decía: ¡Apúrese pues parcero que lo estamos esperando!

El impacto para ambas fue extremo. Catalina no sabía si llorar de rabia o alegrarse por la llegada de un nuevo hermano aunque se lamentó al presumir que no lo conocería. Doña Hilda no sabía en qué hueco de la tierra meterse para evitar ese momento, tratando de abrazar su barriguita para que Catalina no se percatara del estampado. Albeiro pasaba saliva y se preparaba para sortear alguna reacción violenta de Catalina, pero la verdad es que ya sus fuerzas y sus continuas desilusiones no le daban para emprender otra cruzada por la reivindicación de su orgullo. Sonrió con hipocresía, asintió con la cabeza con una mirada inquisidora y tomó su maleta para dirigirse a la puerta con sumo aburrimiento.

–¿Qué va a hacer, mija? –Le preguntó Hilda sin dejar de temblar aún y Catalina sólo se limitó a abrazarla, a llorar en su hombro y a decirle que la apretara muy fuerte porque esa, con toda seguridad, iba a ser la última vez que la vería en su vida. Doña Hilda no supo por qué, pero le creyó. Y aunque de atajarla no tuvo pretensiones, la abrazó maternalmente y se dedicó a disfrutarla con angustia. Albeiro seguía segregando y pasando saliva por montones y no tuvo arrestos para acercársele. Pero Catalina no quería irse sin decirle unas cuántas verdades sobre su vida que le sirvieran para exorcizar sus culpas. Después de recomendarle que no dejara de visitar a Bayron en el cementerio y de exigirle que cuidara a su mamá y a su nuevo hermanito, le pidió que dejara los remordimientos, si los tenía, porque ella era la culpable de todo. En medio de lágrimas y la perplejidad de doña Hilda y la del propio Albeiro, les pidió perdón y les confesó su vida con un sorprendente poder de síntesis:

–¡Soy una puta! –Les dijo antes de partir

Albeiro quedó muy afectado por la confesión de Catalina y la alcanzó a odiar por unos segundos, pero tuvo la misma sensación de doña Hilda, la de no volverla a ver más nunca y la perdonó con la misma rapidez. Cuando Catalina alcanzó la carretera, dejando la maleta en la puerta de su casa, Albeiro quiso alcanzarla para entregársela, pero ella le pidió que la dejara ahí y que si le estorbaba la botara a la calle, pero que, por favor, no se la trajera porque ella no la necesitaría más. Fue entonces cuándo él y doña Hilda comprendieron que Catalina había tomado la determinación de matarse. Y no estaban equivocados. Con la sola compañía de la tarjeta de "Pelambre" y algún dinero, Catalina se fue a buscar a sus amigas de la cuadra. Las encontró durmiendo, como siempre cuando llegaba de día, pero las hizo despertar a la brava y se puso a hablar con ellas. En esta ocasión ya no se sabía cuál de las cuatro lucía más desbaratada, por dentro y por fuera. Todas lucían desgastadas, autómatas al hablar, tristes al mirar, lentas al moverse, hipócritas al reír.

Vanessa, Ximena y Paola le preguntaron por Yésica y Catalina les contó que no sabía nada de ella, que a lo mejor se la había tragado la selva de cemento que le parecía Bogotá. Ignoraba que, a esa misma hora la perversa adolescente estaba convenciendo a Marcial Barrera para que pusiera todas sus propiedades a nombre suyo, no solo por ser su mejor polvo en la vida, si no por estar esperando un hijo suyo.

En la noche, las cuatro salieron hacia el prostíbulo y Catalina se puso a repasar su vida con cuanto borracho enamorado se encontraba. Les hacía claridad en el sentido de que ella no estaba levantando cliente, pero les sonsacaba trago por montones. Algunos hasta le daban perica y ella, a quien los narcos convirtieron en una consumidora social durante su época de esplendor, la recibía sin problema alguno pensando que sería muy sabroso morir en las nubes, "embalada", "friquiada", peleando con sus sombras y fantasmas a punta de carcajadas. Y mientras sus desgraciadas compañeras entraban y salían de las habitaciones con distintos hombres, ella seguía brindando por su nueva amiga la muerte. De vez en cuando, Vanessa la llamaba a su habitación y le ofrecía "un pase". Tanto ella como Ximena y Paola se enviciaron a la cocaína, aunque no por gusto. Para aguantar su ritmo de trabajo, necesitaban ingresar a un estado inconsciente y eufórico que les permitiera soportar a sus clientes, la mayoría de ellos, borrachos abominables y despreciables.

Nunca la vida demostró con tanta claridad sus paradojas como esa noche en la casa de citas cuando un hombre elegante y bien hablado se acercó a Catalina y la abordó con decencia ofreciéndole un trago. Le dijo que no debería desperdiciarse en un lugar como ese. Que su cuerpo era bastante armonioso y su cara muy linda como para estarse devaluando en aquel lugar. Le propuso que se fuera a trabajar con él los fines de semana en las fincas de unos amigos que le podían brindar las comodidades y lujos que jamás iba a conseguir en un lugar como ese. Catalina empezó a reír sin poderlo creer, pero se detuvo ante la molestia que expresó el hombre. Pensó que la risa de Catalina se debía a lo increíble que sonaba su historia y tuvo que jurar, pensando que de esa manera ella le creería el cuento fantástico de los hombres millonarios que la podrían dotar de lujos y comodidades, incluso carro y apartamento, si se acostaba con ellos. Catalina estalló en risas de nuevo y el proxeneta se molestó otra vez. Le dijo que si no le creía, él le podía mostrar muchos ejemplos de mujeres que ahora lo tenían todo por haber seguido su consejo. Fue entonces cuando sucedió lo inesperado. El inocente interlocutor de los narcos le sugirió con indirectas que se mandara a operar. Le dijo que lo tenía todo para triunfar en ese esquivo mundo pero que le faltaban las tetas.

—Con dos tallas más, los matas a todos. —Le dijo y Catalina ya no pudo contener más la risa y se mantuvo en ese estado durante mucho tiempo, no obstante que el dueño del establecimiento y sus borrachos amigos le pasaban agua en cantidades para que pudiera ahogar su crisis de ironía. Y es que estaba eufórica. Sintió que volvía a nacer. Recordó el día en que "El Titi" la dejó plantada en la puerta de la casa de Yésica, recordó las cuatro cirugías que soportaron sus tetas y terminó de reírse cuando el sol empezó a colarse por cuanto hueco encontró en aquella casa fantasmal y llena de malas energías. Cuando Vanessa, Paola y Ximena terminaron sus labores, bajaron vestidas, extenuadas y desechas al salón principal donde el hombre elegante y bien hablado le proponía a Catalina que él le podía pagar la cirugía siempre y cuando ella se comprometiera a dejarlo estrenarlas y devolverle el dinero con el fruto de su trabajo con sus amigos traquetos. Catalina sintió que nada en el mundo podía ser tan paradójico y, aunque quiso volver a reír ya no pudo hacerlo. La risa se le había secado.

Ya en la madrugada, salió de la casa de citas, luego de hacer amistad con un sinnúmero de simpáticos borrachines y con el dueño del establecimiento, quien trató de convencerla para que se quedara a trabajar con él, y tomó un rumbo desconocido a pesar de que Paola y Vanessa, al verla en ese estado de embriaguez y locura, le rogaron que se fuera para alguna de sus casas. Pero ella no quería martirizarse más viendo el cuadro de su madre embarazada y su ex novio besándose en la puerta de su casa. Con el dinero que le quedaba, más los aportes que sus tres amigas le hicieron, con gusto, se fue al viaducto desde donde intentó lanzarse en tres ocasiones pero todo fue en vano. Sintió miedo, se acobardó y abortó su deseo de morir. Riéndose de sí misma, se fue al terminal de buses, hizo un par de llamadas, compró un pasaje y se devolvió a Bogotá. Sin bañarse, sin cambiarse, con la ropa que tenía puesta desde el día anterior.

Yo, que estaba saliendo de un desayuno con el gerente de la terminal de transportes, me la encontré caminando sin rumbo, pero me hice el que no la conocía por pena con el funcionario. Qué pensaría de mis amistades si la saludo delante de él. Pero, de todas maneras me interesaba hablar con ella para preguntarle por el paradero de una computadora portátil que se me desapareció de la casa y que significaba mucho, ya que en el disco duro reposaban algunos archivos muy importantes para mí.

Por eso traté de hacer lo posible por deshacerme, cuanto antes, del gerente y me devolví a las salas de espera de la terminal a buscarla. La encontré sentada en una de las sillas del salón de una empresa que viajaba a Bogotá. Estaba dormida, rematada, fundida. Tenía la cabeza recostada sobre la punta del espaldar y de su boca abierta descolgaba un hilillo de saliva. Me dio pena, pero la desperté. Para mí era muy importante recuperar mi computadora. Y aunque daba por hecho que ellas eran las autoras del robo, tenía la esperanza de saber a quién se lo vendieron o se lo cambiaron por vicio porque necesitaba rescatar mis archivos, algunos de ellos muy comprometedores.

Cuando abrió los ojos cerró la boca con algo de vergüenza y me sonrió, sin moverse, para después volver a apagarlos, contra su voluntad. La volví a mover, esta vez con más fuerza y le hablé. La llamé por su nombre y le dije que necesitaba hablarle. Al oír mi nombre se despertó tratando de disimular que estaba ebria, se enderezó sobre su silla y me miró de frente haciendo grandes esfuerzos por recordarme.

—¡Soy Octavio!, —le dije y se asustó porque, tal vez, se acordó de todas las cosas malas que me hicieron. De todas maneras la saludé con cariño y consideración olvidando lo que ella y Yésica se habían robado de mi apartamento, que según un arqueo natural, de esos que se hacen a medida que uno va necesitando las cosas, pasaba de 20 objetos entre relojes, chaquetas, una agenda electrónica, un par de encendedores de colección, un par de porcelanas finas, un par de lociones de marca, unas gafas costosas, una condecoración en oro puro con la que me honró el Congreso al terminar con éxito mi primera legislatura y una computadora portátil que acababa de reemplazar por una nueva pero en la que tenía documentos de mucho valor para mí.

Por fin terminó de recordarme y habló. Estaba irreconocible, dejada, con síntomas de guayabo y trasnocho, casi desechable, mareada por el alcohol y las drogas, el maquillaje corrido por el llanto y un aliento insoportable. Le noté un dejo de tristeza en sus ojos, pero también noté que se alegró sinceramente al verme. Cuando me abrazó, esperé rebotar sobre su pecho pero las siliconas ya no estaban. La miré para cerciorarme y noté que ya no tenía las tetas por las que tanto luchó en la vida y por las que estuvo a punto de enloquecer con el autoestima en ceros. Pensé que se las había embargado quien se las fió, pero no fue así. Como su bus salía tres horas más tarde y como ella sabía que yo era un hombre de negocios, me propuso contarme la historia para que escribiera un libro sobre su vida y me ganara una platica. Acepté. De todas formas, la interrumpí antes de que iniciara su relato para preguntarle por mi computadora pero negó que ellas, o al menos ella, la hubiera robado. Estaba tan desquiciada que le creí. A esas alturas de su vida ya no tenía porque negar algo. Ahí sí entramos en materia.

Con la misma tristeza que la invadía esa noche se puso a narrarme su historia. Me contó todas las afugias, angustias y penalidades por las que estaba pasando desde que decidió escoger el camino fácil para conquistar el mundo. Los lugares donde tuvieron que vivir con Yésica y de los que debieron salir a las malas, casi en las mismas circunstancias. Lo que hicieron con todas las cosas que se robaron de los apartamentos donde vivieron gracias a los deseos de sus anfitriones por llevarlas a la cama. Me volvió a hablar de "Caballo" y del engaño que le hizo, junto con dos compinches suyos para llevarla a la cama, que en realidad no fue una cama sino una paca de heno áspera. Sonrío contándome de su venganza contra los tres hombres. Nunca olvidó lo que le hicieron.

Me habló de las tetas de colores y usadas que le puso Mauricio Contento para llevarla a su cama. De las tetas talla 40 y sobre una cirugía reciente que le hizo un falso médico de nombre Alejandro Espitia para llevarla a la cama. Las cosas que le otorgó Marcial Barrera, incluido su estatus de mujer casada, para llevarla a la cama. De las artimañas de Albeiro para no rebelar su gusto por doña Hilda antes de llevarla a la cama. De hecho, y haciendo cuentas sobre la dependencia de los hombres de las vaginas, se preguntó aterrada, en medio de su disertación: ¿Qué hubiera sido de ella si no hubiera tenido una?

También me habló de la desaparición, sin explicaciones, de su mejor amiga, de la delación de "El Titi", de la muerte del Capitán que les recibió la denuncia, de los dos millones que daba Cardona por el nombre del informante, del video porno que sin su autorización le grabaron en una cárcel, de las pocas ganas que tenía de vivir, de las intenciones que tenía de matarse pero al mismo tiempo del miedo que producía hacerlo ella misma. Llorando y en estado trémulo me contó cómo planeaba morir y hasta me dijo que un escolta de Marcial llamado "Pelambre", la estaba esperando en la terminal de buses de Bogotá. Fueron tres horas de charla fluida, sincera, cruda, penosa. Era como escuchar un moribundo, agonizando dejando escapar un par de hilillos de sangre por los costados de la boca y el sol pleno sobre sus ojos.

Sobre el filo de la medianoche, en el terminal de buses de Bogotá, estaba "Pelambre" esperándola con mucha ilusión. Cada vez que llegaba una flota se asomaba por encima de las cabezas de los pasajeros recién descendidos y su sonrisa se iba apagando hasta que el último pasajero pasaba por su lado. Al rato llegó. Fue la última en bajarse del bus. Apenas la vio sonrió de oreja a oreja con su blanca dentadura y caminó rápido hasta ella, disimulando su ansiedad. Catalina se aferró a él como su última tabla de salvación y lloró en sus brazos hasta quedarse dormida, después de un viaje de ocho horas en vela. "Pelambre" la llevó como pudo hasta una de las camionetas de su patrón y la traslado hasta la cama de un motel donde se acostó a su lado a cuidarle el sueño, bajo el más absoluto respeto, sin la menor intención de hacerle daño, sin el menor asomo de quererla poseer. La contempló toda la noche con ilusión y ni siquiera se atrevió a darle un beso en su cabeza, como sus impulsos le indicaban.

Catalina durmió, con aparente placidez, hasta el final de la mañana del día siguiente cuando despertó con un hambre voraz y sorprendida al ver a "Pelambre" en su cama. Pero no se asustó. Por el contrario se alegró mucho y le pidió comida. Almorzaron y se fueron a un centro comercial a comprar ropa para ella. Catalina le rogó que no lo hiciera, a sabiendas de que ya no serviría de nada ponerse algo nuevo sobre un cuerpo que estaba a punto desaparecer de la faz de la tierra. "Pelambre" insistió y le compró ropa y zapatos nuevos mientras su teléfono repicaba y repicaba sin poderle decir a Catalina que era Marcial quien lo estaba llamando, porque ya le había mentido al decirle que su patrón estaba escondiéndose de la DEA, en cualquier lugar del mundo.

CAPÍTULO VEINTIUNO
"Pelambre cel"

Catalina le pidió entonces que le prestara dinero para hacer una diligencia. Él no sabía qué estaba tramando la niña que lo tenía obnubilado y tampoco quiso preguntarle, porque seguía dándole el mismo tratamiento de señora que le procuraba cuando vivía al lado de su patrón. Le entregó el dinero y se despidieron de nuevo. Ella se iba a comprar una sobredosis de éxtasis para mezclarlo con alcohol y él se iba a pedirle a Yemayá que se la permitiera ver una vez más y, en lo posible, que hiciera el milagro de concedérsela para siempre, pues, pobre y todo, estaba convencido de que sólo él podría convertirla en una mujer feliz sin fórmula mágica distinta a amarla y respetarla toda su vida.

Para dilatar un poco más su estadía, "Pelambre" le dio el dinero a Catalina pero le pidió que no se fuera sin comer algo. Ella aceptó, no muy convencida, pero considerando que a "Pelambre" no le podía negar un favor a estas alturas del juego, se fueron a un restaurante de la ciudad, muy elegante por cierto, para un hombre de la categoría del moreno, a quién en ese lugar ya conocían como el conductor de Marcial Barrera. Pero "Pelambre" no sólo era el conductor del ex esposo de Catalina. La estaba pretendiendo y al llevarla a ese elegante lugar no buscaba otro efecto que impresionarla. Ingenua táctica, pues si alguien conocía los lugares más finos del país ese alguien era Catalina. Sin embargo, entraron al lugar, ella aburrida y con ansias de finiquitar con urgencia su definitivo plan y él con la ilusión intacta. Se sentaron en una mesa que les garantizara algo de discreción y, ante el asombro de los meseros que creyeron que el portentoso moreno estaba esperando a su jefe, comieron langostinos al ajillo y bebieron vino tinto y no blanco como ordena la etiqueta, sin cruzar palabra alguna. Ella por aburrimiento y él por timidez y temor reverencial.

Para ambos el momento era muy especial. Catalina se estaba despidiendo del último humano con el que iba a cruzar palabras en su vida y "Pelambre" estaba enamorado, gastándose la plata de su patrón, con su ex mujer y en los sitios que él frecuentaba. Fue entonces cuando un hecho coincidencial precipitó las ganas que tenía Catalina de morirse. Por la puerta del restaurante, ingresaron Yésica y Marcial Barrera. Ella venía aferrada a su brazo y vestía un elegante vestido azul de minifalda con lentejuelas plateadas y de su cuello pendía una hermosa gargantilla de diamantes. "Pelambre" se asustó más que la misma Catalina y los ojos de los dos se abrieron más de lo acostumbrado. Luego de observarlos con asombro durante unos segundos se levantó con la mirada fría y perdida mientras tomaba un cuchillo de la mesa:

—La voy a matar, dijo levantándose, pero "Pelambre" la sentó con fuerza a su lado y le suplicó en voz baja que no lo hiciera porque si Marcial se percataba de su presencia, él iba a perder su puesto y tal vez su vida. Pero Catalina estaba tan furiosa que no entendía razones. Pelambre, que no encontraba la manera de controlarla, se le arrodilló, le confesó su amor y le pidió que no lo hiciera. Pero Catalina seguía enfurecida sin pensar en otra cosa que en acabar con Yésica por lo que Pelambre, en un intento desesperado por detenerla, la abrazó y le dijo al oído que si ella quería, él se la mataba pero que, por favor, salieran del restaurante sin que su patrón lo notara. Sospechando que la escena para el moreno no era nueva, Catalina le preguntó que si él sabía lo de Marcial con Yésica y "Pelambre" le prometió que si salían a la calle se lo contaría todo.

Pagaron la cuenta y salieron del restaurante sin que Marcial Barrera y Yésica notaran su presencia. Se sentaron en un parque y, de acuerdo con su promesa, "Pelambre" le contó toda la verdad. Le dijo que Yésica se le metió por los ojos al Patrón, que lo engatusó hasta volverlo loco y que se había casado con él en España, mientras Catalina se recuperaba de una de sus tantas operaciones. Que ahora estaban viviendo juntos en la misma casa donde vivió ella con su ex esposo. Que era mentira que a su patrón lo estuviera buscando la DEA y que el mismo Marcial le dio la orden de recoger sus cosas y llevárselas a la clínica para que ella saliera derecho hacia Pereira.

Catalina lloró de rabia imaginando que Yésica ya le habría contado a Marcial todas las barbaridades que ella decía de él. Sintió que este era el golpe de gracia que le faltaba a su insípida existencia y le pidió a "Pelambre" que cumpliera su palabra de matar a Yésica y hasta le hizo jurar que lo haría.

"Pelambre" le dijo que lo iba a hacer con gusto pero le pidió que se la ayudara a "cebar". Que se la sacara de la casa y del lado de Marcial porque no quería matar a sus amigos escoltas.

Catalina se comprometió a llamarla, tratando de disimular su disgusto y "Pelambre" se comprometió a colaborar para que Yésica le contestara.

Volvieron al motel donde Catalina lloró toda la noche mientras repasaba el video de su existencia al lado de Yésica para hallar la causa que motivó a su mejor amiga a engañarla, pero su ego no le permitió encontrarla.

La mañana siguiente, "Pelambre" volvió a la casa de su patrón y se inventó mil disculpas para que no lo matara por haberse desaparecido. Después de sortear con éxito la contrariedad de Marcial y de acuerdo con el plan, "Pelambre" se las ingenió en secreto para que Yésica le contestara el teléfono a Catalina que a esa hora estaba llegando a mi casa. Le dijo que le contestara si no quería tenerla en casa dentro de media hora y Yésica le contestó. Como si no supiera nada, Catalina la saludó con alegría. Le dijo que tan ingrata, que dónde estaba, que la quería ver, que no se perdiera tanto porque tenía que contarle "una mano de chismes extraordinarios" y le puso una cita en un lugar conocido por ambas, con el pretexto de detallarle lo que estaba pasando con Marcial.

Yésica se alegró al evidenciar que Catalina no sospechaba nada aún sobre su artera traición y salió de la mansión a la una y treinta de la tarde a cumplirle la cita en un acogedor negocio del norte de la ciudad donde ellas se apostaban a esperar a Mauricio Contento en la época en que los sueños y la salud de Catalina aún estaban intactos. Marcial, a quien su nueva mujer no le quiso indicar para donde se dirigía, salió a comprarle un regalo tan grande como sus temores, previendo que Yésica estuviera pensando en marcharse de su lado.

Mientras llegaba la hora del encuentro, Catalina se comunicó con "Pelambre" y le pidió que le mandara los sicarios a un café de nombre Salento, donde había pactado la cita con su desleal amiga a las dos de la tarde.

Ciega de odio le pidió que no tuviera compasión alguna de ella y que la desapareciera de la faz de la tierra. El negocio era un lugar muy parisino con toldos de tela cruda, parasoles verdes incrustados en mesas redondas y discretas materas con plantas de flores que separaban el café de los transeúntes. Por sugerencia del moreno, acordaron que Catalina no llegaría al café para que los sicarios pudieran tener la seguridad de "encender a plomo" a Yésica cuando estuviera sola, sin el peligro de afectarla a ella.

Así pasó. Como a eso de las dos de la tarde, bajo una llovizna pertinaz, con el smog de los carros invadiendo el ambiente y las gentes caminando de afán, sin saber que de esa forma se mojaban más rápido, dos hombres en motocicleta y de aspecto sospechoso se posaron bajo el volado de un edificio, en espera de la orden de "Pelambre" para entrar en acción. Estaban ansiosos y parqueados una cuadra antes y en diagonal al café Salento.

Pero "Pelambre", que estaba apostado con su carro en la cuadra siguiente del café, se quiso asegurar de que a Catalina no le pasara nada y la llamó antes de dar la orden de matar a Yésica. En la pantalla del teléfono celular de Catalina apareció el nombre de "Pelambre" seguido de la abreviatura "cel". Ella contestó. El moreno, que no estaba nervioso, le preguntó por el lugar donde se encontraba porque ya iba a dar la orden de actuar a sus sicarios.

Catalina le dijo que estaba frente al Café y que tenía panorámica sobre Yésica que acababa de llegar al lugar. Que estaba vestida con una chaqueta blanca, una bufanda rosada, un pantalón negro y unas zapatillas del mismo color de la bufanda. Que la farsante llevaba un libro grande en sus manos y que ellas acostumbraban a sentarse en la segunda mesa sobre el andén exterior... ¡Que ya podían actuar!

"Pelambre" se apresuró a comunicarse con sus hombres y les dio la orden de matar a Yésica quien se encontraba sentada en la segunda mesa del café leyendo un libro. Para más seguridad describió la vestimenta de la mujer con la misma exactitud y colores con los que Catalina se la describió a él.

Con la frescura que les daba la experiencia, los hombres apagaron los cigarrillos que fumaban a esa hora, uno de ellos restregando la colilla contra el suelo. Echaron un chiste a propósito de una señora gorda que pasaba, se montaron sonrientes a la moto roja de alto cilindraje, palparon sus cinturas para cerciorarse que las armas estuvieran en sus puestos y arrancaron sigilosos pero con decisión. Atravesaron la calle haciendo verónicas a un par de carros, se subieron al andén de la cuadra de enfrente, donde quedaba el café y empezaron a acortar la distancia que los separaba de la mesa donde Yésica esperaba de espaldas al andén esculcando su bolso con nerviosismo y pisando con su codo derecho una página del libro que estaba leyendo.

De repente, la motocicleta irrumpió con su estruendo miedoso por la parte ancha del andén, haciendo mover con disgusto a algunos transeúntes que se movilizaban a pie por el lugar. El pasajero de atrás, un asesino apodado "Sangrefría", se persignó, se encomendó a la Virgen, le prometió un viaje a su santuario en una población llamada Carmen de Apicalá, sacó su pistola con disimulo, le quitó el seguro, la camufló bajo su gabán de cuero carmelito y la dejó lista para matar a la mujer que ahora escribía con cierta premura sobre una página del libro del que no desprendía su mirada.

Los asesinos se acercaron lo suficiente para cerciorarse de que fuera ella. Era ella. Estaba terminando de escribir una frase sobre el obeso libro y llevaba la ropa descrita por "Pelambre". No cabía duda. Contuvieron la respiración, pararon la moto, sin apagarla, detrás de las materas que separaban el café del andén. "Sangrefría" se bajó y caminó a paso largo sin mirar atrás. Sin verlos la mujer cerró los ojos, sonrió y se puso el libro en el pecho. El matón entró al lugar, la abrazó por la espalda, sin que ella tuviera tiempo de oponer resistencia, y le descargó todo el proveedor de su pistola 9 milímetros en el corazón, apuntalando sus tetas con un borde del libro.

La mujer, que estaba desprevenida y con los ojos cerrados, cayó al piso herida de muerte sin soltar un celular que la acompañaba. El libro y el esfero de tinta roja cayeron al lugar hacia donde la fuerza de gravedad los quiso llevar. "Sangrefría" volvió a la moto sin afán y se subió de un brinco mientras su compinche aceleraba. Los dos sicarios arrancaron satisfechos pensando como gastarse el dinero que se acababan de ganar.

Al escuchar los mortales disparos, un mesero soltó la bandeja con dos tazas hirvientes que se reventaron contra el piso y se escondió bajo una de las mesas del negocio donde ya estaba uno de los clientes del lugar eludiendo con miedo uno de los brazos de la mujer asesinada que amenazaba con tocarlo.

Los sicarios huyeron empleando todo tipo de malabares y haciendo bailar, con indecisión, a los peatones a quienes salpicaban pisando los charcos del andén.

En el café Salento, los clientes sacaban la cabeza debajo de las mesas y los curiosos hacían rueda alrededor de la víctima mientras se escuchaban gritos desesperados de algunos voluntarios que pedían una ambulancia o que le gritaban a la gente que se retirara para que dejaran respirar a la moribunda.

Al instante llegó la policía y organizó un cerco, separó a los curiosos y le trató de prestar los primeros auxilios a la mujer abaleada que sonreía mientras moría, tratando de pescar un poco de aire.

Los policías trataron de reanimarla con masajes cardiacos, pero la mujer soltó un último suspiro, más de satisfacción que de muerte y sucumbió.

Uno de los agentes, el que le tomó el pulso, se levantó con cara de haber visto muchas veces la misma escena y le dijo a sus compañeros que ya no había nada qué hacer. La mujer estaba muerta. Su cuerpo quedó doblado por el dolor, en posición fetal. Trataron de buscar alguna identificación de la víctima, pero ella no llevaba nada encima, aparte de una Biblia, un esfero y un teléfono celular que nunca soltó y que ahora reposaba sobre la palma de su mano izquierda, ya con los dedos aflojados.

A pocas cuadras del lugar, los sicarios abandonaron la moto, que acababan de robar, y se subieron al carro de "Pelambre" que los estaba esperando con la camioneta encendida. Se despojaron de la sudorosa indumentaria y arrancaron, a toda velocidad, celebrando el éxito de la operación por el camino. Nadie los pudo ver gracias al acrílico oscuro de los cascos que llevaban y se alegraron porque tenían claro que sin testigos no había presos. Se chocaron las manos, gritaron vivas y dieron gracias al Divino Niño y a la Virgen María por haberlos ayudado ignorando que Dios y la Virgen no colaboran con esas empresas. "Pelambre" les dijo que gracias al éxito de la "vuelta" podría realizar su sueño de conquistar a la niña que lo traía loco y le marcó de inmediato para ponerla al tanto del éxito de la operación. Catalina no contestó, pero él siguió insistiendo porque sabía que con esa noticia se iba a poner feliz.

En ese mismo momento y simultáneamente con las llamadas de Pelambre a Catalina, Marcial Barrera le marcaba desde su teléfono a Yésica para anunciarle el regaló que le acababa de comprar. Una costosa y hermosa camioneta, importada desde Alemania con todos los lujos electrónicos propios de un objeto que en Colombia costaba 160 millones de pesos.

En el lugar de los hechos, donde los curiosos comentaban sin ninguna discreción, uno de los policías llamó la atención de su compañero sobre algo que estaba observando. El teléfono de la víctima, que aún permanecía en su mano izquierda, sonaba insistentemente, al tiempo que iluminaba su alrededor con un bello color azul profundo. No lo contestaron, por miedo a entorpecer la investigación, pero anotaron en su libreta un nombre que titilaba en la pantalla al compás de los timbrazos melodiosos del celular: "Pelambre cel".

Cerca al celular, salpicada por unas pocas gotas de sangre y a merced del viento, estaba una Biblia abierta y rayada en el libro de San Lucas, capítulo 23, versículo 43, con esta frase lapidaria que escribiera la víctima con la mano temblorosa y el corazón en fuga cuando escuchó la moto desplazándose sin remedio hacia ella con sus verdugos a bordo:

–"Pura mierda, sin tetas no hay paraíso".

Fin

EPÍLOGO

En el café Martán, al otro lado de la ciudad, Yésica, se encontraba hablando por teléfono con Marcial mientras esperaba a Catalina que ya presentaba un retraso de veinte minutos en su cita. Cuando su esposo la puso al tanto del suntuoso regalo estalló en carcajadas, observó el reloj, se asomó a la calle mirando hacia todas partes y se marcho convencida de que Catalina ya no llegaría a la cita.

Podría decirse que una sobredosis de silicona acabó con los sueños de una niña como Catalina, que se pasó toda su corta vida correteando a su esquiva suerte por cuanto recoveco encontró, para ponerse a salvo de quien, con sobrados méritos, tan poquito había hecho para merecerla.

Cansada de soportar tantas deslealtades, decepcionada de sí misma por haberse equivocado tanto, arrepentida por haber puesto a girar su vida en torno a un par de tetas ficticias, hastiada del mundo y de tantas injusticias, odiando a su mamá, aborreciendo a Albeiro, detestando a Marcial, maldiciendo a Yésica por haberle terminado de poner el pie en el cuello cuando apenas estaba sacando la cabeza de un fango podrido, Catalina se mandó a matar. Algo así como un suicidio a domicilio.

Engañó a "Pelambre" haciéndole creer que era Yésica quien se encontraba esperando la muerte en el café Salento. Por eso unas horas antes, en medio de un macabro ritual frente al espejo y llena de lágrimas en sus ojos, se vistió de muerte, con la chaqueta blanca, pantalón negro, bufanda rosada y zapatillas rosadas. Luego llamó a Yésica y la citó en un café de nombre Martán. Enseguida llamó a "Pelambre" y le dijo que a las dos de la tarde Yésica iba a estar sentada con un libro en el café Salento. Se limpió las lágrimas, tomó una *Biblia* que encontró en un cajón de la mesa de noche del hotel y se fue a cumplir su cita con el destino.

Desde el mismo café Salento, hizo la llamada en la que le dijo a "Pelambre" que Yésica ya estaba sentada en el lugar con tal y tal ropa y se puso a rezar. Nunca, durante su vida, mantuvo contacto con Dios, pero al escuchar el rugido de la moto en la que se aproximaban sus verdugos, empezó a rezar, se arrepintió de corazón por todos los errores y los pecados que había cometido y se puso a esperar la muerte con resignación mientras tachaba con rabia un salmo de la Biblia que hablaba del paraíso. A medida que el ruido de la moto se acercaba, Catalina recordaba con rencor o felicidad las escenas más connotadas de su vida mientras escribía con rabia la frase con la que tachó el versículo de Lucas.

De repente, escuchó el traqueteo del motor muy cerca de sus oídos y cerró los ojos. Sintió el abrazo hipócrita de su asesino, escuchó la ráfaga que viajaba hacia su corazón, empuñó la cara, soltó una sonrisa y se murió. Cayó al piso sonriente, esperando que la sangre saliera a borbotones y admirándose por la belleza del cielo. Dios y los jueces del karma la perdonaron, a pesar de todas sus equivocaciones, porque ellos saben que una niña como Catalina, sin padre, con madre ignorante, con hermano ignorante, con un novio complaciente y débil, que vivió en un entorno difícil, sin oportunidades de educación, sin oportunidades de empleo, sin un sólo chance en la vida de salir de la pobreza, y con amigos como yo o como Yésica, no tiene, en lo más mínimo, la culpa de ser así.

El día que se mandó a matar, Catalina me llamó a las 11 de la mañana y me puso una cita. Quería decirme algo muy importante. La cité en mi apartamento y me impresionó la transformación que había sufrido en tan pocas horas. Ya estaba bañada y lucía prendas de vestir nuevas. Me dijo, con una pasmosa tranquilidad, que se iba a morir en tres horas y hasta me contó la estrategia, que me pareció bastante inteligente y audaz para una persona de su edad y de sus limitaciones culturales e intelectuales. Le dije, con la misma pasmosa tranquilidad, que no se mandara a matar, que lo hiciera ella misma. Me dijo que le daba miedo. Que el día anterior y luego de visitar a sus amigas de infancia en el prostíbulo donde trabajaban, cuando el desespero, la angustia existencial y la tristeza superaron sus ganas de vivir, se fue a parar en una de las barandas del Viaducto César Gaviria de Pereira y que nada. Que le dio miedo. "Esa vaina es muy alta y me dio culillo tirarme" me dijo muerta de la risa.

Me contó también que aprovechando una entrada de "Pelambre" al baño intentó meterse un tiro por la boca con su revólver, como hacían los gerentes de los bancos desfalcados por ellos mismos, pero que tampoco había sido capaz de asesinarse. Contempló también la idea de lanzarse al Transmilenio por la avenida Caracas de Bogotá, pero la descartó, por pura vanidad, pensando que la cara le iba a quedar terrible. Por eso utilizó las buenas intenciones de "Pelambre" y se mandó a matar, y por eso espero la muerte de espaldas, para que no se le dañara la cara que era, según ella, lo único que le iba a ver Albeiro en el ataúd, pues sus senos ya habían desaparecido.

De repente me cortó el tema y me dijo que venía a entregarme una carta en la que explicaba los motivos por los que tomó la decisión de mandarse a matar y me dejó un anónimo, con destino a la DEA, denunciando a Marcial y a Yésica y entregando toda la información necesaria para que ellos fueran capturados y condenados.

Dos meses después del entierro de Catalina en una fosa común del Cementerio Central de Bogotá, Marcial y Yésica fueron apresados mientras celebraban, a todo dar, el embarazo de la traicionera mujercita. Estaban bebiendo trago con unos amigos en una finca de recreo cuando llegó la Policía, la DEA y el Ejército y los arrestaron junto con todos sus invitados, no obstante que muchos de ellos eran personas decentes y ni siquiera sabían de las andanzas de su anfitrión. Ella fue recluida en la cárcel para mujeres del Buen Pastor por el delito de testaferrato, él fue extraditado a los Estados Unidos donde purga una condenado de 40 años de prisión y yo fui premiado con una decente recompensa de 500 mil dolaritos.

Morón continuó prófugo de la justicia y el equipo de fútbol que patrocinaba resultó campeón ese año. La Fiscalía había decomisado hasta diciembre del año 2004, 34 mil bienes de la mafia por un valor incalculable. Todos esos bienes, que incluían acciones en varios equipos de fútbol profesional, un zoológico, aviones, pistas de kart, hoteles de cinco estrellas, fincas, plazas de toros, centros comerciales, farmacias, aeropuertos, mansiones de recreo, casas, locales comerciales, apartamentos y terrenos equivalentes en extensión al tamaño de un país como Bolivia o Uruguay, estaban siendo administrados por la Dirección Nacional de Estupefacientes. ¡Qué oportunidad!

Hilda y Albeiro tuvieron una niña a la que bautizaron con el nombre de Catalina, en honor a la hija, hijastra y ex novia desaparecida y en espera de que algún día ella regresara y se sintiera dichosa por el honor que le habían hecho su antiguo novio y su mamá. La verdad es que ella me pidió que llamara a su mamá y le contara lo de su muerte, pero yo nunca lo hice por temor a perder parte de la herencia que Catalina sin quererlo me heredó.

"Pelambre" murió de rabia y de tristeza. Él no era en realidad un pez gordo, pero murió por la boca. Nunca se había enamorado. El amor lo tocó de veras cuando conoció a Catalina. Nunca había sentido envidia de su patrón hasta el día en que entró a su habitación a entregarle un dinero y la vio desnuda, tirada sobre la cama, boca abajo y borracha. Le pareció que era muy linda y muy joven para desperdiciarse al lado de un viejo tan feo, tan achacado y tan lleno de manías como Marcial. Empezó a quererla, a sentirle pesar y muchas veces sintió la necesidad de hablarle, de contarle quién era Marcial, de pedirle que se fuera de la casa a vivir su vida de otro modo. Pero no pudo, su lealtad hacia su patrón fue superior a su amor por Catalina. Pero la siguió queriendo en silencio. Sólo pensaba en ella. Quería dejarla instalada en su vida, quería protegerla, se ilusionó huyendo con el dinero de Marcial y teniendo hijos mestizos con ella, pero se abstuvo de hacerlo por miedo a morir. Él sabía que tarde o temprano lo iban a encontrar y lo iban a pegar al piso para siempre con un tiro en la cabeza y otro en el corazón, quizá sin ojos y sin las yemas de sus dedos. Por eso prefirió amarla de lejos, sufriendo por no tenerla, pero teniendo vida para mirarla.

Cuando Catalina le insinuó que matara a Yésica él, que no sabía hacer algo mejor en la vida, pensó que esa era la mejor y la única manera de conquistarla, pero se equivocó, fue ahí donde mordió el anzuelo y perdió. Por eso cuando un miembro de la fiscalía le contestó el teléfono en lugar de Catalina supo que algo andaba mal y se devolvió al escenario del crimen a ver qué era lo que estaba sucediendo. Abriéndose paso entre los curiosos la encontró encogida en el piso, ensangrentada, muerta y sonriente. Quiso abalanzarse sobre su humanidad inerte para depositar en su boca el beso que jamás pudo darle y que siempre soñó, pero se contuvo y salió corriendo como loco a desquitarse del mundo. Mató a sangre fría a los dos secuaces que le dispararon a la única mujer que había amado en su vida y luego intentó dispararse, sin contemplaciones ni reparos filosóficos ni religiosos, un balazo en cada sien, con un par de pistolas que apretaba entre sus manos temblorosas. No pudo o mejor, consideró que la muerte era poco castigo para lo que había hecho y optó por dejarse morir por el tiempo. Cada año se le ve tomando café a la misma hora y en el mismo lugar donde cayó su amada. Allí, en el puesto donde estuvo Catalina esperando la muerte con el sonido de la moto taladrando su cabeza, "Pelambre" abre la Biblia, lee el versículo de San Lucas que tachó la

220

malograda mujercita y le busca la charla a cualquier desprevenido o desprevenida del lugar a quien le cuenta la historia de una niña que centró su universo en el aumento de la talla de su busto para no dejarse desplazar de la pobreza.

Vanessa y Ximena nunca pudieron abandonar su triste vida nocturna brindando placer a los hombres a cambio de dinero. La suerte para Paola fue distinta pues uno de sus clientes, un extranjero experto en comunicaciones que se encontraba haciendo un trabajo temporal en la ciudad, le pidió que se casaran y cómo no, ella aceptó. Hoy en día se encuentra viviendo en Budapest esperando un hijo de Frank Brunelly. Lo supe porque me la encontré en el aeropuerto cuando yo estaba esperando un vuelo que nos llevaría a cinco colegas y a mí junto con nuestras parejas, a un viaje de placer y trabajo en las Islas Faroe, donde se estaba celebrando la "quinta conferencia mundial sobre las consecuencias del humo de cigarrillo en la mucosa de las mujeres embarazadas sin seguridad social" y a la que íbamos a asistir con dinero del erario y el aval del Presidente de la Cámara como representantes de Colombia.

Paseamos de lo lindo y jamás nos asomamos al auditorio donde se estaba llevando a cabo la dichosa conferencia. ¡Qué jartera! ¿A quién le importan, acaso, las consecuencias del humo de cigarrillo en una mujer preñada, si ellas saben que no se debe fumar ni dejar fumar delante de una mujer en ese estado y menos cuando no tienen seguridad social? De todas maneras nos asomamos al auditorio el último día del congreso, pero no por remordimiento con los contribuyentes de nuestro país, sino a recoger las memorias del Congreso, con las que llegamos a Bogotá, quince días más tarde, a organizar un debate contra el Ministro de Salud por no prohibir el cigarrillo en los lugares públicos y sobre todo en lugares concurridos por mujeres en estado de gestación.

Durante el viaje a Islas Faroe le escuché decir a un colega, que su hija de 16 años, que estaba terminando el bachillerato, le había pedido como regalo de grado el implante de silicona en los senos. No me sorprendió tanto la petición de la niña porque al fin y al cabo los narcos, la vanidad y los medios de comunicación ya les han creado, a casi todas las mujeres, la necesidad de obtener una figura protuberante. Lo que en verdad me sorprendió fue la respuesta que me entregó el papá: "Tendré que regalárselas porque si no, quién se la aguanta". A raíz de la respuesta de mi amigo y del drama de Catalina que refleja la obsesión que tienen estas niñas para conseguir los cinco millones de pesos que cuestan unas tetas, he pensado que el mejor negocio del mundo no es la política ni un cargo público con alto presupuesto, ni el tráfico de drogas, animales, pieles de cocodrilos o mujeres. El mejor negocio es la vanidad, por eso voy a comprarme un diploma de cirujano plástico y voy a montar una clínica de estética para la que ya tengo un nombre tentativo:"Tetas Factory".

Fin

CONTENIDO

"Sé de un lugar con nubes eternas donde los muertos nos quedamos a vivir en espera del milagro del amor. Es una casona llena de preguntas y construida por el olvido con el filo de una montaña tan alta y empinada, que allí la brisa descansa sin los afanes del verano...."

LA NUEVA NOVELA DE GUSTAVO BOLIVAR:

EL SUICIDIARIO DEL MONTE VENIR

Así se inicia éste sorprendente libro, tal vez una de las más sorprendentes y creativas novelas de ficción pura. En dicha casona de nombre Miramar, viven cuatro hermosísimas hermanas de la familia Vargas. La casa, situada en la cúspide del Monte Venir, tiene un centenario Árbol de Caucho, frente a un precipicio de 800 metros. Un día un hombre desolado en su vida, decide subir a dicho monte y pedir permiso a los hermanas Vargas para suicidarse, lanzándose al abismo desde el árbol. Las hermanas Vargas conmovidas, lo invitan de despedida de la vida, a una noche de pasión y sortilegio. La novela continúa con sucesos inimaginables para terminar en un final inolvidable por lo magistral y dramático. Su narración cautivará al lector por su descriptiva riqueza literaria.